kill' er

〔殺手〕

殺手，勢如破竹的**勇氣**

炮頭，小仙，G，瑯鐺大仔 領銜主演

九把刀Giddens：編導

殺手
三大法則

一、不能愛上目標，也不能愛上委託人。

二、絕不透露出委託人的身分。除非委託人想殺自己滅口。

三、下了班就不是殺手。即使喝醉了、睡夢中、做愛時，也得牢牢記住這點

殺手
三大職業道德

一、絕不搶生意。殺人沒有這麼好玩，賺錢也不是這種賺法。

二、若親朋好友被殺，也絕不找同行報復，亦不可逼迫同行供出雇主身分。

三、保持心情愉快，永遠都別說「這是最後一次」。

0

千年一瞬。

千里也是一眨之眼。

大雨雷霆，疾風迅猛。

日夜無別。

他在彎彎曲曲的黑暗裡快速前進。

潮濕且溫暖。

逃避當然是一種溫柔的選擇，或許也是他們的期待。

以前讓驕傲助長了志氣，虛妄的自我無限膨脹，只看得見正前方那迎戰的前路。

現在總算有了怯戰的好理由。

黑暗很安全。

誰也看不見。

自我消逝，或被吞噬。總之不復存在。

計程車上的無名聲音，卻在此時靠近耳後，重複著。

重複著那一個人的故事。

1

一如往常的星期六午後，頭髮斑白的老者走進肅德監獄。

頭低低，一言不發地坐在會客室裡。

會客室總是充滿期待，有人攜家帶眷，有人帶著速食店的餐桶，有人挺著大肚子。

老者不上廁所，不喝水，不走動，不看報，只填了一張表格。

老者的目光不與任何人接觸，沉靜地看著表格上的號碼。

其實，誰也不會多看這個身形矮小的老者一眼。

鐘聲響起，囚犯陸陸續續進入會客室。

其中一個穿著囚服的中年人，在獄警的戒護下慢條斯理地走了進來。

這身材高瘦的中年大叔儘管身在獄中，眉宇之間卻有一股神采與威嚴，坐下時連獄警也對他點頭示意。

等待中年大叔的約莫十幾個訪客，一看到他進了會客室，全都站了起來鞠躬。

這十幾個訪客裡男男女女，有人看似混江湖的黑道，有人看起來像是普通上班族，有的像是大學生模樣的年輕人，也有像是提著菜籃買菜的大嬸，說明了這大叔的交遊廣闊，不分男女老少。

每個輪到與中年大叔見面的訪客，都與他十指緊扣，四隻手牢牢放在桌上。

中年大叔會說話，也會聽。

會笑，也會皺眉。

只是彼此的對話聲都很小，只能彼此聽聞，像是用家常閒聊的樣子咀嚼秘密。

輪到老者與益哥會面的時候，他們就跟別組訪客一樣，雙手緊緊相握。

「辛苦了，益哥。」老者的頭依舊垂得很低。

「二十多年了，還不就那樣。」中年大叔點點頭：「他還好嗎？」

「託您的福，一切如昔。」老者的語氣十分拘束。

「很好。」

中年大叔閉上眼睛的瞬間，老者的眼睛幾乎凸了出來。

雙手在桌子中間緊握。

兩人陷入漫長的沉默，像是共同苦惱著一道複雜難題。

會客的吵雜聲持續，寶貴的時間分分秒秒消逝，中年大叔的身上不斷流出汗漿。

額頭上的汗珠滑落又滑落，整張臉就像長了汗珠痘痘似的，還冒出黏濁的熱氣。

腋下與背脊全濕透了，甚至連褲管底都給汗水滲出了印子。

老者的雙手手指因過度用力嵌進了了中年男子的皮膚，不住地顫抖，老者的臉色一片死灰，紫色的血管在眼角浮起，嘴唇也漸漸乾裂。

中年大叔緩緩睜開眼睛的時候，坐在對面的老者卻連打了好幾個冷顫。

「有勞了。」中年大叔紅光滿面，聲若洪鐘。

「……沒的事，請益哥多多擔待。」老者撐著桌角試著起身時，連腳都站不穩。

老者勉力回到會客室外的椅子坐下，剛剛才幾步路，就讓他喘得快睜不開眼。

其他訪客則繼續入場，輪流與中年大叔握手說話。

鐘聲響起。

獄警嚷嚷著會客時間結束，家屬朋友紛紛與囚犯擁抱道別，相約下週末再見。

中年大叔邁開大步離開會客時的時候，那把椅子底下都是汗水。

老者還坐在位子上喘氣。

剛剛結束會客的囚犯依序進入檢查室。

「脫光。」獄警朗聲。

三百多個囚犯早已習慣，立刻脫個精光。

三百多條龍龍鳳鳳虎虎豹豹，看起來一點也不嚇人，而是狼狽不堪的滑稽。

獄警胡亂敲著警棍。

「狗娘養的，全都蹲下啊！」

「把你們沾屎塞雞巴的屁眼給我抬高啊！抬高！抬！高！」

「別耍花樣啊！咳嗽！用力啊！」

三百多個屁股高高抬起，用力咳嗽，讓經過的獄警檢查肛門有沒有夾帶違禁品。

爲了表面上的公平，就連德高望重的中年大叔也不例外。

而這個叫益哥的中年大叔，倒一點也不介意自己赤身裸體。

來自鬼道盟的益哥，在肅德監獄裡蹲了二十年，前十年自然辛苦，後十年則靠著漸漸累積的厚實人脈，徹底統治了這裡的黑社會，不管你在外面混的是鬼道盟、黑湖幫、洪門還是情義門，進了肅德就得握益哥的手，就連獄方也頗仰仗他的調和鼎鼐，消弭監獄裡的暴力紛爭。

益哥，在獄中有酒喝，有菸抽，想叫鼎泰豐的小籠包只管吩咐一聲，想與外面聯絡，有幾個獄警就有幾支手機可以讓他撥。其實，就連妓女也曾叫進來讓他享用，而且那天還不是益哥過生日。

只因爲，益哥覺得有必要讓大家知道，只要他想，他當然就可以這麼做。

——你想得到更大的權力，有時候就得故意要一些別人得不到的東西。

這一切，當然源自於人脈。

而人脈來自於實力。

檢查違禁品的獄警來到益哥後面，斜眼看著他屁股上的刀疤。

渾身大汗的益哥猛力咳嗽，屁眼一開一闔。

空空如也的臭肛門。

「誰要看你們爛掉的屁眼啊！都給我穿上衣服！」獄警鬼吼鬼叫：「馬上！」

囚犯們紛紛將衣服穿好，回到走廊上答數整隊。

昂首闊步回到寢室的路上，益哥精神飽滿地接過獄警遞過來的一支菸。

「益哥，剛剛不好意思。」一名獄警嬉皮笑臉：「表面工夫還是得……」

「沒的事，不過就是屁眼，哈哈。」

益哥食指與拇指輕輕捏住菸頭，菸即刻點燃。

許多獄警遞菸給益哥，就是爲了看這魔術般的神奇畫面。

益哥笑笑。

再過幾個月……

他就可以離開這裡。

十九年來他在監獄裡累積的人脈，一年又一年在監獄外開枝散葉。

他所賣出去的人情，都將在江湖上一口氣收回。

問鼎，鬼道盟的總盟主。

2

便利商店。

一條老狗在門口啃著一個剛剛過期的御飯糰。

短褲涼鞋，手指勾著一桶紅色油漆。

炮頭看著空空如也的報架。

哇靠不是這樣的吧？自己連續跑了七間便利商店跟雜貨店了耶！

炮頭將油漆放在地上，有半個人靠在櫃檯邊。

「哇哩咧，還有報紙嗎？」

「都賣光啦。」店員笑嘻嘻地整理捐獻箱裡的發票。

「每一家的報紙都賣光了？」炮頭難以置信。

「因爲月跟王建民，都是大家的偶像嘛！」店員豎起大拇指。

「……」

今天的報紙賣得特別好，因爲殺手月昨天晚上再度得手，在保鏢層層戒備下，依舊幹掉了網站上全民懸賞排行榜第一名的黑心食品大亨……

「只用了，一顆子彈。」標題，就是這麼下的。

每次殺手月出動，隔天報紙就會在最短時間內銷售一空，連店員也珍藏了一份。

炮頭無奈轉身離去時，瞧了放在櫃檯桌上的書一眼。

這三小……

這個店員正在看的書《只要十分鐘，你也可以開火車》，書名實在詭異。

「只要十分鐘？」炮頭難以置信。

「你也想開火車嗎？」店員眼睛一亮。

「不想吧？哇哩咧……」炮頭還眞的思考了一下：「不，也不能這麼說。」

「哈哈哈對啊，其實大家都想開火車吧，只是不知道怎麼學起。」

是這樣嗎？

「是沒有火車駕訓班這種東西啦。」炮頭沉思。

「對啊！所以我說，這個作者眞的很妙，他老是寫一些乍看起來很怪的書，但其實市場都超級有潛力的，別人都在教怎麼開汽車，他偏偏要教你怎麼開火車，所以就一口氣壟斷所有想學怎麼開火車的人的市場！一口氣耶！整個學開火車的藍海都是他的！」店員越介紹越起勁，索性將書拿給炮頭。

炮頭接過書，翻了翻，作者名字叫宮本喜四郎，應該是個日本人。

日本這個國家拍A片是很有一套的，內容千奇百怪，要狗有狗，要泥鰍有泥鰍，原裝出產的作家會寫出這麼奇特的書應該也滿厲害。

不過。

「啊？會不會是因為，就算你學會了怎麼開火車，最後其實也不會有火車給你開，所以也就沒有人想學怎麼開火車了？」炮頭瞪大眼睛。

店員的表情像是遭到五雷轟頂。

「有見地。」店員迅速恢復冷靜：「不過，你怎麼知道會不會有一天你就正好遇到一個，你非得要開火車不可的緊急情況呢？很多電影不是都這麼演嗎？飛機被恐怖份子挾持了，機長跟副機長都被打死，這個時候英雄就算把恐怖份子幹掉，他還是得機上廣播一下，徵求正好會開飛機的乘客啊！這就是緊急狀況了，放在火車上也是差不多。」

「哇哩咧……那種緊急狀況的機會也太……太太太少了吧！」

「說得好，這就是緊急狀況的意義了，都給你猜到那還叫做緊急狀況嗎是不是？」店員滔滔不絕，完全沒有要停下來的意思：「你再看看，這本書。」

炮頭端詳了一下店員拿出的另一本書，作者也是宮本喜四郎，書名叫《十分鐘，擁有人生第一道眞氣》，同樣怪異到不行。

「是不是！是不是！酷斃了，人生第一道眞氣耶！如果你有一道眞氣的話，可以應付的緊急狀況也就更多了，可以說比開火車還要實用，不過一般人怎麼會想到自己竟然可以擁有一道眞氣呢？不可能吧！所以我說宮本喜四郎根本就是天才，他的書啊我可是忠實的擁護者啊！」

「緊急狀況是沒辦法預測啦，只不過……」炮頭亂翻了一下書。

兩本書。

「只不過什麼啊？」店員看起來有些不安。

炮頭抬起頭，茫然不解。

「只不過，這兩本書都這麼厚，要怎麼在十分鐘之內看完啊？」

3

便利商店外的小公園。

樹蔭下的長椅。

炮頭看著剛剛店員送他的私人珍藏，關於月的報紙頭版。

他非常仔細地看著每一行字。

殺手月，全民委託的正義劊子手。

他創立的網站，不定時列出幾個他想獵殺的目標，名單上常常都是一些法律無力制裁的黑心大亨，邀起全民捐款到每個目標下方不同的跨國帳號，如果金額達到系統預設的數字——月就會出動，用子彈追索全民盼望的正義。

警察與私人保鏢，當然是那些被月鎖定的黑心大亨的標準配備。

但，在月的正義世界裡，那些護衛彷彿隱形又空洞。

月的子彈總是掠過那些無辜者，射進那些十惡不赦的心臟。

然後全民歡呼，媒體爆炸。

月的獵頭網站，被警方封鎖又封鎖，卻也一次又一次轉換位址重開。

他的正義沒有止息。

全民對月的討論也沒有平息過。

有專家認爲，月的正義當然不是正義，只是不文明的憤怒，一種社會集體宣洩。

宣洩什麼？

宣洩對階級不流動的不滿。

宣洩對爲富不仁的不滿。

宣洩對司法不公的不滿。

是的。或許是的——宣洩又如何？

月的子彈，是窮人的子彈。

藐視富人訂定來保護自己的法律，卻眞眞切切，直射正義核心的子彈。

「哇哩咧……這個傢伙眞的是酷斃了！超級無敵的啊！」

十七歲的炮頭，沒有貢獻過任何一次線上捐款，只在嘴巴上搖旗吶喊。

他太窮了。

即使炮頭靠著手上這一桶又一桶的紅色油漆，在金錢上混得不算太差。

但炮頭花錢的方式，令他只能將銅板留在口袋裡。

手機響了。

「……知道啦，那就樓下見。」

炮頭看著腳底下的油漆桶。

4

油漆桶空掉的時候，這戶人家家裡則變成了一片血紅。

桌子，冰箱，牆壁，吊扇。瀰漫著刺鼻的紅。

炮頭跟三個身上刺青的小混混在屋子裡亂踢桌椅，對一個中年大嬸大呼小叫。

中年大嬸拿著一個電鍋，拚命地哀求：「拜託拜託！這次就收下這個電鍋當利息吧，反正我也正好沒錢繳電費……我老公眞的不會丟下我們的，他一定會回來的，一定一定……」

一個在眼角刺了一顆眼淚的混混大吼：「操你媽的電鍋！誰要妳的電鍋！今天老子就是知道妳還不出一個屁眼，專門來幫妳重新裝潢的啦！」

炮頭打量著中年大嬸手中的電鍋。

眞是一個，歷史悠久的爛電鍋啊。

中年大嬸慌慌張張地推薦：「這個電鍋眞的很好用，眞的很好用，一點都沒有壞，不管是蒸魚還是煮飯都很方便，你們年輕人現在都用微波爐吧，那個電磁波太強了對身體眞的很不好……」

一個把頭髮弄成金綠色的肥仔混混怒吼：「妳老公不還錢！妳也不還錢！妳又沒身材沒青春沒臉蛋給老子賣去當雞！老子的身體才會不好啦！」

中年大嬸像是忽然想到了什麼，轉頭衝向冰箱：「不然冰箱！你們搬冰箱好不好！眞的我是眞的很有還錢的意願，所以你們看中什麼就盡量搬沒關係！快快快！快搬走！」

四個混混全都翻了白眼。

中年大嬸打開剛剛才變成紅色的冰箱：「你看！你也看看！一點也不冷，因爲我根本沒插電，只是拿冰箱當櫃子用而已，但是它眞的沒有壞，你們看看，我眞的盡量省電省瓦斯，只爲了還錢給你們啊，你們現在把它搬走多多少少可以……」

「多多少少可以怎樣啦！想抵三小啊！」金綠色肥仔用力踹了冰箱一下：「把我們當搬家工人啊？幫妳處理垃圾啊！」繼續踹。

踹踹踹。

炮頭也跟著踹起冰箱：「哇哩咧大嬸！下次來再沒有看到妳先生捧著錢跪在地上！妳知道這個冰箱會拿來裝什麼吧！啊？啊！」

淚眼混混用力拍了大嬸的腦袋一大下：「妳老公要是眞的把錢拿回家了，要我跪著他跟拿都可以！到底知不知道規矩啊！錢就是老大！欠債！還錢！」

欠債。

還錢。

炮頭的眉頭緊皺，只好點起了菸。

中年大嬸倒是完全沒有放棄，精神抖擻地，持續在屋子裡推薦各式各樣的，還沒變賣出去的紅色家具。

「這個！吊扇！你看！你也看！當初買的時候很貴的！」

「幹妳到底是不是白痴啊大嬸！妳整天瞎賣這些什麼鬼東西！有時間就把妳老公找回來行不行啊操！跟妳講話完全浪費時間！」

「熨斗要不要？只要有熨斗，你們就可以穿燙好的西裝來討錢了！」

「穿西裝幫妳跟妳老公出殯行不行啊！」

「這些碗都還能用！還有這幾雙筷子都很好的……還有！」

「還有什麼啊幹！」

「還有這個蚊帳你看看！完全沒有破洞！蚊子根本不可能飛進去的！」

「當我們收破爛的啊！還有！幹這不就是個破洞嗎？看清楚啊大嬸！」

「妳這不是找死啊大嬸！把討債的當白痴會下地獄懂不懂啊！」

「妳有空發神經，不如去站壁行不行啊！運氣好就會碰到瞎子挑妳吹喇叭！」

「錢啊！錢啊大嬸！我們買油漆也是花了成本懂不懂啊！」

混混們胡亂踹著，吼著，恐嚇威脅著。

像是在表演。

就是在表演。

最後不知道是誰戲癮爆發，忽然把半桶油漆潑在中年大嬸身上，大家才在咒罵聲中甩門離去。

破舊的公寓樓下，四個臨時湊在一起的混混，在路邊機車上各自抽著各自的菸。

炮頭聽著大家有一搭沒一搭地聊著幫會上的閒事，隨意附和著。

那些亂七八糟的打打鬧鬧，感覺很近，其實很遠。

炮頭的直屬老大是收帳組第九小隊的大彪，大彪的老大是負責高利貸放款的當鋪阿鎚，阿鎚的大哥是管夜市兩間按摩院的金毛陳，金毛陳要叫買賣贓貨跟安非他命中盤的鐵桌一聲老大，無敵六則是鐵桌的拜把大哥，藉由經營武道館吸收年輕打手的無敵六同時也是社區里長，無敵六常常接到義雄的電話到處辦事，義雄則是大名鼎鼎的黑道立委瑯鐺大仔的最親近左右手。說起來，大家都是龍蛇混雜的鬼道盟的一份子。

呵呵。

自己的人生，不必照鏡子，也不需要多思考，看看旁邊這些人就夠了。

這些拙劣的刺青，閃耀的鼻環，亂染的頭髮，白色瞳孔的隱形眼鏡，就是自己。

十七歲的自己。

大概也會是二十七歲的自己。

僥倖活到三十七歲的話，刺青應該已經爬滿全身上下每一塊皮膚了吧。

「欠債，還錢。」

炮頭忽然嘀咕著。

他把玩著頸子上的項鍊，項鍊是一個紅色護身符。

他也欠了債。無比沉重的一筆債。

十八歲的生日起就要開始分期付款，期限是，無。

一輩子的債。

他懂這種感覺。各式各樣的懂。

5

刀尖是紅的。

那個叫爸爸的男人，坐在沙發上，雙手用力摀著自己的脖子。

男人兩眼睜大，呼吸急促，生怕一亂動，血就會從脖子上的切口噴出。

血慢慢漲滿了他的喉。

男人著急地瞪著七歲的炮頭，試圖用眼神示意他快去報警。

炮頭的眼睛卻完全不在男人身上。

鼻青臉腫的他，看著她。

穿著陳舊的黑色長大衣，這女人的身上，卻彷彿包了一層柔軟的光芒。

她慢條斯理，將大門帶上，反鎖。

她蹲下，凝視著他。

這個極近距離的臉孔，太過深邃，太過巨大，令日後所有的印象都變得魔幻。

「人的意志力不能小看。現在送他去醫院，大概還來得及。」那女人的眼睛裡有一種飄蕩：「你要我這麼做嗎？」

七歲的炮頭看著她，沒有一眼看著那男人。

他搖搖頭。

「好好看著他，再做決定。」

與她的眼神不同，女人的聲音很低沉，充滿了重量。

他還是沒有別過頭。

他太害怕了。

女人理解，於是站了起來。

「對於怎麼殺死他，有沒有你自己的想法？」女人表示尊重。

七歲的炮頭搖搖頭，用全身的力氣摀住耳朵。

「好，我看著辦。」

女人戴上耳機，將音樂開到最大。

女人走到炮頭前，將電視打開。

第四台正播著周星馳的《唐伯虎點秋香》。

炮頭瞪大眼睛，看著龐太師一行人闖入華府，華安與對穿腸吟詩對決。

女人在炮頭後面，視線之外，用手中的利刃繼續她的解放儀式。

時間的刻度，變成了滴滴答答聲。

對穿腸躺在地上，口中噴出幾十兩鮮血。

滴滴答答。

含笑半步顛，大不了不笑不走路。

滴滴答答。

唐家槍再度奪回了兵器譜的排行榜第一。

滴滴答答。

滴滴。

答答。

當炮頭的雙手失去最後一絲力氣，慢慢離開耳朵。

周星馳跟鞏俐終成眷屬。

女人踏著一片腥紅而來。

炮頭茫然地看著蹲在眼前的女人。

「不管你後不後悔，這個男人已經不配出現在你的人生裡了，以後的日子，你就是一個沒有爸爸的小孩。這樣的人生，不用被打被揍被惡搞，你能理解嗎？」

不用被打的日子到底是什麼樣的啊？

炮頭還是很茫然，只能不由自主地點點頭。

女人從懷裡拿出兩張紙，慎重地說：「我叫吉思美。」

炮頭接過，有模有樣地看著手中的紙。

……

女人看著炮頭。

炮頭的臉上已無茫然，而是非常緊張，簡直比剛剛都還要緊張。

「在家裡被打到去學校沒辦法好好上課嗎？」女人好像在笑：「以後，可不能再用相同的理由了，要努力用功讀書，至少要學會看字、寫字，跟加減乘除知道嗎？」

炮頭滿臉通紅。

女人索性坐在茶几上，好整以暇地幫炮頭讀起……

「聽好了，這是你跟我之間的合約。

條款一。我願意在成年後，將每年薪水的十分之一，匯入殺手代理人（吉思美）特約的銀行帳戶，一年一次，至死方休。

條款二。如果無法或不願實踐條款一，視爲背棄委託。對於背棄委託後發生在我身上種種不可思議的災難，都是很合乎邏輯的。

解除合約條款：如果我找到一個需要殺死某人卻無力執行的小孩，幫助其狙殺目標並簽訂同樣契約後，得以新契約轉讓予原殺手代理人（吉思美），勾消舊契約。

吉思美的銀行帳戶如下。來，用你的手指蓋章。」

炮頭伸出手指，按在女人手中刀上的血。

手指深深地壓在合約的最末。

女人慢慢將那兩張紙摺好，放在炮頭小小的手心上。

「在警察來之前，把這兩張紙藏好，等你學會認字以後，再好好把這兩張紙看熟。」

「……」

「只有靠自己一個人活下去沒有什麼了不起，努力一點就是了。」女人沒有微笑，而是無比堅定：「看著我，我已經是你人生的股東，十八歲以後，不管你做什麼工作，都得按時匯款給我。記住。」

可能忘記嗎？

七歲的炮頭忽然一陣前所未有的情緒襲來，女人正好站起來，轉身開門。

駐足門口。

沒有回眸。

「享受，你新的人生吧。」

6

新的人生是嗎？

哇哩咧，吉思美小姐，妳知道我把妳解放給我的新人生，過得一塌糊塗嗎哈哈……

哈哈？

不知道過了多久。

抬起頭，炮頭身邊那些混混們不知何時都不見了，鳥獸散。

「唉，跟他們眞的熟不起來。」炮頭自暴自棄地笑了。

炮頭從機車座墊上彈了起來，走到對街的蔥油餅攤販，買了兩個餅。

一個加辣，一個加醬油。

他走上樓，按了門鈴。

門鈴沒響。

「……」炮頭恍然大悟：「對喔，哇哩咧門鈴也沒有電。」

這時他注意到樓上的門咿咿啞啞地打開。

門裡，有一個老人朝著他仔細打量。

炮頭有些耳熱，今天下午一群討債鬼在他家樓下這麼大吵大鬧，一定把樓上這個老人家給嚇死了。眞的是很抱歉啊，害你睡不好午覺。

「看什麼看，信不信我揍死你！」炮頭對著樓上老人大叫。

有些駝背的老人慢慢把門關上。

這一吼，炮頭還沒敲門，被潑了紅漆的鐵門很快打開。

大嬸直挺挺地站在門口，滿頭大汗，手裡拿著顯然是剛剛拆掉的吊扇。

「非常了不起，年輕人做事就是要像你這樣有活力！絕對不能放棄！我完全懂！」大嬸精神霍霍：「來！這個吊扇我已經幫你拆下來了，你直接拿去賣掉也行，看賣多少就抵多少，大嬸是絕對不會讓你空手而歸的！」

咕嚕咕嚕，咕嚕咕嚕……大嬸的肚子傳來。

「知道了大嬸，妳吃不吃辣？」

「……吃辣！什麼都吃！」

兩個人擠在窄小的樓梯間階梯，吃起了蔥油餅。

油漆的氣味刺鼻濃烈，卻無法掩蓋蔥油餅鑽入鼻腔的蒸蒸熱氣。

大嬸萬分珍惜地啃著，小口小口，好像手中的蔥油餅是人間的最美味。

炮頭呵呵呵地笑。

「大嬸，其實妳老公是不會回來了，妳幹嘛不跑呢？」炮頭不由自主跟著小口起來。

「我老公說他賺到了錢就會回來的，他總是說到做到，想當初他跟我爸說如果借他兩百萬開工廠的話他就一定會娶我，結果呢！我爸才借他一百萬，他就眞的娶我了！他啊就是這樣，說到做到，只是有時候都會慢一些些。如果過幾天我老公回來了，卻找不到我，那他不就急死了嗎？」大嬸一臉理所當然。

是喔。

是喔是喔，好棒好棒。

「唉，如果他找不到妳，那我們當然也找不到妳啊，妳就可以不用在這裡拆……拆吊扇了啊。」炮頭試著找回主題。

「如果你們找不到我，那你們怎麼辦？」大嬸難以理解。

「啊？」炮頭疑惑。

「我聽不懂啊年輕人，如果你們沒辦法從我這邊討錢回去，不就會被你們大哥罵死了嗎？」

炮頭大笑。

「我眞是服了you了大嬸，雖然我沒仔細看過帳，不過我想妳老公已經把本金都還給我們了，我們現在追著妳要的，就是利息錢啊，而且還是很不正常的利息錢，利滾利，亂滾一通，哇哩咧太多了，妳要是有點腦袋就應該快點跑走，跑得越遠越好……」炮頭邊說邊認眞起來：「只有靠自己一個人活下去沒有什麼了不起，努力一點就是了。」

這不是自己第一次說得那麼明白，卻是第一次覺得很荒謬。

「不行啊，欠債還錢，本來就是天經地義啊，當初說好了怎麼給利息錢就應該怎麼給啊，怎麼可以反悔呢？做人就是說什麼是什麼，當初要不是你們大哥借我老公那麼多錢，我老公的生意怎麼可能週轉得過來是不是？想當初生意開始恢復起色，只是後來被人倒債是那些沒良心的人不好，害我們家又跌了一跤，但這又不是你們家大哥的錯，而且你也要將心比心嘛，你們大哥要養那麼多小弟，整天打打殺殺買刀買槍，你想想，買槍就好都不用買子彈嗎？加上剛剛才知道你們還要買油漆，哎呀你們要是沒辦法回去交差，豈不是要被活活打死嗎……」大嬸苦口婆心地叨唸著。

炮頭搖搖頭，口中的蔥油餅慢慢難吃起來。

大嬸繼續唸，繼續唸，繼續唸，好像全宇宙只有她通曉人情義理。

眞是棘手啊哇哩咧……

以前的狀況，炮頭會直接給她一點錢，當作是交通費，讓她竭盡所能地逃離。

而這位大嬸前所未有的冥頑不靈，該拿她怎麼辦呢？

「大嬸，哇哩咧說了那麼多，妳還是沒錢還啊。」

「暫時是這樣，不過你看，我還有吊扇！」

「……妳眞是我看過最樂觀的人了。」

「做牛就耕田，做馬就吃草，當人嘛，不就是要樂觀一點嘛！」

炮頭有些似懂非懂。

「年輕人，來，這塊蔥油餅是大嬸這輩子吃過最好吃的東西啦，欠債還錢，哪有讓債主請客的道理啊是不是？」大嬸非常豪氣地交出吊扇：「大嬸不能白白要你這塊蔥油餅，來，這把吊扇給你！」

炮頭將吊扇直接放在腳邊。

「哇哩咧我不要吊扇，我要妳離開這裡，躲起來，躲到外星人也找不到妳的程度，如果妳老公回來這裡還錢我一定會知道，到時候我再想辦法通知妳行不行？」

「都跟你說了黑社會是很可怕的，你爲了我的債已經犧牲了一塊蔥油餅，如果連命都白白犧牲了，大嬸該怎麼還你啊！不行！債一定得還！蔥油餅也一定得還！」

大嬸說到後來，竟然還頗義憤塡膺。

忽然，炮頭的褲頭拉鍊被扯開，他還沒來得及反應，大嬸便埋頭下去。

老二一陣蔥油餅級的濕熱。

「妳做什麼！」炮頭嚇瘋，膝蓋反射性上頂，朝大嬸的臉一撞。

大嬸眼冒金星往後翻倒，炮頭忘了將褲子拉上，一拳直接轟在大嬸的……的……

「哇哩咧妳是瘋了嗎！爲了一塊蔥油餅這樣亂吹別人老二！」

炮頭的拳頭，硬生生停在大嬸早已流出鮮血的鼻子前。

大嬸呆呆地看著炮頭，不知道是不是被揍過頭的鼻子太酸，還是悲從中來，眼淚在她血絲滿佈的世界裡打轉。

「我只是……想還你的蔥油餅。」

「……」

「還有利息錢。」

「妳想還利息錢！就要去吹我大哥的大哥！吹我幹嘛！」

炮頭氣急敗壞，大吼大叫。

大嬸只是默默地擦著嘴角的，辣椒醬。

炮頭手足無措。

尷尬。

「如果妳眞的想還我的蔥油餅，就快點逃走！不要讓我們找到行不行！」

「不行。欠債還債，天經地義。」

大嬸露出堅定的眼神，從口袋裡拿出一支原子筆。

白色原子筆帶著泛黃，圓滾滾，上面印著「陳郎當立法委員勝選紀念筆」以及一串競選服務處的電話。炮頭認了出來，這不就是他那一掛的超級老大，瑯鐺大仔嘛！

「這個候選人，辦事有力，熱心服務鄉民，這支勝選紀念筆他只送了三千支，很好寫，還有一半以上的水，我老公跟你們借錢就是去他的競選服務處那邊辦理手續的，這個陳立委眞的很好，你投給他一定不會有錯，我平常都把它放在身上當作護身符。」大嬸愼重地搖晃手中那支筆：「來，現在大嬸把這支筆送給你，你隨身帶著，保平安，要借錢就打上面那支電話！」

像是傳遞聖火，大嬸隆重地以雙手交出那支筆。

炮頭臉色鐵青，將那支筆插進褲袋裡。

「不欠你了嗎？」大嬸的眼睛裡充滿了期待的火焰。

「不欠我蔥油餅，但妳還欠我老大錢，所以妳快點消失吧。」炮頭忍著不翻白眼。

大嬸還想說什麼，炮頭已轉身下樓。

跌下樓。

炮頭的褲子根本忘了拉起來，整個人光屁股摔倒在階梯間，連老二也差點折歪。

「年輕人！你叫什麼名字啊！」大嬸的聲音從樓上傳來。

樓梯轉角。

炮頭痛到眼淚直飆，蜷曲著蝦子般的身體，抽搐著劇痛的老二。

「炮頭！」

「哪個炮！哪個頭！」

「打炮的炮！龜頭……的頭！打炮用龜頭！」炮頭呻吟。

做流氓做成這副德性，也算是人中逸品了吧。

7

欠債，還錢。

炮頭被分配到的工作，就是在徹底執行這句話。

收帳，潑漆，恐嚇，打人。

只是偶爾，他會忍不住在巷口買麵、買便當、買臭豆腐、買一碗滷肉飯折返，用被討債者臉上的一點溫暖，換回轉身離去時，心裡的一滴滴好受。

到了更晚，偶爾，炮頭會被叫去幫忙一些顧店的無聊工作。

胭脂氣味濃厚的按摩店裡，鶯鶯燕燕，通常，每個小姐經過炮頭身邊時都忍不住伸手掐一下他的小老二，開一些聽說你還是處男之類需不需要姐姐幫你轉大人的玩笑話，炮頭都得一臉嚴肅地再三強調自己絕非處男。

只是今晚，按摩店的氣氛有些詭譎，管區裡一群警察的非正式臨檢又來了。

暗紅的燈光下，警察制服顯得特別突出。

「長官！來來來，喝茶喝茶！」炮頭滿臉堆笑，雙手奉茶。

「廢話，當然是來喝茶啊，免費幫你們驗貨，這叫做品質控管啦！」

「是！從源頭控管，確保茶貨品質一流！」

四個穿制服的警察在裡頭裝模作樣地走來走去，就是沒人喝，炮頭手中那一杯茶。

「哇哩咧最近來了幾個新小姐，越南的，還請長官幫忙鑑定一下！」炮頭領著四個警察進了包廂。

包廂裡當然都是特種行業的小姐，看到警察，個個神色緊張。

「真是的，怎麼最近這條街都是越南來的啊？」帶頭的警察伸手就抓了抓一個小姐的奶，皺眉：「韓國那種高級貨是不是暗槓起來啦？」

「哈哈哈怎麼敢啊，店裡最近生意不大好，等生意好的時候就有錢進一點韓國啊，日本啊，俄羅斯之類的上等貨啦！」炮頭一如往常的胡說八道。

「是這樣嗎？你們店裡最近發出的LINE不是一直說你們有韓國茶可以喝嗎？是不是騙人啊？」一個特別胖的警察朝小姐的臉上打嗝。

「哈哈哈那只是先把客人騙上門的廣告啦，客人上門後，我們再說一些韓國妹都在開房，而且排隊的人還很多啦之類的，客人來都來了，老二都硬了，哇哩咧怎麼不會先搞一下再走嘛！」炮頭開始要小姐們多笑一點，別繃著張臉。

「所以我說你們不懂做生意嘛！當然是要進最好的貨，才能招來檔次最高的客人嘛！檔次低的客人一多，奇奇怪怪的性病就多，性病一多，誰還敢來啊？」帶頭的警察一邊嫌棄，手倒是很誠實地往小姐的身上亂摸一通，精挑細選。

「哇哩咧原來如此！」炮頭裝出一副恍然大悟：「我一定轉告我們家老大！」

四個警察有三個帶小姐進了包廂，留下一個叫老斬的管區，在大廳抽菸盯場。

每個待在大廳的小姐都不敢看他一眼。

「炮頭，叫一個年紀最小的過來幫我按一下。」老斬自己脫掉鞋子。

眞臭，是想毒死誰。

「有！馬上！」

炮頭叫了一個倒楣的年輕小姐幫老斬按摩肩膀、泡泡腳。

半根菸過去，老斬時不時低頭，將手伸進小姐的衣服裡亂摸。

說是亂摸也不對，那雙髒手根本就是用力亂掐，十分粗魯。

「我說炮仔啊，到底啊，當年殺你老爸的犯人到底是不是你啊？」

老斬跟那些老警察都一樣，總是把當年的慘案掛在嘴邊折騰炮頭，不知道是打發時間，還是眞的好奇。

「哇哩咧不要亂講，我當時才七歲耶。」炮頭陪笑：「對了長官，可不可以摸小力一點，免得小姐的奶被你天生神力給捏爆了。」

「七歲能做的事可多了。我們去你家那天，你一滴眼淚都沒掉，哇一滴眼淚都沒掉耶！你還算是個人嗎？就算你老爸那個垃圾每天都把你當沙包打，他可是把你餵飽了是不是？你哭都沒哭，兇手當然就是你啦！」老斬的手依舊亂撈亂摸，弄得小姐滿臉通紅。

「哈哈我都忘了我有沒有哭了，應該是完全被嚇傻了吧。」

「反正當時你才七歲，法律關不了你，你就私下跟我認了吧，當了我一件心事。」

「我爸被砍了一百多刀耶，我哪來那種力氣啊哇哩咧……對了長官，那個奶……」

「誰知道你花多久時間砍的啊？七歲……啊，都上小學了不是？慢慢割啊，鐵杵磨成繡花針嘛！」

「成語哪是這樣用的啊，謀殺自己老爸耶，我可沒那個膽。對了長官，那個奶稍微摸小力一點點，一……點點！就好！」

炮頭隨意應付，反正這些老警察就是這樣，沒事就來盤問他幾句。損他，幾句。

這些穿制服的永遠都不懂，什麼是直言不諱，什麼是刻薄炎涼。

「不過你也眞夠廢的了，七歲殺了老爸一百多刀，天才兒童啊！結果你現在在幹嘛？高中還沒畢業就學人家當皮條客，眞是越活越孬種啦！」

老靳忽然更用力掐了按摩小姐的奶，小姐痛得唉叫一聲。

「長官啊，哇哩咧我不是拉皮條的啦，我的主力是討債，討債靠的就是發狠啊！別看我現在這樣，討債起來我也是很恐怖的！潑漆我超強啊，打老人是我最愛啊，我沒人性又天生神力嘛哈哈哈！只是兄弟之間要互相幫忙呀，今天晚上沒事就來這裡顧一下，江湖嘛……呵呵，大家互相！而且我不是高中還沒畢業，是高中根本就沒辦法畢業啦哇哩咧，我連續被三間學校退學了嘛！」炮頭只能這樣胡亂打哈哈：「對了長官，你掐奶子眞的稍微掐小力一點啦，不然奶子一爆炸，店裡一片血肉就麻煩了。」

老靳笑呵呵地聽著，眼神慢慢飄向門邊。

按摩店門口，炮頭的老大的老大的老大，穿著花襯衫的金毛陳，正帶著一袋滷味大搖大擺走了進來。

炮頭馬上起身，微微向金毛陳鞠躬：「老大大！今天輪到我幫忙顧店！」

老靳一邊摸奶，一邊呵呵怪笑。

「暴力討債是吧？潑漆達人是吧？我生平最討厭的就是你們這種拿著油漆衝進人家家裡鬼吼鬼叫的小混混了，沒水準，吵死街坊鄰居了。金毛陳，討債你有沒有份啊？」老靳用力掐奶，痛得小姐臉色發白。

金毛陳蹺著腳坐在櫃檯邊，打開滷味就吃，沒有看老靳，也沒有回話。

「那就是沒你的事啦。」老靳笑咪咪看著炮頭，用兩倍的力氣掐奶。

小姐痛到眼淚都流出來了，還是不敢出聲討饒。

「……長官，那個……那個奶……」炮頭感到十分尷尬。

「奶奶奶！奶怎樣！」老靳一爪用力狂掐，小姐竟然痛暈了過去。

金毛陳蹺著腳照吃滷味，好像這間店跟他無關似的。

「你這個沒水準的討債鬼，馬上做三百個開合跳，好好給我報數啊！」

「長官……哇哩咧三百個開合跳？」炮頭不懂爲什麼老靳要突然翻臉。

「五百個！馬上！」

炮頭看向他老大的老大的老大。

金毛陳只是事不關己地夾起一大塊鴨血，張嘴吞落。

炮頭雙手抱頭，呆呆蹲下……

8

晚風充滿了鹹鹹的汗味。

按摩店的頂樓天台，一盞發出紫光的捕蚊燈劈哩啪啦響個不停。

金毛陳赤裸著削瘦的上身，坐在歪斜的長板凳上摳腳，摳，摳，摳。

筋疲力竭的炮頭，左手扶住生鏽的水塔才能勉強站好。

「炮頭，你好像還沒滿十八歲嘛？」金毛陳的腳皮很嫩，畢竟他常常修腳皮。

「……再過一天……就……滿十八歲了。」炮頭上氣不接下氣。

剛剛開合跳跳了足足五百下，斷斷續續吐了四次，雙腳發抖到沒有感覺，炮頭現在還被金毛陳獨自叫到沒有電梯的六樓天台，不曉得要訓他什麼。真是有夠倒楣。

「你跟大彪多久？」

「兩年了。」

「兩年了，你跟著大彪討債討了兩年了，是大彪不會帶人，還是你天生不是討債的料？這兩年下來你負責的魚，全都跑光光，你啊，到底在搞什麼鬼？」金毛陳的眼睛在炮頭身上飄來飄去。

炮頭或許真是太累了，來不及感到緊張，反而嬉皮笑臉起來：「但本金我們都有討到啊，人跑了也是沒辦法的事嘛，畢竟我們老是一副要殺光他全家的氣勢，嚇都嚇死人了……還是我以後溫柔一點，不要那麼兇試試看？」

金毛陳沒有笑，只是拿起手機，反過來給炮頭看。

手機螢幕上，是一個被揍到鼻青臉腫的胖子。

炮頭感到頭皮發麻。

「這個豬頭還認得吧？半年前你去他家潑漆，然後呢？」

「然後……他就溜了。」

「昨天晚上我們在屏東一間麵店裡逮到他，抓到了，當然馬上丟去割腎割肝割眼角膜拿去賣啊。但你猜猜，猜猜，猜猜看他躺在手術台上的時候，都說了什麼？」

「說……對不起。」炮頭的耳朵開始發燙。

「再猜。」

「請……請不要割我的腎。」

「再猜。」

「我會努力工作……還錢？」

「你再猜不中的話……」金毛陳將剛剛摳腳的手指，拿來摳眼睛。

炮頭的膝蓋一陣天旋地轉的軟，驟然跪下。

「老大大！對不起！當初是我叫他快點逃走的！我當時太白痴了！請原諒我！」

炮頭跪在地上，全身發抖。

他從來沒有存在感的腎，彷彿隱隱作痛。

金毛陳剛剛說的割腎割肝割眼角膜，絕對不是開玩笑的，頂多過兩個月就可以看見順便被割掉舌頭的倒楣胖子出現在天橋下，咿咿啞啞地磕頭行乞，直到他欠下的利息無底洞被一點一滴的可憐零錢塡滿爲止。

塡得滿嗎？

炮頭腦中一片沸騰的地獄火海。

待會兒老大一個不爽，跪在胖子旁邊一起作伴行乞的，就是自己了！

「我看不只胖子，這麼多人都消失不見，都是你暗中幫忙的吧。」

「眞的只有那個胖子……眞的！老大大！我知道錯了！」

炮頭完全不敢抬頭，雙腳上的痠軟迅速蔓延全身。

捕蚊燈劈哩啪啦，殘殺著自投羅網的蚊子。

「特地把你一個人叫上來，當然是，要給你一個機會。」

炮頭猛然抬頭，坐在長板凳上的金毛陳，好像菩薩一樣慈祥地俯視自己。

他湧起一股想好好幫老大摳腳的感動：「老大大！」

「樓下剛剛那些警察，最近有個案子要我幫他們做個業績。」金毛陳微笑。

「什麼案子！我來扛！」炮頭不加思索吼出：「我早就想去監獄見識一下了！」

「聽你這麼說我就放心了，男子漢嘛，哪個沒去過牢裡過過水？對我們這些出來混的，入監就是回原廠保養，順便做個升級。」金毛陳滿意地摳著腳趾甲：「你願意揹下案子，對外面我就不提你這兩年亂七八糟瞎搞了，炮頭，我算你是爲幫會付出，你是一條好漢。」

「謝謝老大大！」炮頭完全很投入，大叫：「坐牢就是爽！」

「之後到了牢裡，自然會有幫會裡面的人在裡頭罩著，沒有人敢弄你。加上你啊……你剛剛說你什麼時候滿十八歲？」

「明天剛剛好十八歲！」炮頭很激動：「坐牢就是屌！」

感恩老大！讚嘆老大！

「那也無所謂，你犯案的時候還沒滿十八歲才是重點嘛，少年保護法就是爲你這種小朋友設的黃金犯罪條款，你一定會被輕判啦放心。」金毛陳越說越漫不經心，內容卻忽然拐了個彎：「既然要進牢，你也不妨考慮看看，把你七歲那件案子也一起認了怎樣？」

炮頭楞住。

「啊？」

「七歲小孩做什麼法官都會輕判，這叫法律常識，而且這兩個案子看起來就像雙胞胎，你一口氣都認了，那些條子升職升上天了，我底下這幾個小生意就永遠不怕那些條子來亂七八糟，是吧？你這是爲幫會立大功，幫會不會忘記你的。」

「老大……大？」

「出獄以後，你直接就是幹部。」

「你要我認的……案子，到底是？」

「上個月，就在這附近有個廟公被砍成好幾塊，屍體差點全部剁碎那件。」

炮頭整個大傻眼。

他還以爲老大大要他認的案子，跟暴力討債有關，跟經營色情行業有關，跟仲介非法外籍勞工有關。怎麼也想不到，金毛陳要他幫忙那些爛條子升職的，竟是那件……

那個倒楣的廟公大概四十多歲，大半夜在自家宮廟裡遭人闖入幹掉，下體被不知明的鈍器搗爛，全身被砍成一塊一塊，支離破碎。現場據說十分恐怖，連現場蒐證的鑑識人員都全吐了。媒體一連報了好幾天，警方卻沒有頭緒。

「老大大，這會不會太……太誇張了？我少說也會被判個十幾年吧？」

「放心，如果你連七歲殺老爸那案子也一起吃了，法官肯定覺得你腦袋有病，那種都會爽爽判啦，搞不好你根本不用坐牢，去精神病院強制治療幾年就出來了，醫院啊，有冷氣，護士小姐都很淫蕩，爽都爽死你了！」

炮頭好像無法呼吸。

捕蚊燈劈哩啪啦。

劈哩啪啦。

老靳那個垃圾條子，剛剛在樓下這樣玩我，擺明了早就跟老大大串通好，要逼我頂下這個案子。不，是頂下兩個案子。兩個，都是被砍了好幾刀的血案。

這還不是幫老大頂罪。只是一樁硬是幫爛條子升職的交易。

捕蚊燈劈哩啪啦。

原來，自己跟那些自動衝向捕蚊燈的笨蚊子一樣……

金毛陳像是察覺到炮頭渙散眼神裡的崩潰。

「背叛幫會，是要被斷手斷腳，送去天橋下當乞丐。」金毛陳伸了個懶腰。

炮頭的拳頭，連虛張聲勢握緊的力氣都沒有。

他甚至懷疑，自己的臉上有沒有能力出現生氣的表情。

突然，他覺得自己很對不起吉思美。

她送給自己重生的禮物，自己卻將這個禮物徹底搞砸了。

一切都完蛋了。

所有一切都完蛋了。

完蛋了完蛋了完蛋了**完蛋了**完蛋了完蛋了**完蛋了**完蛋了完蛋了**完蛋了**完蛋了完蛋了

完蛋了完蛋了完蛋了**完蛋了完蛋了**完蛋了完蛋了**完蛋了**完蛋了完蛋了**完蛋了**

完蛋了**完蛋了**完蛋了完蛋了**完蛋了**完蛋了完蛋了**完蛋了**完蛋了完蛋了**完蛋了**

完蛋了

對了！

跳樓好了！

跳下去，在另一個大肚子裡重開機！

只是腿軟的炮頭，就連趁現在一躍墜樓的力氣都沒有。

扣扣。

扣扣扣扣。

天台的安全鐵門邊，一個女人從樓下拾階走了上來。

女人站在晾內衣的竹竿子旁，東張西望，感覺好像有些緊張。

金毛陳微微皺眉，看著那唐突的年輕女人。

沒見過。

穿了一身黑色小禮服，滿暴露的，還有濃郁的香水味……

金毛陳打了一個充滿痲辣鴨血氣味的嗝。

肯定是新來的小姐，竟然迷路跑到頂樓，智商不是一般的低，幸好長得很騷。

黑禮服女人走到金毛陳與炮頭中間。

「頭髮金金的……」黑禮服女人咕噥，低頭研究著手裡的筆記本。

金毛陳一伸手，掐住黑禮服女人左邊的胸部，掂量搓揉，再用手指隔衣捏奶頭。

「奶子不錯，奶頭的硬度也還可以，既然上來了就吹一下。」金毛陳給予肯定，轉頭對炮頭說：「吹完我就換吹你，當作是明天你被逮到前的餞行，這點奶子，別跟老大客氣。」

奶子被亂揉也沒不高興，黑禮服女人兀自研究著手中的小筆記本：「陰莖……」

「被逮……不是自首嗎？」炮頭茫然。

「自首怎麼可能幫到條子升遷，你得被抓到才行，等一下在樓下老靳他們會跟你講解，總之就是那一套啦！你準備再幹一票的時候被他們及時發現，你再用最快的速度跑到有裝監視器的巷子裡，記得跟他們扭打幾下，哈哈這個時候你還不趁機偷打一下老靳嗎哈哈哈！至於你需要配合什麼……」金毛陳邊說邊脫下褲子，露出許久沒好好清洗的老二。

黑禮服女人看了看筆記本，又看了看那條老二。

遠遠的，就可以聞到一股從濃厚鴨血滷味氣味中突破重圍而出的，尿垢味。

「包皮過長，陰莖很臭。」

黑禮服女人瞇起眼睛，恍然大悟：「金毛陳就是你，你就是，金毛陳。」

「對，這就是金毛陳的臭老二，嘴巴打開。」金毛陳有些不耐煩。

筆記本闔上。

迅雷不及掩耳，黑禮服女人的右腳彈出，腳尖精準踢中金毛陳的睪丸。

睪丸不會慘叫。

金毛陳也一樣，連一聲啊都無法從喉嚨擠出。

一旁目睹的炮頭同樣全身一震。

黑禮服女人的右腳踢完，換左腳踢。

左腳踢完，又換右腳踢。

左右開弓，踢踢踢踢踢踢踢踢踢踢踢踢踢踢踢！

左右連續閃踢，完全就是在金毛陳的睪丸上跳起踢踏舞。

金毛陳臉色發黑倒下，黑禮服女人的腳從踢改踹，完全沒有停下來的意思。

炮頭目瞪口呆地看著自己的老大大大的睪丸被踢成一坨肉色的漿糊。

這個黑禮服女人轉頭看向炮頭，又低頭看著手中的那本筆記，但她的腳卻沒有停，只是從踹改成踏，一腳又一腳，用力地踏擊著金毛陳糜爛的老二。

炮頭在幹嘛？

炮頭陷入一種極度離奇的思維世界。

不管這瘋女人是什麼來頭，總之，剛剛做完五百下開合跳的自己，決計沒可能拔腿逃跑，況且這瘋女人的雙腳異常發達，踢了那麼多下睪丸也沒有停下來休息的意思，腿力驚人，不管在任何情況下自己都絕對不可能逃走！

「看什麼？」黑禮服女人瞪著炮頭。

炮頭看著黑禮服女人。

生死存亡之際，胯下一陣陰冷濕寒。

捕蚊燈劈哩啪啦，劈哩啪啦。

等一下自己的睪丸，也會發出類似的爆裂聲。

「我問你，你看什麼看？」黑禮服女人的腳兀自不停。

她的眼神，慢慢下飄，飄到炮頭的胯下。

這個距離，這個令人腿軟的該死的距離。

劈哩啪啦。

炮頭的世界，瞬間回到了那一片血腥氣味的小小房間。

那一個，改變了炮頭整個人生的，小小房間。

炮頭的世界，瞬間只剩下……

華府。

「我只是在讚嘆。」炮頭怪腔怪調地說話。

「嘆什麼嘆？」黑禮服女人臉色一沉。

她腳下的高跟鞋，好像也略斜了一個角度。

「沒想到被妳搶先一步，我的心裡，除了恨，也只能讚嘆。」

「聽不懂，說人話。」

「我暗中用另一個身分接近金毛陳已經有一段時間了，剛剛時機成熟，總算讓我把他騙到這個叫天不靈，叫床不行的好地方，正當我打算把他這樣！跟這樣！手起刀落的時候……」

「刀？」黑禮服女人掃視炮頭：「在哪？」

「手，刀。」炮頭表情微怒，手勢如刀快斬。

「然後呢？」

「然後，這位女俠……是的，女俠就是指妳，女俠妳就出現了，我一看到妳，我就……」

「你就怎樣？」

「說起來眞不好意思，哇哩咧我還以爲妳是金毛陳特地叫上來幫他吹老二的妓女，我心想，反正他就要死了，讓他死前爽一下也是無可厚非，畢竟……」

「……我像妓女？」黑禮服女人的膝蓋似乎發出了怪聲。

炮頭拚了命的亂扯，想到哪裡就說到哪裡：「是！不僅是一個妓女！還是一個氣宇非凡！萬中選一的神奇妓女！畢竟，不管到底是誰要金毛陳死，又到底金毛陳做了什麼事非得賠上一條命，臨死前有個這麼美麗大方、穿著又十分清新脫俗的妓女，我心想，哎呀！哇哩咧！也好啦讓他爽一下也無可厚非吧哈哈哈！如果可以也讓我爽一下的話，那我等一下辦起事來豈不是事半功倍嗎哈哈哈哈哈！」

炮頭越說越離譜，臉上的表情也越來越浮誇。

黑禮服女人的膝蓋上爆出一條條青筋。

捕蚊燈，劈哩啪啦。

「你。」黑禮服女人看起來很壓抑：「跟G，是，什麼關係？」

「殺手G……妳連殺手G都知道？」炮頭面露震驚之色。

殺手G沒人不知道啊！我當然是他的粉絲啊！

等等！

殺手G，她幹嘛提到殺手G？

「廢話，這個世界上有誰不知道那個神經病偏執狂童顏巨乳癖……」黑禮服女人越說越氣，突然兇氣爆漲：「G是你師父？」

炮頭面有難色，作勢看了一下手錶：「以兩個初次見面的同行來說，我們之間的對話實在是太多了，話說多了缺乏藝術價值，不如我們就互相佩服一下，然後就地解散如何？」雖然，他的手上並沒有手錶。

「你馬上跟你師父說，上次我跟他約了吃飯，他沒出現，我很不滿。」

「我可沒說那個巨乳癖是我師父，是妳說的。」炮頭神祕地笑。

所以……所以所以……所以眼前這個女人，真的是一個殺手？

哇哩咧她當然是一個殺手啊醒醒！該死的你一定要撐住啊！剛剛那種死法你不如割腎切肝刨眼去天橋下當乞丐啊！炮頭在心裡聲嘶力竭對自己喊話。

黑禮服女人的手中，多出了一把刀。

菜刀。

「要我轉告我師父，也行，但總要告訴我妳的名字吧？」炮頭用最大的力氣將視線從女人的刀上移開。

「他常常跟別的女人約會嗎？他常常讓要跟他約會的女人等嗎！」

「我不想說我師父的壞話，不過他的確在處理男女關係上，實在……實在是沒有一代殺手宗師的風範。唉，其實我私底下也常常說他幾句，好幾次他都差點拿槍把我的頭轟掉，要不是我號稱……」炮頭抖弄眉毛。

「你號稱什麼？」

「炮頭炮頭，開炮用彈頭，江湖上說的殺手炮頭就是指我了。」

「沒聽過，感覺遜斃了。」黑禮服女人白了炮頭一眼，舉起手中的菜刀：「你一定是小角色中鼻屎一樣的小人物。」

接下來發生的事，炮頭似曾相識。

黑禮服女人一邊說著她一個人在昂貴餐廳癡癡等待的煎熬、痛苦、憤怒乃至無窮無盡的恨意，一邊將金毛陳剁剁切切，切切又剁剁，將整個按摩院天台當成了超大型砧板。

G，那一個黑白兩道都最鄙視，卻也是公認最強的殺手，原來跟黑禮服女人有過一段，大概，或許，可能，疑似，只存在於她腦中幻想世界的感情。

捕蚊燈劈哩啪啦。

激起電花的，不只是白痴的蚊子，更多的是四處噴濺的血滴。

剁剁劈～～剁劈剁～劈劈～剁劈劈～剁劈～剁～剁剁剁劈哩～～剁啪啪～剁～剁剁剁～～劈劈劈～剁啪啪～剁剁剁～～剁劈劈剁～啪啦～劈哩剁剁剁～～剁剁剁～剁～啪啪啪～～剁剁～剁～剁啪啦趴劈剁剁～～剁剁剁～剁～劈劈啪啪～～剁剁剁～～

黑禮服女人手中的刀，看似毫無章法地亂砍亂剁，實則每一刀都精準地切開金毛陳五體關節的縫隙，用最小的角度，進行最俐落的切割。

「妳一直都是這樣的嗎？」炮頭強忍著嘔吐的衝動。

「都怎樣？」黑禮服女人的語氣不善。

「都這麼勤勞啊？」炮頭呵呵笑著，集中所有的意識在……在哪裡好呢？

應該將意識集中在哪裡好呢？

炮頭看著黑禮服女人的全身上下，無一不充滿了屠宰的魔性。

「小鼻屎，不然你都怎麼處理屍體？」

是嗎？我都是怎麼處理屍體的呢？

炮頭淡淡一笑，無意識地做出了一個連他自己也不知道在比什麼的手勢。

「說人話。」

炮頭無可奈何，只好進入腦袋裡的手勢資料庫進行極速搜尋。

噹啷！

……不知爲何浮現出NBA的哈登！

炮頭的雙手，自動複製出哈登投進外線之後的招牌手勢。

「你都把它吃掉？」黑禮服女人停下手邊的剁切，瞪大眼睛。

哈哈，炮頭聳聳肩，言不由衷地搖搖頭……

哈登你去死你去死你去死那是什麼毀天滅地的爛手勢啊！

「我眞的想不透人肉到底有什麼好吃的。」黑禮服女人嗤之以鼻：「有一次跟吃人魔接吻，他嘴巴裡的肉味超噁，讓我直接吐在他的嘴裡！嘔……嘔……吃人魔最爛最沒品了，你別想約我。」

約會？

炮頭的背都直了。

約會？

黑禮服女人再度停止手邊的剁切。

「你想一直雙手扠腰站在那裡？這是一個紳士的表現嗎！就這樣等我幫你剁好你再直接打包帶走？」黑禮服女人全身都是血，還沾滿了黃白色的脂肪，看起來就像一台永不斷電的絞肉機。

是嗎？殺手之間都會這樣互相幫忙的嗎？

炮頭往前踏出一步。

不！

這一定是一個考題！我差點就中計了！

炮頭果斷搖頭。

「很抱歉，身爲一個殺手，職業殺手，我今天還得趕場，再不走又被誰誰誰搶先的話我就沒飯吃了。女人，金毛陳就留給妳處理了。」炮頭打量著金毛陳琳琅滿目的屍體，眼神充滿了對她處理屍體的刀法給予嘉許：「今天晚上碰見妳的事，我會轉告給我師父，至於你們能否再續前緣，就不是我所能控制的了。」

黑禮服女人哼地一聲，極度不屑。

「女俠，珍重再見。」

炮頭抱拳，轉身。

「等等。」

炮頭全身僵硬，不敢回頭。

捕蚊燈持續爆破迷茫的蚊子，劈哩，啪啦。

「這個。」

「哪個？」炮頭勉強轉過頭。

「宵夜，送你的。」黑禮服女人竟然有點臉紅，手裡拿著一個頗有重量的塑膠袋：「剛剛好像對你有點兇，是我不好，我有需要改進的地方。其實我想過了，如果沒有一定要接吻的話，你鼓起勇氣約我，我會有一點點考慮喔！」

「那我就不客氣了。」炮頭接過。

塑膠袋很沉。當然很沉。

「那，我們下次怎麼約？」黑禮服女人的聲音變得很細。

「兩個字。」炮頭帥氣地轉過身，只露出迷人的殺手級背影。

「……」

「一個字，緣。一個字，分。」

炮頭轉身快步下樓，身後全是剁剁剁剁剁剁剁剁剁剁……

他每踏一步台階往下走，剁剁剁剁的聲音就少些，他的心跳聲就大些。

然後是越來越粗重的呼吸聲。

以及，從塑膠袋裡滴出液體的滴答聲。

走到了後來，他一聽見按摩包廂裡的男女喘息聲，炮頭的褲襠中間就熱了。

「幸好撐到這裡才尿出來。」炮頭第一個念頭竟是感動。

一樓，按摩院大廳。

在腿軟摔倒之前，炮頭趕緊在一張軟沙發上坐下。

那些胡作非為的警察早走了。

倒是幾個小弟看見炮頭一個人走下樓，隨口問道：「大哥呢？」

炮頭還沒回答，其中一個小弟便皺眉：「你身上怎麼搞的啊，臭死了。」

炮頭一看自己，全身都是被噴到的湯湯水水血血……能夠從剛剛那個分屍煉獄回來，全靠周星馳一路陪伴的漫長童年，想想，自己有一半的人生知識都從第四台無限重播的星爺電影得來，若非如此，胯下的老二肯定已被踢成漿糊。

星爺星爺我愛你，就算是長江七號我也愛你。

「炮頭！我在問你，老大咧！」小弟提高音量。

「這裡，跟這裡，這些都是老大。」炮頭指著身上的血點：「老大，哇哩咧到處都是！」

「什麼跟什麼啊！」小弟笑了。

「這也是老大啊哈哈哈哈！」炮頭舉起那一袋還勾在手指上的老大。

一樓按摩院大廳的大家都胡亂哈哈大笑起來。

炮頭也忍不住狂笑。

幾個小時之後，炮頭就笑不出來了。

9

老者住在大嬸樓上。

他喜歡她。

他不能向她表白，因爲她是一個有老公的女人。

……儘管她的老公跑了。

消失大半年，看起來，那個不負責任的男人是不會再出現了。

儘管是建立在別人的不幸之上，老者毫無彆扭地滿懷希望。

而這個橫刀奪愛的希望，在三天前，正式從一顆單純期待的種子，發了芽。

他在巷口買了一份蔥油餅，加辣。

前天，老者提在手裡的蔥油餅，早已涼了，但那扇紅色的門還是沒打開。

到了半夜，他還是無法鼓起勇氣敲門，最後只好站在門口，傻乎乎地自己吃了。

他憎恨自己的沒種。

更憎恨自己除了覺得自己沒種之外，還無法做出任何改善。除了再買一次蔥油餅。

是的，昨天他又買了一個蔥油餅。

只是買了蔥油餅後，他硬是在那扇門前，從早上站到晚上，門還是沒開。

每當門裡有些細碎聲響，他就會很緊張，琢磨著該怎麼開口。
但門就是門，一扇沒有打開的門。
他只好無味地吞了那塊冰冷。
今天，老者買了第三個蔥油餅。
熱騰騰的，提在手上。依舊是站在門口。
幾十次，甚至幾百次吧，他將手舉起來，像是要敲門。
但他默默明白，這只是一個做給自己看的假動作，無奈不能說破，徒讓自己難堪。
蔥油餅的溫度漸漸退去，但喉裡的燥熱越來越哽塞。
她足不出戶在裡面三天了，難道是餓到頭暈，連出門都辦不到嗎？
抱著不安的心情，老者將耳朵貼在腥紅色的鐵門上，想將門裡的動靜聽清楚。
這個附耳傾聽的動作，大概維持了兩個小時。
老者緊張流汗，門裡似乎有一點點聲音，又好像……沒有。
匡啷！
一聲巨響。
但並非來自門內，而是……樓下？
急促又慌亂的腳步聲自樓下急衝，最後停頓在老者下方的階梯上。
氣喘吁吁的炮頭，站在階梯上，看著以奇怪姿勢，將整張臉貼在鐵門上的老者。

尷尬的老者，看著渾身是血，拿著一把西瓜刀，雙腿發抖的炮頭。

「討債，有必要……動刀動槍的……嗎？」老者手中的蔥油餅顫抖著。

炮頭看著那扇紅色的門，神色恍惚，吞了一口口水。

老者無法不注意到，這個少年身上的血，至少有一半都來自他自己。

他的大腿上，還活生生插了一把扁鑽。

炮頭看著老者，眼睛越睜越小，嘴巴越開越大。

「哇哩咧……」

終於閉上了眼睛。

10

警車的車頭半毀。

路邊一根消防柱則被整個撞歪。

這畫面太美但沒有人不敢看，許多路人都圍著警車，不停地用手機拍照留念。

一個胖警察抓著血不斷流出的額頭，憤怒不已：「拍什麼拍！知不知道什麼叫妨礙公務！操！還拍！還有你！拍什麼拍！有沒有帶身分證！」

有點暈眩的老靳看著毀損的警車車頭，拳頭握出喀喀喀的聲響。

太失控了這一切。

要那個嘰嘰歪歪的金毛陳好好的，妥妥當當的，交出一個替死鬼讓他們去升官，結果自己竟然被砍成肉醬，這……到底會不會辦事啊挖操！在那個豬肉屠宰場一樣的天台現場，那個叫炮頭的死小鬼到底是發了什麼瘋！所以大家現在是要翻臉了是吧！

「操他媽的炮頭！竟敢打警察！等我抓到他一定用棍子捅爛他屁眼！」

「臭小子殺了自家老大又打了警察，躲也躲不了太久。」

「靠你還拍！把手機給我拿來！」

幾個原本準備好升官發財的警察，一邊阻止圍觀的民眾拍照，一邊將警車上的行車記錄器取下，檢查剛剛一路開車追撞炮頭的過程裡，有沒有不能說的秘密。

帶頭的老靳環顧四周，看看附近電線桿上的監視器有幾台。

這年頭監視器太多了，多到警察寫出去的報告還得配合媒體繞一繞圈。

「老靳，你的鼻子。」

「嗯？」

老靳的鼻子正流出鼻血。

炮頭，你死定了。

這種瘋到反咬主人的白痴，當場拒捕襲警反遭擊斃——就是你唯一的命運！

11

有時候很冷，像是全身上下每一條血管都被鎖進冰庫如此令人發抖。
想睜開眼，卻只感覺到無窮無盡的黑暗。
有時候很熱。
非常熱。
並非像是被丟入火山的那種熱。
而是身體本身就像火山一樣正在爆發岩漿的那種炙熱。
冷與熱，在無法睜開眼睛的炮頭身體裡，錯亂地流動著。
滴滴。
答答。
炮頭真正醒來的時候，發現自己正在尿尿。
尿尿在一個浴缸裡。
不，不算是浴缸，充其量只是一個大鐵盆，給小孩子洗澡用的大小。
炮頭正四腳朝天，一絲不掛地躺坐在大鐵盆裡頭，他低頭一看，幸好老二還安安穩穩地垂在它該待的位置。而大腿上的扁鑽已經不見了，取而代之的，是一塊暈紅的撒隆巴斯。

鐵盆外的地板都是血，還有兩個橘色塑膠水桶，水桶邊緣掛著幾條顯然擦了又擦的破毛巾。毛巾赭紅。

鐵盆裡滿滿的水，當然都是金黃色的，水上還漂了幾片薄薄的屎。

不太流通的空氣裡，漂浮著碘酒與消毒藥水混雜的怪味。

到底昏迷了多久？

不知道，炮頭只感到頭昏腦脹，肚子裡空空蕩蕩的，沒有一丁點力氣移動。

這個浴室唯一通風的地方，是高處的一扇小窄窗，窄窗上佈滿了蜘蛛絲，看起來也是無甚用處，光線薄弱，只能知道外面可能是黃昏。地上灰白色的磁磚處處破裂，幾乎沒有完整之處，縫隙中積滿了陳年水垢。

炮頭在浸滿全身的尿裡泡了一個多小時，浴室的門才緩緩打開。

是那個站在樓梯間的怪老人。

「啊……你……你醒啦？」怪老人反而被醒來的他嚇了一跳。

「我好餓。」炮頭的眼睛落在怪老人手上的便當。

「不好意思……有辦法吃的話，就吃吧。」

怪老人雙手將便當交給炮頭後，就開始倒尿，撈屎，換水，擰毛巾。

邊吃邊問，腦袋不清的炮頭慢慢才搞清楚，自己已昏迷了兩天，這兩天不斷發燒，瘋狂在浴缸裡拉屎拉尿，全靠這怪老人悉心照顧，否則能死幾次就死幾次了。

「不好意思換我多問一句，你不是討債的嗎？怎麼把自己搞成這樣子。」怪老人的臉上竟充滿了歉疚。

問得好，問得呱呱叫。

「大家都以爲我殺了我家大哥，所以就開始追殺我，連警察也以爲是我幹的。」炮頭的鼻子裡依舊充滿了頑固的血腥味：「我一邊跑一邊躲，當然也一邊被砍……哇哩咧實在是太狗屎運了，我被追了三天都還沒被砍死，最後跑到這附近，又遇到一群瘋子要砍我……刀光劍影啊！你不是從我的腳上拔出扁鑽嗎？就是在那個時候戳下去的……哇哩咧幸好有你！不然我的腳大概爛掉了吧！」

炮頭滔滔不絕，也不知道哪一句話太過誇大，哪一句話是實際描述，總之怪老頭都呆呆聽著，非常身歷其境地做表情，令炮頭說得更加帶勁。

「眞的，眞的，一直到我自己被追殺，我才發現沒讀書眞的是不行，那些混兄弟的智商都超低，我大哥金毛陳被殺成碎片，竟然以爲是我幹的！哇哩咧碎片耶！恐怖片都沒拍得那麼仔細，我沒嚇瘋在現場已經要頒十面金牌給我了，眞的超血腥！但比我大哥那些碎片還離譜的是什麼？就是他們！我都已經跟我那些兄弟說兇手是一個……是一個瘋子，還畫了圖給他們看，好啦！雖然我是隨便亂畫的，但他們竟然沒一個好好把我的話聽進去，到底是有哪一點可能我要殺了我大哥？對！我大哥！我大哥他確實該死！他死了我超爽！你知道我大哥要拿我幹嘛嗎？他要我去頂一個無敵離譜的殺人分屍案，去幫一堆爛警察升職！幹他把我當垃圾過不過分……你聽得懂我在說什麼嗎？」

「聽得懂。」

「能稍微感同身受一下嗎？」

「非常可以。」

炮頭繼續說，繼續說，繼續說。

老人呆呆聽，呆呆聽，呆呆聽。

炮頭過去這三天的逃亡生涯，根本就是一本恐怖小說，幫會弟兄的質疑，開香堂開到一半他突然暴衝開溜，他差點被躲在附近的警車撞飛……

「總之你救了我，我眞的是太感謝了，改天我飛黃騰達了，一定……一定好好報答你！老頭，你一定要長命百歲啊，活到我飛黃騰達的那一天！」炮頭放下空空如也的便當盒，擦嘴大呼：「這眞是我這輩子吃過，最好吃的一頓飯啦！」

「啊……不好意思。」老人的眼神透露出緊張。

「怎麼了，要我趕快走以免連累你嗎？」炮頭點點頭，這是當然的了。

即便要被砍死，也不能連累這個好心的怪老頭。

只是自己現在連站起來的力氣都沒有，想走恐怕也沒辦法，眞是棘手……

「不是，絕對不是，我的意思是……能不能讓我……」

「啊？」

老人忽然跪下，用力朝坐在浴缸裡的自己叩首。

炮頭大吃一驚，這是什麼狀況？

「我……非常感激你！你是我的……」老人的聲音有些顫抖，聽起來還有點啜泣：「大恩人！」

「什麼……是我才應該感激你吧？」炮頭感到莫名其妙。

「我這輩子，已經好久都沒有過這種感覺，很久很久都……」

老人越說越怪，炮頭越想越不對勁。

天啊，這個怪老頭該不會趁我全身無力的時候，對我的裸體做出……

炮頭不由自主伸手護住虛弱的老二，天知道它這麼虛弱是爲什麼：「等等！你該不會趁我睡著的時候偷吸我雞雞吧！快點否認！快點否認啊你！」

「我……我很喜歡，那個住在我家樓下的……那位……女孩。」

老人彷彿用盡畢生的力氣，終於吐出了這句話，又重重磕了個頭。

炮頭驚疑不定地看著老人，不懂他這句話爲什麼要磕著頭說。

「你喜歡她啊……那很好啊，不，那不好啊，她欠很多錢耶……不，隨便你啊！」

「我！眞的很喜歡她！一直放在心裡很久很久了！謝謝你！多虧你！」

怪老人用將頭砸破的力道，轟地將腦袋磕在浴室地板上。

炮頭一手拿著空便當，一手護住小雞雞，坐在大鐵盆裡，看著這怪老人猛跪自己。

這個畫面實在是太突兀太離奇了，即便是周星馳也很難替這場戲寫劇本。

「原來如此。我知道了，但我也幫不了她了現在。」炮頭自己抓出一個邏輯，恍然大悟說：「問題是喔，我叫她逃走她也不逃，看樣子我那些低智商的兄弟，遲早還是會把她抓去賣。」

「賣？」怪老人怔住：「我上次在樓上偷聽到你們在……在那邊喊，說她……的條件，沒辦法被你們抓去賣，不是嗎？」

「喔，是沒有辦法賣去當雞，但哇哩咧大嬸她看起來健康活潑啊，被割腎、切肝、抽骨髓、挖眼角膜大概是免不了的，運氣好的話那些東西割一割就算抵帳了，倒楣一點的話就再挖掉舌頭砍斷腳筋送到天橋下當乞丐。」炮頭絕非危言聳聽，警告：「如果你眞的那麼喜歡她，一定要逼她搬家。」

怪老人陷入一種恐慌的沉思中，不時搓手，不時捏眼皮。

他絕對不是不相信炮頭的警告，他只是，遲疑著自己是否能夠辦到。

「好啦你也不用太過擔心，這陣子因爲我的關係，幫會裡天下大亂，所以大嬸暫時還不會有麻煩吧我猜。」

「原來是那樣……啊！其實也不能說沒有關係！」怪老人好像無法好好說話，只好又用力磕頭，邊磕邊說：「咚！總而言之，要不是你送給她一塊蔥油餅，不然我永遠都不知道，原來她這麼喜歡吃蔥油餅，我也才……才能鼓起勇氣！買蔥油餅去跟她……去跟她……」

這又是什麼鬼啊？

炮頭嘴巴張得很大。

「都怪我自己沒用，雖然我已經知道她那麼喜歡吃蔥油餅了，我也眞的買了三次，但……我還是沒辦法敲她的門，把蔥油餅給她……」怪老人看起來很苦惱：「像恩人你這麼勇敢的黑社會，一定無法理解我這種懦夫的痛苦，當然了恩人你一定不需要理解，一點都不需要。但你知道嗎？她就住在我家樓下，整整十七年了，每次我看到她爬樓梯的時候，我都只敢把腳步偷偷放慢，從下面看她的內褲……」

接下來的半個晚上，全身無力的炮頭都坐在充滿尿臭味的大鐵盆裡，聽著怪老人滄桑的單戀史。

怪老人單戀著一個有夫之婦，默默地守護著她，但她老公跑了，他沒有勇氣告訴她，別害怕，還有他。她被討債公司糾纏，他不敢走下樓幫她趕走流氓，也不敢幫忙打電話報警。她餓得飢腸轆轆，他也不敢將手中的蔥油餅送給她。

眞是一個徹底的孬種。

「恩人，我不僅欽佩你年紀小小卻不屈不撓討債的勇氣，也讚嘆你買蔥油餅給她的仁慈，但最讓我感動的是，當她吃完蔥油餅，她想要……想要……」

「想要幫我吹雞雞。」

「想要幫你吹雞雞的時候，你果斷拒絕，你不僅助人不求回報，而能抗拒這麼強大的誘惑，我真的……我這輩子都不敢想像，我竟然有機會……親自謝謝你！」

「了解了，完全了解了。」炮頭終於鬆了一口氣：「雖然我簡直就是偉人，但你也差我不遠，謝謝你這兩天照顧我，我們就算是……扯平好了？如果你不覺得太危險的話，我現在連站起來的力氣都沒有，恐怕還要多打擾兩個晚上如何？」

「恩人，不瞞你說……」

「不方便嗎？那再一個晚上就好？我想他們沒那麼快找到我。」

怪老人猛力搖頭，趕緊說：「恩人，你失血太多了，我又沒有血可以給你，所以只能用特殊的……難以啟齒的辦法，幫你復原，但……」

「你果然吸我老二？」炮頭很震驚。

「不！不是！我怎麼敢吸恩人老二呢？我是……我是……」

怪老人滿臉通紅，將手放在炮頭的雙手上。

炮頭瞪著怪老人的手，除了感覺到被騷擾之外，沒有多餘的感想。

「雖然是個絕對不能說的秘密，但恩人肯定能夠例外……我就是這樣，然後把一些內力傳送進去，我不敢一口氣傳得太多，以免被發現。」

「哇哩咧原來如此。」炮頭心想……

原來不是原力，而是內力啊！

現在上演的是倚天屠龍記了是嗎！

「但是我現在沒有內力了，下次要補充內力再轉輸給你，還要等上四天。」怪老人的話說得很急，生怕炮頭忽然破門逃走似的：「恩人，你這幾天行動不便，就留在我這裡養傷，等到下次內力的補給到位了，我們再看看你回復的情況……如何？」

雖然這怪老人肯定是胡言亂語，但自己無路可逃，留在這裡慢慢思考下一步該怎麼走，好像也是沒有辦法中的辦法了。

「你不怕我連累了你？」

「恩人，我這裡環境清幽，只要你不要隨便亂跑出去，誰也不會想到你會躲在這個地方。而且，只要恩人你在這裡，我們一定可以想出一個……一個方法，幫助我喜歡的女孩，度過劫難！」

就這樣，窮途末路的炮頭就在這間小小的浴室裡住下。

大鐵盆就是他的床。

一無所有，就是他的世界。

12

肅德監獄。

今天早晨的公共浴間特別少人。

益哥放下手中的蛋。

益哥注意到了。

浴間裡，都是最近入獄的生面孔。

益哥也注意到了。

這幾張生面孔在外面所犯的罪，剛剛好，剛剛好足以令他們來到肅德。

益哥，早就注意到了。

當然了，益哥也注意到了，這些眼神不善的生面孔將浴間門關上。

兩個站在門邊，一個站在窗邊，兩個將每一間淋浴間都檢查過一遍，再順手將門帶上。其餘六個人，則將剛剛洗好澡的益哥，以僅僅三步的距離圍住。

這六個人的手裡，都拿著一根磨尖的塑膠牙刷。

「調查得很清楚嘛，知道我喜歡在天剛亮的時候一個人洗澡。」益哥微笑，將浴巾慢慢纏在右手臂上：「不過，要不要試著將門打開看看？說不定我的人反而從外面將門堵上，就是不想你們打到一半反悔想逃喔！」

這幾個生面孔沒有被益哥的話影響，但也沒有繼續壓前。

益哥笑了，不得不承認，是有一點緊張。

有多久了呢？

有多久沒受到這種挑釁？

喔，不是挑釁，也不是警告。

這種陣仗，這些小朋友完全是想殺了自己啊呵呵。

「益哥，我們無冤無仇，只是，大家都在江湖。」身上刺著毒蛇的年輕人冷言。

他們都是打架的硬手。

在其眼中，這個完全沒經過鍛鍊的中年男子的身體，雖高，但瘦，毫無威脅。

太瘦了，肋骨清晰凸起，益哥的身上完全沒有一點像樣的肌肉。

唯一可以用來威嚇對手的，恐怕就是背上、胸下、腹側邊那些絕對稱不上恐怖的刀疤。那種戰痕，年紀輕輕就在街頭逞兇鬥狠的他們，早就超越了十倍。

「呵呵呵，忠人之事，身不由己嘛……」

益哥總算在手臂上纏好了浴巾，這是他僅有能防禦戳刺的盾牌。

這個老江湖完全了解。

監獄裡，希望他平平安安出去的人太多了。

這老江湖一出去，監獄裡就會有一番新老大爭奪戰，爭奪戰裡重要的或許不是誰當新老大，而是在過程之中必然出現的資源重新談判——餐廳管理權、各大幫派在浴室的使用順序、各式各樣違禁品的流通、奇特性交易的經營管理等等，資源重新分配，潛在的油水自然滾滾而來。

監獄外，不希望益哥出去的人，恐怕比希望益哥出去的人，要多太多了。

益哥一出去，德高望重，如虎歸山。

必須，在肅德監獄裡就將他除掉。

公共浴室裡殘餘的蒸氣，濕潤了地板，模糊了益哥眼神裡的殺氣。

「都是年輕人，你們禮讓我把澡洗好，所以我也禮讓你們活下一個人好了。」

益哥笑笑地說。

這幾個生面孔微微向前一步。

益哥相信，這些生面孔根本不可能知道誰是幕後主腦。

所以多餘的刺探就省了。

等一下要發生的事才是眞的。

「最後活下來的那一個人，就揹下在浴室殺了其他人這蠢事，被關到死吧。」

益哥一踏前。

六支削尖的牙刷撲上。

13

公共浴室外。

門把被毛巾牢牢纏綁，除非裡面關了一頭屁股著火的公牛，否則絕對撞不開。

「到了這年紀，益哥還是喜歡自己來啊。」一個中年男子挺著大肚子，看樣子在監獄裡吃得很好。他的手裡，拿著一顆吃到一半的蛋。

「有時候就是得讓大家重新回憶一下，就算他落單了，同樣誰都動不了他啊！」另一個身形龐大的中年大叔呵呵笑著，腳邊都是蛋殼碎屑：「這就叫霸王。」

「哈哈哈之後益哥出獄了，咱們繼續投靠他，簡直就是前途一片……」

「一片酒池肉林啊哈哈哈哈哈！」

誰想得到這兩個愛吃蛋的胖子，人生最好的際遇，就是在這鬼地方遇到益哥。

他們原本就可以早早出獄，卻爲了想繼續擔任益哥的護衛，故意犯了點事，於是又在肅德裡蹲了下去。這絕對是划算的投資。

是啊……早一點出獄，當廢物。

或是留在益哥身邊吃香喝辣，每天吃蛋，然後一路江湖明媚。

這根本構不成選項。

澡堂裡開始發出慘叫。

鬼哭神嚎，竟然出自看起來凶神惡煞之人。

「益哥滿故意的嘛。」

「不讓他們叫，怎麼把人叫過來啊？」

幾個拿著臉盆要來刷牙的獄友，聚集在澡堂外。

聞風而至的獄友越來越多。

大家議論紛紛。

兩個胖子護衛乾脆坐下，若無其事地放下蛋，拿出菸。

這菸在監獄裡頭的價格，是外面的二十倍。尊爵不凡。

他們用手指輕輕捏著菸頭，菸頭便微微燃了起來，這把戲永遠也玩不膩。

內力。

來得如此便宜。

已經有很多年沒人敢挑戰益哥，這些配給過來的內力，只好拿來點菸炫技。

澡堂內的慘叫聲持續。

這種嚎叫，早已不是打鬥。

那是一種必須手段。

必須的，宣傳手段。

聚集在門外的獄友越來越多。

「裡面發生什麼事了？」

「聽起來要死很多人了。」

「益哥還行不行啊？太久沒有看到他出手了……」

「哎呀怎麼不給看呢？益哥有危險的話我們來得及幫手嗎？」

「到底是有多怕益哥出去啊？我要一出去，立馬投靠益哥！」

「就你這句話，當然就沒辦法幫益哥維持低調嘛！」

「聽起來眞不像打架，裡面眞的沒問題嗎？」

不久，連獄警都忍不住走過來關切。

「益哥在做早操。」坐在地上的胖子懶得藏菸。

獄警假裝沒聽見就歪著脖子走遠。

直到澡堂門口的走廊上聚集了一百多只臉盆後，纏在門把上的浴巾才解開。

煙霧繚繞。

黏膩的地板上躺滿了奄奄一息的、甚至無法被稱爲輸家的蠢蛋。

公共澡堂外，擠滿了無數窺探的眼神。

益哥彷彿剛剛洗好了，早上的第二次澡。

一個受到過度驚嚇的年輕人，毫髮無傷，手裡拿著顫抖的鋼杯。

鋼杯沉甸甸的，裡面裝了許多，許多，許多……

「哎呀一大早你都做了什麼？怎麼搞得一地上亂七八糟？」

益哥將紅色的浴巾掛在彎曲的淋浴間門板上時，身體還冒著蒸氣。

這個剛剛做完早操的老江湖，慵懶地經過連站都站不好的年輕人。

「我……我……」

「？」

「我……我打了他們……是我把他們打得……」

完全不敢與益哥目光相交，年輕人跪下來吐了。

吐得連膽汁都噴出來了。

「太衝動了吧年輕人，下手這麼重，豈不是要在這裡關到死。」

益哥嘆氣，在一陣誇張喧譁的掌聲中，赤身裸體地走出澡堂。

「益哥眞是寶刀不老啊！」

「哇操益哥以一擋百！簡直就是人肉航母嘛！」

「這些臭小子有眼無珠！被打死也是活該！」

等到門外那些獄友湧進澡堂，看清楚年輕人鋼杯裡裝了什麼，也都吐了。

門外的兩個職責不明的胖護衛，神氣活現地走在他們最信任的老大身後。

風光！

豪邁！

氣勢！

肅德監獄。

很快就囚不住這一頭，江湖猛龍！

14

唰唰唰唰唰唰唰唰唰唰唰唰唰唰唰唰唰唰唰唰……唰！

又是被同一個惡夢驚醒。

炮頭滿身大汗，慶幸自己已經脫離了那一個血腥肢解的夢境天台。

雖然說早就知道殺手G這號不正常人物，也曾用後腦杓目睹過殺手吉思美砍殺那個男人，而自己更是殺手月的狂熱粉絲，但，他還是難以置信。

難以置信那一夜，自己如此近距離地、詳實地、呼吸困難地站在不知道是哪位神經變態殺手的身邊，看著一個金毛陳變成很多個小小金毛陳。

「那個女人，眞的是，太瘋了……」炮頭用力深呼吸。

今天。

過了十八歲生日的第四天，炮頭的人生只剩下一個大鐵盆。

如果可以，如果眞的可以，炮頭很想依照約定，將這個大鐵盆的十分之一寄給吉思美，感謝她幫忙重新啓動他廢物一樣的人生。

「對不起啊吉思美，害妳白忙了一場。」炮頭看著小窗戶上的微光。

怪老人每天都會出門買蔥油餅，然後去樓下站崗，常常一待就是大半天。

二十四小時都光著下半身，不僅拉屎拉尿免去脫褲子的麻煩，其實還滿方便觀察傷口。傷口癒合的情況看起來還不錯。

炮頭覺得，自己如果可以多吃一點營養的東西，一定可以恢復得更快。只是收容他的老人似乎過得不是很好，每天給他吃的食物，除了一天一個冷掉的排骨便當以外，沒了。而怪老人自己好像只吃那個冷掉的蔥油餅，炮頭當然無法多要求什麼。

這三天，當怪老人離家到樓下站崗時，炮頭勉強能夠靠自己離開浴室，到簡陋的屋子裡走走坐坐。

只是失血過多的暈眩感始終很強烈，走一兩步就得扶著牆壁喘氣，幸好怪老人的家又破又小，家徒四壁這四個字用在這個時候最是點題，炮頭總能在屎尿快噴出來前，在小小的屋子裡龜速回到大鐵盆裡坐下。

這幾趟活動筋骨的屋內旅行，爲炮頭贏得了二十幾本過期很久的農民曆。

肯定是因爲農民曆完全免費，怪老人的家裡才會有這麼多本吧。市長發的，里長發的，大廟發的，小宮廟印的，議長送的，市議員候選人發的，立法委員發的，同一個年份的農民曆至少都有五本以上。

「哇哩咧這老人肯定不是軍公教，年輕時沒有存下什麼錢，這把年紀了也沒有家人在身邊照顧，獨居老人這四個字就是在講他吧……慘啊！比我還慘！」炮頭自嘲，翻著農民曆：「至少我年紀輕輕就會被精製成消波塊了，不需要慘那麼久呵呵。」

炮頭無聊到開始比較不同農民曆對同一天吉凶不同的寫法，至少有字可看。不同的農民曆，基本上互相抄來抄去，但有些見解還是有所不同。同一天，基本同一個節氣，但適宜做什麼、做什麼事意味著大凶，都沒有完全統合，唯一所有版本都一模一樣的，就是八字重量的計算方式，只是就這一點，炮頭很遺憾不知道自己是在一天之中的哪一個環節生出來的，八字不全。

「我的八字一定很輕，跟包皮一樣輕，不然怎麼會這麼倒楣咧。」炮頭有點心煩：「不知道自己正確八字的話，就算找到了高人也不知道怎麼請對方幫我改運吧？哇哩咧……」

炮頭是眞的想知道自己的命爲什麼會這麼離譜。

小時候被殺手重開機一次，現在又被另一個殺手重開機到谷底。

農民曆就像忠孝東路，連續看了九本之後，怪老人終於回家。

今晚怪老人拿回家的便當，還有點微溫，實在令人驚喜。

「嘿嘿不好意思，在你這裡打擾那麼久，剛剛才忽然想起來，我還不知道你叫什麼耶？」

炮頭坐在大鐵盆裡扒飯，津津有味。

「你是恩人，隨便叫就行了。」怪老人一邊吃著蔥油餅，一邊坐在馬桶上拉屎。

眞是太難爲他了，每天吃得那麼少，卻還是可以日日大便。

「哇哩咧哪可能隨便叫啊，難道叫你大懶叫你也覺得沒問題嗎！」

怪老人好像有一點嚇到，隨即鎮定下來，細細品味著。

「大懶叫是奇怪了一點，但恩人你叫就沒問題。」怪老人臉紅。

屁眼一縮一緊，撲通。

「叫你大懶叫你都沒問題，可見你的腦袋構造真的有點毛病，難怪追不到樓下那個大嬸。」炮頭呵呵笑著：「你這兩天總算看到她了嗎？」

「沒，還沒看過她出門。」怪老人皺眉，馬桶又是撲通一聲：「讓我都有點緊張，她是不是在裡面餓死了……」

「哇哩咧……你寧願讓她餓死，也沒種敲門送她蔥油餅吃，你對她的愛好像還需要再加強加強喔！」

「那……那怎麼辦？」怪老人宛若五雷轟頂。

忽然，怪老人從馬桶上拔身而起，光屁股跪下，腦袋又是重重一磕：「恩人！」

「三小恩人啦，當然是快點鼓起勇氣去她家給她蔥油餅吃啊！」

「的確該是如此，但我估計還需要幾天時間……我才有辦法……」

「是喔，在那之前她就餓死也沒關係嗎？」

「當然不能讓她餓死！」怪老人再度磕頭，這一用力過猛，又有一點餘糞從肛門噴出：「恩人！請你幫我將蔥油餅轉送給她！」

這算什麼要求啊！小學生都沒你那麼廢！

「萬一她又要吸我老二報答怎麼辦？」

「雖然有點強人所難！但如果可能的話……能不能請恩人婉轉拒絕！」

「強人所難個屁！你真的是……我看過最沒種的人！」

「恩人所言甚是，我的確沒種，我也非常生氣自己老是缺乏勇氣！不過當務之急還是要先避免樓下的女孩餓死爲先，現下我心有一計，恩人不妨聽聽……今天晚上我會出一趟門，回來之後就有很多內力可以給你了，到時候你恢復體力，請你！務必！明天！幫我！將……」

「將三小啦！將蔥油餅丟在大嬸臉上是不是啊！還心有一計咧哇哩咧！我一恢復力氣一定馬上衝過去把你打暈！然後抓著你的頭去撞樓下的門！哇哩咧怎麼會有你這種人啊！」炮頭氣到今天第三度失禁在大鐵盆裡，大叫：「快點幫我把尿舀出去！」

「是！是！」

炮頭看著怪老人慌慌張張蹲在自己的老二旁邊撈尿，倒尿。

炮頭隱隱約約覺得，人生的荒謬感，恐怕還沒來到極限……

白道通緝，黑道追殺，台灣是絕對待不下去了。

但出國要護照，偷渡要桶子，要怎麼逃出這個活不下去的地方？

炮頭忽然想起了一個都市傳說。

「我問你喔大懶叫，你有沒有辦法幫我打聽一件事。」

「什麼樣的地方？」怪老人用塑膠臉盆盛乾淨的水，輕輕地倒在大鐵盆裡。

「我聽一些混混說過，在中永和附近有個神奇的妓女，只要跟她打炮，射精的下一個瞬間就會突然出現在另一個地方。那個地方通常非常遠，超遠，常常是在台灣以外的地方，連沙漠都可能！」炮頭越說越有信心，真不知道這種信心是怎麼生出來的：「還是你根本就聽過？」

「啊？有這種妓女嗎？」怪老人的表情都歪掉了。

「我看你平常白天都沒什麼事，你就出去走走，假裝你沒錢卻想要出國玩，就一直去路邊狂問關於那個妓女的事，如何？」

「眞有那種妓女的話，假以時日，一定可以幫恩人打聽到的吧。」

「那就麻煩你了大懶叫。」

炮頭閉上眼睛。

如果眞的可以用這種方式逃出生天，在遙遠的異國重開機人生的話，這一次，自己一定要，務必要，非得，低調踏實不可。

那該有，多好啊……

15

生與死的交界。

黑暗秘密的囚牢。

日正當中的死神餐廳，依舊是寒氣逼人。

一包鼓脹的牛皮紙袋，兩杯酒。

一杯酒懸在一個看似在牛郎店上班的粉味男子手中，已久，沒有喝下半滴。

一杯酒放在一個梳著平整油頭的男人面前，桌上，酒水同樣完整無缺。

那油頭男人的表情一點也不油。

一身無法再更深的漆黑，即使坐在靠牆的舒適沙發上，依舊整個人背脊挺立，像最頑固的海礁一樣，不動聲色地抵抗大海。

「不用點了啦，義雄哥給的肯定沒錯。」粉味男子笑嘻嘻地拿起那包牛皮紙袋。

「點清楚。」

那名叫義雄的男子說出來的話，不大聲，卻有比聲音更重的力道。

「哈哈，義雄哥就是義雄哥。」粉味男子笑著點鈔票。

這兩疊鈔票，就是一個人的重量。

屍體的重量。

「聽說，有人買殺手去肅德裡殺老益。」義雄忽然說起了最近的傳聞。

「我是有聽到一些風聲啦，但那些小屁孩哪裡是什麼殺手啊哈哈。」粉味男子一臉鄙視：「充其量不過就是一些打架打得還可以，把牙刷當關刀的低能兒啊！」

「不是殺手嗎？」

「不像吧，義雄哥。」粉味男子再接再厲地恥笑：「我聽說那些小鬼把牙刷磨尖，就以爲拿了關刀啊！那種低能兒怎麼可能是殺手啊呵呵，再說肅德可是老益的窩啊，他身邊肯定是臥虎藏龍，那種沒水準的出手只會教老益提高警戒，沒別的營養。」

「知道是誰買的小鬼嗎？」義雄直接了當地問。

粉味男子笑笑，搖搖頭。

義雄用最簡單的手勢，做了一個明確的出價。

「這種事很難打聽到的，即使知道了，也無法透露啊義雄哥。」粉味男子熟練地將牛皮紙袋收好：「行有行規。」

義雄哥點點頭。

「對了義雄哥，我只是多問一句你別介意啊。」粉味男子瞬間堆起了笑臉：「金毛陳如你吩咐的變成了碎片，但聽說……貴幫底下的人都在找一個倒楣鬼的麻煩啊，說是他殺了金毛陳。」

「無所謂，他死也好，逃得了也罷，都無所謂。」

這個叫義雄的男人，就連被自己誣陷的小角色叫什麼名字，恐怕也不知道吧。

「小人物是嗎？既然是小角色，要不要就找個理由放過人家？哈哈我只是建議一下嘛！畢竟……」

「畢竟？」

這個滿臉堆笑的粉味男子，江湖人稱韓吉哥。

「畢竟」之後的話，韓吉哥恐怕不能說。

畢竟。

那個倒楣的小鬼，在被黑白兩道追殺之前所說的一番謊話，饒富興味。

那個叫炮頭的小混混，甚至並沒有供出在天台上宰殺他大哥的那個殺手，是個女人。他不只沒有任何關於女殺手正確的形容，他還胡扯了那是一個看起來像是菜市場屠夫一樣的大老粗男人，光頭，鼻頭上有一顆巨大黑痣，左眼是一顆金色的海盜假眼，那恐怖光頭在完全無視他的情況下胡亂殺死了金毛陳。

見鬼了。韓吉哥當然知道那晚，天台上眞正發生了什麼事，那個腦筋有毛病的女殺手都轉述給他聽了，韓吉哥一邊聽一邊大笑，差點沒有笑到斷氣。

問題是，爲什麼那個小混混即使自己被誤會殺人了，還要硬著頭皮說謊？

命在旦夕，那個小混混有說謊的理由嗎？

韓吉哥覺得很異常。

那個小混混明明就很鬼靈精怪，爲了活命，臨場鬼扯一通逃過死劫，豈有道理在好不容易逃離女殺手之後，卻又不顧性命地瞎說殺手的特徵呢？

韓吉哥總覺得，那個小混混，不能就這麼死。

「畢竟啊……老實說，我們家殺手在做事的現場，如果遇到不長眼亂入的倒楣鬼，就算對方只是一個老太婆，我們家殺手肯定也是照殺不誤，湮滅目擊者嘛哈哈！這不叫沒人性，這叫專業！」韓吉哥搖晃著手中的酒杯，笑呵呵：「只是那天晚上，我們家殺手不小心漏殺了那個小白痴，結果呢？算是意外嫁禍給了他，哎呀這就有點過意不去了，明明就不是他幹的嘛是不是？」

義雄看著韓吉哥。

那眼神，平靜得讓人打心裡發毛。

「所以你建議？」

「我建議啊，就算了吧放過那個小白痴，好像也無關痛癢是不是哈哈？」

義雄的身子沒有一絲前傾。

但他銳利的眼神，卻排山倒海地衝向韓吉哥。

「那個小白痴既然說出了你們家殺手的樣貌，比我們想動手的，應該是你吧。」

「……」韓吉哥一臉恍然大悟：「是啊！有道理啊！」

「仔細想想，那個小白痴既然看到是誰殺了金毛陳，江湖上，如果有一天抓住了那個鼻頭有一顆大黑痣的光頭殺手，又從那個光頭大黑痣殺手被敲碎的嘴巴裡問出了你的名字，而你又接著被我們幫會捉住，你是不是——」義雄的話語裡，每一個字都充滿了不可忤逆的邏輯：「會說出誰下的單？」

韓吉哥一臉輕鬆，笑道：「當然不會，畢竟保密就是我的專業嘛！」

義雄沒有笑。

他當然沒有笑。

「你知道我們幫會，對問答遊戲很擅長吧。」

「怎麼可能沒聽說過，大名鼎鼎的鬼道盟釘刑嘛。」韓吉哥放下酒杯，誇張地比手畫腳：「把人綁起來，然後拿大榔頭，慢慢地把釘子一根接著一根敲到骨頭裡，據說再怎麼硬氣的人，都捱不過七根釘子，最慢都會在第七根釘子落下去前把秘密說出來……哈哈不過要是我被抓住了，我擔保我在第一根釘子敲下去後就會痛到咬舌自盡啦哈哈哈哈哈！」

「上次有人這麼做，結果就是，被火箝插進嘴裡，斷舌一下子就止血了。」

「這個厲害！」韓吉哥拍案叫絕：「義雄哥不愧是義雄哥，釘子底下，沒有問不出來的答案！」

義雄倒是沒有說話了。

這個男人想起了，僅僅所見的，不愉快的回憶。

韓吉哥自顧自笑了半天，漸漸的，也沒有說話了。

許久。

又過了許久。

兩個人手中的酒，依然是一滴都沒有落入誰的喉裡。

這種沉默已不是氣氛尷尬所能解釋。

多說一句錯的話，其代價難以想像。

義雄，鬼道盟目前實力最堅強的一方之霸，瑯鐺大仔的軍師。

鬼道盟二當家。

在江湖上，明的火拼，講的是有多少堂口，多少不要命的打手，多少把槍。

暗的鬥爭，是防不勝防的刺殺。

有義雄護持的瑯鐺大仔，不管是明或暗，這十幾年都挺下來了，還連續當選三屆區域立委，風風光光，資源充沛，白道要靠他在立法院裡通過警察的預算，黑道仰賴他在政壇的人脈疏通打理，媒體不敢寫他一句壞話，據說瑯鐺大仔的手上擁有所有批評過他的記者的，裸照。屁眼插著老虎鉗的裸照。

瑯鐺大仔，可是鬼道盟裡唯一能夠與情義門的冷面佛、以及黑湖幫的金牌老大，平起平坐的超級大流氓。

誰也不清楚軍師義雄有多少看不見的黑實力。

誰也猜不出軍師義雄心裡的那把算盤。

光是義雄哥暗中買殺手幹掉自己幫裡的下屬，還指定碎屍萬段，就夠匪夷所思。

霸氣讓人懾服，陰沉令人戰慄。

「你的信用一直很好。」

義雄開口的時候，酒杯上的水波肯定震了一下。

「謝謝義雄哥。」韓吉哥的臉上早已沒有那裝模作樣的笑容。

「給你三天。」

「三天，夠了。」

義雄離開座位，留下那一杯沒有飲落的酒。

韓吉哥放下手上那一杯，一開始就沒打算喝下的酒。

他不動聲色走到廁所裡，關上門，跪在馬桶前。

狂吐。

吐到膽汁都跑出來了。

義雄深不可測，令人完全摸不著底細，那種恐怖感非常眞實。清楚，明白。

嘴角苦澀的韓吉哥忽然理解，爲什麼那個小混混拚死也要說謊的一半理由。

韓吉哥拿起手機，撥出了一個非常特殊的加密號碼。

三十秒之後才接通。

「我是韓吉。我需要欠下一份人情。」

「說吧。」

號碼的那頭，是一個女人冷冷的聲音。

「三天之內，我需要找到一個，鼻頭上有巨大黑痣的男人，把他殺了。」

「沒問題。」

「接下來把他的左眼挖掉，裝上一顆義眼，要金色的，最好，不，是必須弄得像是他本來就是那個德性。搞定後把他的頭髮剃光，光頭。我需要他的完整人頭。」

「還有嗎？」

「就這樣，之後我會找機會還清。」

「完事後，會通知你。」聲音依舊是冷若冰霜。

電話結束。

韓吉坐在馬桶旁，將頭埋在兩腿之間。

應該從何說起呢？

客戶買兇，身爲殺手經紀人的他，自然要盡力幫助名單上的倒楣鬼早登極樂。

但要由誰下手？客戶不需要知道。

客戶只需要告訴他，有沒有偏好的時間或地點，特別嚮往的死法，殺手經紀人自然會在手底下的殺手裡尋找合適的人選。其餘的，客戶不需要知道。也不能知道。

就如同要保護客戶一樣，韓吉哥也得保護自己的殺手。

殺手只是這個充滿權力、仇恨、慾望與利益拚搏裡的幾顆棋子。

每一個殺手經紀人，都不想讓底下的殺手，變成鬥爭的主角。

這僅僅是一份工作。

關於謊言，韓吉明白了一半，卻不懂更重要的另一半。

這個一知半解，有機會，真想當面問問那個叫炮頭的小混混……

「活久一點啊，炮頭。」

16

對一個身無分文的人來說，要生存，控制熱量是第一重要的事。

大嬸靜靜地坐在陽台窗邊，沒事就不會動，連眨眼的次數也得謹慎控制。

她可以一整個白天都坐在那裡，除了尿尿拉屎之外，不輕易站起來。

熱量以最低的需求極其緩慢地，一滴一滴地磨損著。

太陽有些大，不過沒有大嬸求生的意志力大。

她的雙腳泡在橘色大塑膠桶裡面，桶裡都是水。

對一個必須控制熱量的人來說，要生存得久，開發熱量則是下一個最重要的事。

陽台窗邊的大嬸，手裡握著一支電蚊拍。

這支電蚊拍不是電蚊拍，而是一支經過改造的超級電蚊拍。

它的上一輩子，其實是一把電風扇的金屬扇架，用可怕緊實的纏繞方式與一支掃把連結起來。比一般的電蚊拍更長，更壯，更立體，以及——更需要耐心。

節省眼皮開闔頻率的大嬸，目光聚焦之處，僅僅是陽台上的那一粒白米。

那一粒米，代表了無限可能。

陽光熱烈，時間點滴流逝。

雙手以脫力的姿勢撫摸著超級電蚊拍，大嬸感受著雙腳底下傳來的沁涼，以及微微的酥麻感，偶爾稍微放鬆心神，但不離警戒。

烈日。

熱風。

涼腳。

大嬸。

白米。

今天會跟昨天一樣，那麼的好運氣嗎？

陽光刺眼。

高壓電線微微搖晃。

腳底下那一群無時無刻都在啄食腳皮的小魚，忽然散開。

來了。

一隻小麻雀停在陽台上，笨拙地走向那一粒白米。

麻雀低頭。

麻雀垂頸。

大嬸寂聲暴起，雙手握緊的超級電蚊拍悍然揮出！

匡啷！

金屬的扇罩轟在陽台窗架上，電蚊拍精準地罩住正啄食白米的小麻雀。

「謝謝你！」

大嬸感激地拿竹籤，精準地戳進小麻雀的頸子，迅速地結束牠最後的驚惶。花了很多時間，大嬸慢條斯理地將小麻雀的羽毛都拔光，再用打火機慢慢烤到七分熟，再花更多倍的時間，細細咀嚼牠身上的每一丁點肉，吸吮肉塊與內臟，不讓一滴肉汁滴落。

大嬸一邊品嚐，一邊對小麻雀的在天之靈表達感激，感謝今日在烈日下的相遇，並期待有朝一日能夠在更好的世界裡再度相逢。到了那一天，她願意立場交換，變成一隻肥美多汁的蚯蚓。

關於米，一天約消耗五顆，可以捕食一到兩隻麻雀。如果持續不斷練習下去，大嬸應該有機會慢慢進步到一天三顆白米，就能夠捕捉到兩隻麻雀的境界。

她數過了，白米一共還有三百二十二顆，足夠她在低熱量的消耗中再度過兩到三個月。這兩三個月裡，生命還會發生哪些美好的變化呢？

大嬸咬著鳥頭，笑著低頭，看看那一桶正在啄食自己腳皮的小魚。

兩個月後，這些小魚吃著自己的腳皮慢慢長大了，就可以撈起來吃。牠們眞是一群可愛的孩子，肯定也會交配產卵吧，牠們能夠提供的營養一定很豐盛。

當然了，只要肯出門，在生存上就能擁有更多的可能性。

畢竟，人類的存在就是這個星球上最大的浪費。

不管是火車還是客運，車站的垃圾桶裡永遠有旅客沒吃乾淨的各種東西，拜很多名人在媒體上紛紛宣稱少吃澱粉是減肥的最好飲食建議之賜，許多被丟棄的便當都剩下三分之一的白飯，更注重健康的人還會丟棄美味的烤香腸。

只要你一整天都坐在速食店吹冷氣看報紙，把速食店當K書中心的學生離開時，桌上殘留的薯條也足以果腹。一天還可以吃好幾次，幸運的話還能吃到只吃了幾口的漢堡。

如果撿拾別人剩餘的食物，竟會對赤貧的你產生自尊傷害的問題，不妨到郊外走走。海邊常常有一大堆牡蠣附著在礁岩上，可以刮下來吃，退潮的沙灘上可以撿到很多小魚、小蟹跟蛤蠣，有些貝類直接拿起來就可以生吮，還有最天然的鹹味。

如果你有一本可食植物的圖鑑，你會發現山區到處充滿了食用熱量，山區有大量的川七可以採集，野生的龍眼樹以及無人打理的芭蕉也不少，爛掉的楊桃掉在地上沒人撿就是給你吃的。想吃動物卻不敢抓蛇跟偷蜂窩的話，自製簡陋魚網是一個好選擇，只要魚網沒有破洞，很容易在山溪裡慢慢捕捉到蝦子，如果手腳敏捷，蟋蟀很好吃，手腳笨就勤勞點把土挖開，蚯蚓也是非常好的蛋白質補充來源。

當然了，到野外一邊採集食物，也有一邊思考哪一棵樹適合上吊的功能，可如果你發現自己願意吃食蚯蚓的話，不管是生吃還是烤熟，你絕對能夠好好活下去，從此不再思考把自己幹掉的問題。

大嬸不出門，自有她的理由。

大家都知道的成語：「腳底涼快，身心通涼。」她大嬸用腳皮養魚，兼沁涼全身。

她用所剩不多的白米捕鳥，粒粒皆辛苦，每一次的獵捕都是一次生死勝負。

當然了，最期待的還是蘑菇。

「過一陣子，就可以吃到好吃的蘑菇了……蘑菇……蘑菇……到時候來煮蘑菇濃湯！」大嬸啃著麻雀小腳，非常開心地想像著。

蘑菇在哪？

大嬸在陰暗廁所後方的排水管上方的一排爛木上，意外發現幾朵蘑菇，蘑菇吸收著廁所裡天然的糞氣與濕氣，欣欣向榮地生長著，而且還有越長越多，越開越大朵的趨勢。要不是得認眞節制熱量的消耗，大嬸發現它們一朵一朵長滿爛木的時候眞想手舞足蹈。

萬分珍惜地吃完了麻雀，連牠胃裡消化到一半的小蟲都沒有剩下。

大嬸閉眼坐躺在椅子上，好好地唱了幾首歌，當作是對肚子裡小麻雀的送行。

節省體力是生存圭臬。

大嬸很遺憾沒能唱出聲，只是用氣音虛唱。

她很享受這美好的一天。

太陽下山之前，還有一半的機率，大嬸會用第二粒白米等到第二隻麻雀。

麻雀不來。

麻雀來。

麻雀不來。

麻雀……

17

夜深了。

農民曆都翻爛了，總算發現了可貴的寶藏。

睡睡醒醒，日夜混亂的炮頭坐在大鐵盆裡，輕輕地握著他九死一生的小老二，看著農民曆上的市議員女候選人的宣傳照打手槍。修圖無限好，候選人照片永遠都只用年輕時期的惡習也超級棒，在這個寂寞又傷感的夜晚，爲炮頭帶來了一點期待。

打了很久，老二是稍微硬了，可憐前列腺液都沒有分泌多少。

「身體還是那麼虛嗎？完全沒有多餘的蛋白質嗎？」

炮頭漸漸感到緊張……自己中了那麼多刀，刀傷有深有淺，該不會某一刀不小心劃到了控制勃起的神經還是筋脈之類的，導致從此以後都有射精困難吧！

沒注意到大門的聲響，只見浴室的門突然打開。

「啊！大懶叫你幹嘛不敲門啊！」

炮頭想趕緊鬆開握住老二的手，怪老人卻一個箭步踏進，先一步雙手抓住炮頭的雙手，構成了四手聯打的奇景。

怪老人罕見地，堅定地看著炮頭。

炮頭則堅定地搖頭。

那一瞬間，炮頭感覺到兩股岩漿從怪老人的雙掌，順著炮頭發抖的雙腕灌了進來，然後……然後……然後那兩股岩漿再澆入炮頭雙手緊握的小龜頭……

岩漿強衝！

全身上下數百萬毛細孔一顆一顆都裂開來，好像每一顆毛細孔裡面都漲滿了無形的光，激烈地想要一口氣奔放出來。尤其是龜頭上的那條小縫，好像有無限濃厚的光芒要從深處噴發出來！

尿道無限灼熱！

炮頭瞪大眼睛，卻無法看清楚眼前。

不……並非視線模糊而無法看清，而是相反！

所有的景象都太清晰了，太立體了……近在咫尺的怪老人，其臉上的皺紋不只是凹痕而已，他瞬間擁有化身爲一隻小塵蟎的想像力，在老人皺紋的幽深峽谷裡不斷探索，往下爬，往上探，還能清楚看到皺紋正在漸漸加深的細微變化。

炮頭的視線也突然擁有了怪異的離心力，明明只能看到怪老人的正臉，卻又可以直接將視線迴轉，看到怪老人的後腦杓上的每一根白頭髮，以及禿頭處的粗糙質感。

這不合理！

視線裡太多資訊了，太複雜了，太精緻了！

他的視線無法集中在小範圍，這浴廁裡的每個細節都送進他的腦袋裡。

左邊牆角的蟑螂正在交配。

天花板上的一隻壁虎正虎視眈眈，垂涎著那兩隻忙著做愛的蟑螂。

三隻蚊子正在發呆。

右邊磁磚裂縫中，有一株快要發芽的不知名植物，它正用全身的力氣試圖漲破種子的表皮。

生鏽的水龍頭口啣著一滴水，水滴正在震動，表面張力羈絆住了它的華麗墜落。

蜘蛛正在窗外結網，其細小的軀幹正優雅地整理半透明的絲線。

怪老人眼睛裡的血絲正在收縮。

幻覺？

不，怪老人眼睛裡的血絲確實在收縮，只是那種驚人的動態，原本被壓縮在僵硬的時間點上，一個無法移動的時間點上，所以被視線凝結成了一個固定的結果。

然而，現在炮頭的瞳孔被解鎖了，時間被上帝超凡的數學能力給積分了，積分成了一道立體的軌跡，可以往前預測，也可以往後回顧些許，令怪老人眼睛裡的血絲不是一個僵化的恆等式，而是一個隨時都在改變的狀態。

浴廁裡太多資訊了，他都被迫看得一清二楚。

所有進入眼簾的線條，完全都是動態的。

那些小昆蟲的線條隨時都在更新，都在移動，令炮頭有種暈眩的迷幻感。

原本昏黃幽暗的廁所燈光，越暈越開，將空氣裡的透明一一填補完整。炮頭的雙眼瞳孔默默換成了最高解析度的攝影鏡頭，輕易將怪老人臉上的寒毛看得一清二楚，那一根根被光溫柔勾邊的寒毛裡，還鑲嵌著粗大肥沃的汗珠。

汗珠，在一根根超細微的寒毛間努力與表面張力對抗拉扯，終於掙脫，變成瀑布一樣的汗漿沖刷而下，發出了震耳欲聾的轟隆聲。

是了，聽覺也誇張了，哪可能聽見汗水滑落的聲音，哇哩咧……還……還轟隆咧！什麼鬼啊！

炮頭感覺到雙手裡的陰莖變成了一根大鐵棒。

燥熱，堅硬，宛若一條燃燒中的絕世打狗棒。

打狗棒裡的熊熊火焰持續不斷地灌注全身，炮頭非常非常想要……

充滿皺褶的陰囊，像河豚一樣迅速膨脹！

會射出來嗎？

炮頭低頭看著氣球般的巨大陰囊，仔細看透了，明確知曉了，裡面的睪丸正在抓狂，睪丸裡積蓄剛剛瞬間被製造出來的精液，發亮的精液！

自己並沒有傷到不舉！

炮頭的心境不由自主高亢起來，有一種，異樣的愉快。

這種明顯大幅超越過去生命經驗的愉悅，反而讓炮頭極速冷靜下來。

「大懶叫，哇哩咧……你……你做了什麼？」炮頭當然沒有失去意識，而是意識變得非常飽滿，渾身上下無一不是知覺的擴大接收器：「我好像，怪怪的。」

「恩人，我這是，將一些內力送進你身體裡啊，就跟上次一樣。」怪老人的雙手依舊緊緊握住炮頭的雙腕。

「上次？」炮頭的雙手當然還是用力地抓住自己的老二。

別慌。

即使有些混亂，可發生在自己身上的事情，一定，是好的。

不用怕。

雖然感官承受太多了，但很好，沒有不好。沒有一點不好。

只是太好，太多，太明確，雖然陌生卻又瞭若指掌。

除了感受，還得需要好好摸清楚這改變到底是什麼。

「是啊，你昏迷的時候，我也是這樣把內力灌進去。」

「幹得好大懶叫，原來是內力啊！」

身爲一個第四台養大的小孩，炮頭他當然知道什麼是內力。

張無忌，乾坤大挪移呀，永遠都還沒去大都的那個嘛！

「九陽眞經，果然是！一柱擎天！」炮頭彷彿能確實握住，從陰莖那頭源源不絕傳來的內力：「我好像，好像……無所不能！」

怪老人的表情好像有些飄飄然：「無所不能是誇張了，不過恩人喜歡就好了。」

炮頭點點頭。

當然很喜歡。

這種三魂六魄合而爲一的感覺，唯有少林足球裡的師兄歸位可以比擬。

這是無敵感。

一種無所不能的超感受。

「恩人，我還可以給你更多一些，你還可以嗎？」

「……當然。」

炮頭閉上眼睛，中斷資訊太多的視線。

這一闔眼，眼皮底下的黑暗也動了起來。

一切激似光的感受，從身上的毛細孔蔓延出去，猶如植物的根鬚，鑽入了牆，滲進了更遠的地方。然後在大樓裡的角落慢慢紮根，讓奇妙的知感涓滴擴散。

他聽見了很多細微的聲音，像是幻覺。清晰無比的幻覺。

自己在黑暗裡溶解了。

所有的感受都溶解了。

炮頭首次有了自己或許能夠進入西方極樂世界的自信。

咚咚。

蹭蹭。

嗯？這是腳踩在階梯上的聲音嗎？

咚咚咚咚……蹭蹭……沙沙……

與其說「聽」得很清楚，不如說一種動態被炮頭奇妙的內力初體驗，給好好感受了。

炮頭皺眉，試著將陰莖握得更緊，好像靠這一招就能更加集中精神。

異樣。

腳踩在階梯上的深淺不一，貌似是好幾隻腳，都以一種不穩定的節奏走上樓。

那種明顯的不穩定、拖沓，好像是在不爽？

「是來找我的嗎？」炮頭狐疑。

是喔，原來我的行蹤已經暴露啦？

被發現是不奇怪，但爲什麼是這個時候被發現的啊？

那些腳步聲停下來了。

停在。

樓下。

18

大嬸站在門後，喜孜孜地站直了身體，像極了品學兼優的好學生。

門外，是三張不懷好意的嘴臉。

「很好啊，沒有假裝不在家，給一分。」

帶頭推門而入的，是一個眼神渙散的瘦子，他像是剛剛嗑過一堆亂七八糟的藥，狀態有些瘋瘋癲癲：「阿嬸啊阿嬸，知道我們找妳做什麼吧？」

其他兩人跟著呵呵笑了起來。

「知道！討債！」大嬸精神抖擻。

「很好，沒有明知故問，再加一分！」病態瘦子咧嘴怪笑：「先說好了啊，今天集滿十分我們就拍拍屁股走人啊，只有今天啊，明天我們睡飽了閒閒沒事就還會再來！」

「那我有兩分了！」大嬸握拳：「我會努力！」

「很好啊，那妳有沒有錢還？有錢還的話我直接給妳加到一百分啦！」

「沒有！不過我找到了這個！」大嬸從地上拿起了一條跳繩，喜道：「這個對身體很好，我知道它不貴……不好意思說它拿來抵利息，但是應該可以得一分吧！」

三個半夜還來討債的小混混哈哈大笑，笑得前俯後仰。

「眞的！跳繩眞的對身體很好！運動嘛！」病態瘦子笑到眼淚都流出來了：「如果妳跳一百下的話，我一口氣給妳加五分啦！」

大嬸驚喜若狂，馬上拿起跳繩開始跳。

跳跳，跌倒，跳跳，跌倒，跳跳，腳絆到繩子，跳跳跳，跌倒，跳跳跳，腳勾到繩子，跳跳跳跳，太累了停了一下，跳跳跳跳……

「等一下……剛剛跳到幾了？二十二下了對……對不對……再來！哎呀！」

這幾天都很認眞控制熱量消耗的大嬸，血糖很低，跳沒幾下就感到頭很暈，腳又常常絆到、踩到、勾到繩子而停頓，幸好因爲太興奮了腎上線開外掛，令大嬸瘋狂地再接再厲，說什麼也得把一百下給跳完。

三個討債鬼哪有認眞在數，全部都笑到快斷氣。

一整天下來，只吃兩隻鳥的大嬸跳到快昏倒，終於快跳到了約定的一百下。

全身上下都濕透了，好像大嬸正在瀑布下跳繩似的。

「九七！九八！哇！」

大嬸猛然被自己流出來的汗滑倒，把鼻血都跌出來了。

「靠妳在搞笑喔哈哈哈哈！」

「阿嬸妳是不是白痴啊哈哈哈哈哈！」

「我眞的快笑死了！不過……還有兩下別想逃啊！」

大嬸生怕小混混忽然反悔，連鼻血都沒擦，就慌慌張張撐起肥胖的身體。

「九九！」

才又一跳，頭昏腦脹的大嬸馬上就踩到剛剛跌出來的鼻血，一滑，摔倒。

三個討債鬼哄然大笑，好像眼前的大嬸才是世界上純度最高的笑氣。

「我馬上跳！馬上！」

大嬸想站起來，卻因爲嚴重貧血，全身的力氣只能維持一動不動，根本無法跳繩。

「哈哈哈算了啦優待妳最後一下！妳過關啦阿嬸！」病態瘦子瘋狂大笑，身上穿的那件縫著骷髏標誌的牛仔外套不住地顫抖：「過關！」

大嬸反而感到驚慌，連忙說：「不行！我馬上跳還給你！」

咬牙，大嬸拚著瞬間休克的危險，奮力一跳。

「一百！」

大嬸搖晃著身體，一屁股坐在地板上。

三個討債鬼一起鼓掌通過。

「很拚喔阿嬸！還債就是這種精神啦！給妳按一個讚！」病態瘦子豎起大拇指，按在大嬸的額頭上：「現在妳一共有七分啦！再得三分我們今天就放過妳，明天再來看妳表演啦！」

大嬸開心地笑了，慢慢扶著牆壁站起，氣喘吁吁，從抽屜裡拿出一根刮痧棒。

「這個刮痧棒很有歷史的，以前我都用它幫我老公刮痧，只要一下子整個背就紅了！你們討債的那麼辛苦，大白天還是要跑來跑去，萬一中暑了怎麼辦？去醫院看病多麻煩啊，這根刮痧棒只要這樣……跟這樣，要小心盡量不要刮到脊椎喔，馬上就會有效果！」

病態瘦子接過刮痧棒，看都沒看就接過：「刮痧棒好啊，收啊！再給妳兩分！」

病態瘦子隨手把刮痧棒，交給站在旁邊的第二個討債鬼。

第二個討債鬼將刮痧棒，傳給站在後面的第三個討債鬼。

第三個討債鬼將刮痧棒往後丟，丟在門外的玄關走廊上。

「那我有九分啦！」大嬸完全不敢相信今晚自己如此幸運。

「還有一分，你們家到底還有什麼可以加分的啊？」

「這個！電風扇的機身！雖然我把網子拆了但還是可以吹！」

「不收。」

「開罐器！我已經很久沒用了但它真的很方便！你們這種常常喝啤酒的不要老是喝那種易開罐，玻璃瓶的比較沒有鐵鏽味是不是！」

「不收。」

「左邊的拖鞋！右邊在哪裡我真的找不到了，但只剩左邊還是可以拿去打蟑螂！這是膠底的，很有彈性，揮起來會一抽一抽的，有一種韻律感，最重要的是蟑螂的屍體爆炸了也很好清理！」

「不收。」

「湯匙！這個湯匙本來是……」

「不收。」

「飛鏢！這裡有紅色的三支，橘色的……」

「不收。」

大嬸在家裡翻箱倒櫃，拚命地想找出值得再得一分的好東西。

但這三個討債鬼都不收。

通通都不收。

大嬸沒有放棄，只差一點點一點點……

連刮痧棒都可以拿兩分了，一定還有一分的東西！

「第三百六十五期的翡翠雜誌，早就絕版，絕對買不到，封面還是楊思敏！」

「不收。」

「第兩百二十六期的翡翠雜誌，當然也是絕版，你是崔苔菁的粉絲就一定要買！」

「不收。」

不收

不收

不管拿出什麼，這些討債鬼就是不收，大嬸的臉上卻一點也不見氣餒。

她只是一直拿出新的破爛，外加無敵霹靂的推薦。

「阿嬸啊，聽他們在講的時候我一開始不相信咧，原來這個世界上眞的有像妳這樣的奇葩！」病態瘦子用腳將地上的破銅爛鐵亂踢一番：「好啦，這麼晚了眞的好累，妳到底想不想得到最後一分讓大家回家休息啊！」

「想！你知不知道爲什麼我都沒有蛀牙嗎！你看這個牙刷！」

「不收啦！」病態瘦子呵呵笑了起來：「不過阿嬸啊，這個世界無奇不有，妳說是不是？」

「是！」

「在網路上啊，有些人就是特別喜歡看那些被討債的女人哭紅眼睛，全身脫光光的照片，最好嘴角還有一點被揍的瘀青，覺得那種寫實感特別SEXY！特別適合打手槍妳知道吧！」

「好可怕啊！」

「那種照片大概也可以拿到一分吧。」

「好可怕啊！」

「……阿嬸啊，妳到底想不想讓大家早點回家睡覺啊？」

「好可怕啊！」

三個討債鬼大叫：「脫光！」

大嬸呆呆地看著這三個忽然暴怒的討債鬼，身體動彈不能。

「脫光聽不懂是不是！」

像是被雷打到，大嬸迅速將身上的衣服脫掉，連內衣都不剩。

其中一個討債鬼翻了一下翡翠雜誌，撕下裡面空白最多的廣告頁，在上面寫下：「我是欠債的母豬喔耶！」交給大嬸。

大嬸呆呆地拿好，雙腳微微發抖。

「拿好啊，小心別遮到妳的奶頭，奶頭遮到了等於沒露奶懂不懂啊！」

「笑一下嘛，拍照而已，又不是要強姦妳！」

「做一下鬼臉，比較俏皮喔！」

「比個讚！」

「半蹲一下。」

「腳再開一點，像是要大便那種。」

「眼神不對啊，要有一種望向遠方看著夕陽的感覺！」

「對！就是這個感覺！」

大嬸拿著蠢不可及的自我宣傳，左拍拍，右照照，完全配合，一百分資優生。

「這樣差不多有零點五分了！還有剩下的零點五不知道該怎麼辦啊！」

病態瘦子看著手機上的一大堆裸照。

「那……要我吹一下大家嗎？」大嬸的眼神有些呆滯。

「誰要妳吹啊！我們像是那種禽獸不如的人嗎！當然是——」病態瘦子看向門外走廊上的，那根刮痧棒：「要拍妳拿著那根大木棒，插到妳陰道裡挖來挖去的微電影啊！」

「好……好可怕啊！」大嬸的雙腳有些發抖，但還是堆出笑臉：「我還是吹大家好了，大家放心，我會先刷牙漱口，不會把大家的雞雞弄髒的。」

「到底誰要妳吹啊！阿嬸妳可不可以不要那麼不知廉恥！」病態瘦子暴怒。

「幹去撿起來！」

「打起精神啦阿嬸，這麼晚了很想睡啊！」

大嬸看著走廊上的那根刮痧棒，慢慢抬起頭，擠出今晚最純眞無邪的笑容：「我家裡還有一些米，大概是三百二十一顆，還是……你們想吃魚？魚現在還小，但硬要吃還是沒問題的。」

「刮痧棒！」三個討債鬼齊聲大吼。

「蘑菇呢？蘑菇……我自己本來是想好好留下來的。」

「刮！痧！棒！」病態瘦子一腳將大嬸踢向走廊。

赤裸又黏膩的大嬸，跪在走廊地板上。

拿起刮痧棒，思忖著這東西要怎麼在自己的身體裡挖來挖去。

大嬸不懂。

她眞的不懂。

答對問題一分，態度良好一分，跳繩五分，刮痧棒兩分。

但爲什麼脫光光拍照只有零點五分？

爲什麼自己賴以求生的白米粒，萬分珍惜的小魚，天天期待的夢想美食蘑菇，卻連最後的零點五分都換不到呢？

大嬸看著手中的，這根剛剛已不屬於她的刮痧棒。

臉上濕濕的。

怎麼可能……這是怎麼回事……難道是眼淚嗎？

明明就沒想哭啊？

明明就已經很優惠了，怎麼可能會感到委屈？

大概是因爲，最後的這零點五分，眞的，好高難度。

病態瘦子拿起手機，呵呵呵朝著走廊拍。

「我要開始錄了喔，阿嬸，手機記憶體寶貴啊，妳不要亂弄一通害我重錄啊！」

「好……好……好可怕啊！」

跪在地上，顫抖地緊握刮痧棒，大嬸緩緩抬起頭。

緩緩的。

看到一條硬邦邦的，火燙的，冒煙著，筋肉糾結的，看起來怒氣勃勃的……

同樣一絲不掛的炮頭，憤怒地站在大嬸的鼻子前。

怒氣不只是一種形容詞，炮頭的全身上下，真正都冒出了灼熱的蒸氣。

炮頭炮頭，打炮用龜頭。

炮頭看著屋子裡的，三個笑到眼角帶淚的討債鬼。

討債鬼看著炮頭，不約而同睜大眼睛。

這個大半夜在公寓裡胡亂裸體跑來跑去的低能兒，好像就是那個……

那個那個……

「大嬸。」炮頭的視線無比灼熱：「雖然這裡不是公海，不過，殺了他們怎麼樣？」

大嬸呆滯的眼淚，終於落在走廊地板上。

「好啊。」

炮頭一踏步，握緊拳頭。

「欠債還錢。欠揍——」

炮頭一瞬間來到三個討債鬼的面前。

什麼時候，可以如此快？

「開揍！」

炮頭全力將拳頭，一把轟在站在門邊的討債鬼臉上。

討債鬼的頭整個爆炸。

「哇哩咧！」炮頭嚇一跳。

另外兩個討債鬼還沒反應過來，各自朝炮頭揮出手中的小刀。

炮頭本能地抓住病態瘦子的手腕，用力。

手腕爆炸！

第三人的刀子還在半路，還在驚嚇中的炮頭一拳緊急朝對方的肚子一掄。

肚子爆炸！

「哇哇哇我的肚子啊！」那人看著自己肚子上的大洞，遺言非常點題。

炮頭表情扭曲地看著從他肚子裡噴到牆壁上的內臟。

大嬸看著突然失去腦袋的某個身體，慢慢地倒在自己家裡，天花板上都是腦漿。

病態瘦子看著空無一物的右上手臂，慘叫：「啊啊啊啊啊啊我的手啊！」

「是幻覺！一切都是幻覺啊啊啊啊啊啊啊啊啊啊啊！」炮頭傻傻看著病態瘦子：「難道我是……超級賽亞人？」

怎麼辦？

現在該怎麼辦？

自己當然不是超級賽亞人啊！自己百分之百就是張無忌轉世啊！

不然怎麼可能一不小心就把一個人的腦袋揍爆了，還把一個人的肚子轟爛了！

超恐怖！

從很久以前就一直覺得「對不起我一時失手，殺死了他」這類的句型非常白痴，殺人耶！哪可能一個不小心還是忽然失手啊，肯定是故意乘以一百萬才有可能把一個人殺掉啊！

而且還是一口氣一不小心一個恍神一個沒有好好控制力道！就幹掉兩個人！

這個世界上有那種一不小心就把另一個人的腦袋打爆這種新聞嗎！

「好痛啊好痛啊……快送我去醫院啊……」病態瘦子痛得在地上打滾。

對了，還有這個王八蛋。

炮頭回過神來，看著在地上Cosplay陀螺的病態瘦子。

這王八蛋好像在某個幫派裡的KTV慶生場合裡看過，自己還跟他敬過酒。

比起來，這個王八蛋只是沒有了一隻手，感覺……感覺還可以吧？

他應該覺得自己很幸運吧？

他應該學到教訓，不會再犯了吧？

炮頭茫然看著大嬸，不知道接下來該怎麼辦。

大嬸淚流滿面。

炮頭原本非常火燙堅硬的老二，慢慢地委靡，恢復成原本垂頭喪氣的模樣。

體內的某種巨大能量蕩然無存，只剩下劇烈的心跳。

「哇哩咧，我好像有一點……」炮頭腦中一片內疚。

有一點過分。有一點太認真。有一點太白痴。

大嬸全身赤裸貼地，奶頭碰地，認真磕頭。

「對不起！又給你添麻煩了！」

「怎麼妳也愛這樣亂給別人磕頭？」炮頭罵出口的時候，鼻子酸酸的。

「對不起！害你不高興了，這次我知道不能吹你的雞雞！我知道的！」

「亂跟別人下跪會害別人折壽，妳有沒有常識啊！」炮頭的鼻子還是很酸。

「知道了！」大嬸重重地磕頭。

磕得，連在屋子裡的炮頭，腳下的地板都在清楚震動。

炮頭的鼻子很酸，很酸。

大家的人生，都很酸。

很酸。

19

剛剛內力充滿全身的無敵感完全消退了。

消退得無影無蹤。

雖然炮頭失手把一個人的腦袋揍飛，把一個人的肚子打爆。但他既然自認是不小心用力過猛，就不可能再對忙著滾來滾去瘋狂喊痛的病態瘦子痛下殺手。

病態瘦子是自己痛死的。

沒有人要幫他打電話叫救護車。

病態瘦子寧願賴在地上打滾喊痛，就是不肯自己走出去求救。就這樣死了。

大概失血過多也有一點關係吧？誰知道，又沒人問。

大嬸沒穿衣服是剛剛好，主婦上身的她非常有效率地將一片狼藉的兇案現場收拾好，跟同樣裸體的炮頭將三個屍體拖到浴室，該怎麼處理之後再說。

「炮頭大哥，你別擔心屍體的事，我會想辦法處理。」

「我是在煩惱等一下要吃什麼。屍體的後續我是無力了，沒有人三不五時都要看別人分屍。」

炮頭將三個討債鬼身上的錢整理好，大概有七千多塊錢，然後把他們手機裡的骯髒照片都刪了，當然也包括了其他可憐的女生。眞可怕啊自己的同行怎麼都是一些心理變態哩。

把錢分了一半給大嬸，炮頭像猴子摳掉臉上乾涸的血點。

「這些錢……可以拿去還債嗎？」大嬸呆呆地說。

「不必還了啦，妳拿去花掉吧。」

「我又不是欠他們錢，是欠他們的大哥錢。」

「我大哥最近也被殺掉了啊，妳買一張冥紙，上面寫好妳欠他多少錢，然後一邊唸他的名字一邊拿去陽台燒掉，就算兩不相欠。」炮頭呵呵呵呵。

「什麼！你大哥被殺了！到底是誰這麼壞殺了你大哥！」

「哎呀妳別激動，我覺得我大哥死掉超級棒的啊，雖然不是我動的手，不過外面都以爲人是我殺的哇哩咧。平心而論啦，雖然一開始我很賭爛被大家誣賴，但現在算在我頭上我也超接受的啊，畢竟金毛陳不死我就很倒楣，他死我開心，再加上我剛剛也眞的這樣一拳……」

「我眞的可以不用還錢了嗎！你大哥一定有兒子女兒吧！我要把錢還給他！」

「哈哈哈還什麼啦！這裡這麼多死人耶！」炮頭感到莫名其妙的好笑：「倒是妳把這些屍體弄好後，就快點搬家啦。」

「不行！這樣我老公回來，找不到我會很緊張的。」

「算了算了，妳是無藥可救了我懂，我超級懂……無所謂啦都殺人了，以後的事以後再說。」炮頭的肚子發出可怕的咕嚕聲：「我現在肚子超級餓，妳家沒東西吃吧？我出去買早餐。」

大嬸果斷搖頭。

「錢不能隨便花啊，就算買冥紙也是要錢啊。」大嬸露出終於輪到我上場了的表情：「天亮了，外面都是小鳥，炮頭大哥你等我一下。」

一夜沒睡都在瞎搞，炮頭沒有疲倦的感覺。

等待大嬸誘捕小鳥的時候，炮頭有很多的時間回想發生的一切。

剛剛的確是嚇到了，自己也覺得把人殺掉很恐怖。

炮頭低視，看著因爲被血液漬久了呈現暗紅色的右拳……指縫還有點黏黏的……

但心裡的罪惡感好像沒有想像中的重？

拳頭像是緊握著一團快要往四面八方炸出去的火焰，然後砸在那個人的臉上，那一瞬間的觸感，那臉骨像是蛋殼一樣，輕輕脆脆地龜裂崩壞，頭骨裡的血水像是沸騰的滾水唏哩嘩啦往後狂噴……

這就是內力。

……大懶叫沒有騙我，他眞的有特殊門路，在某個地方得到這種神奇的力量，然後灌進我的身體。只是這種力量來得快，去得也很快，我只揮了兩三拳就什麼也沒剩下。這幾天身體的嚴重虛弱感倒是沒了，內力一定是種很營養的東西，少林易筋經好像就是類似的好東西吧，總之呢，修復了我身體裡的重傷。

內力眞是好東西啊，讓我脫胎換骨了。

不過。

殺人耶。

殺了人耶。

一想起那個黑禮服女人在天台上對金毛陳做的事，自己還是會腿軟。

但金毛陳死了。在自己的眼前死了。自己沒有一點感傷。還覺得很爽。

有兩個討債鬼被自己瞬殺，自己也沒有感傷，還覺得很愉快。

還有一個討債鬼握著斷手在地上哀爸哭母，自己也只覺得吵，淒厲的哀號聲停下來的時候只覺得鬆了一口氣喔耶這樣。

「大嬸啊……」

「嗯……再等一下……」陽台邊，大嬸輕輕握住超級電蚊拍。

「我殺了那三個人，妳覺得我是壞人嗎？」

「不管別人怎麼想，炮頭對我來說，就是全世界第二名的好人。」

嗯，第一名是妳老公。

炮頭看著黏乎乎的拳頭。

「我殺了那三個人，妳高興嗎？」

「……」大嬸的眼睛，還是緊盯著陽台上的那一粒米。

「一到一百，一是不爽，一百是爽死了，妳心裡大概是幾分啊？」
「……」大熔的眼角餘光，瞥見一群停在麵店招牌上的一排麻雀。
那些麻雀，如果其中一隻看見陽台上的這粒米……
大熔沒有回答，生怕一點多餘的聲音都會分散自己的注意力。
「一到一百，到底是幾分啦！」
「噓。」
「哇哩咧說眞的啦！」
「九十七，九十八。」大熔壓低聲音。
「說眞的啦！」
不知道是不是炮頭喊得太大聲，那一排麻雀集體飛走。
大熔嘆氣，閉上眼睛好好休息一下，再重新睜開。
「一百。」
「妳是不是在怪我嚇走麻雀？」
「一百。」
「……妳該不會幻想可以靠那個網子抓到麻雀吧？」
「一百。」
「再十分鐘，我就下去買早餐。」

「一百。」

好敷衍啊，無所事事的炮頭只好默默在心裡建築一個新的世界。

這個新的世界，很模糊，很混濁。

眞想找人討論，等一下回去找大懶叫聊一下好了。

對了，大懶叫都是從哪種管道得到這些內力的啊？

這個世界上眞的有那種，把內力當作一種貨品，帶過來又送過去的方法嗎？

還是大懶叫一直都在騙我，從頭到尾他都是一個絕世高手，張三丰等級的那種，但他因爲太龜毛了，不肯直接教我武功，乾脆亂講他是從別的地方得到內力再傳輸給我呢？

哇哩咧不像啊，大懶叫就是一個眞正的廢物，發生這一連串的事，躲在樓上的他都偷偷看到了吧，幹嘛不來幫忙？自己喜歡的女人被整成這種程度，不就是他英雄登場的時機嗎？就算沒有內力，明知道會被揍得很慘，還是要衝一下啊！

都一把年紀了還這麼彆扭，這個大懶叫眞的是太糟糕了，肯定不是絕世高手。

他不是絕世高手也無所謂，反正一定要逼大懶叫把內力是怎麼來的說清楚，他的背後一定有一個眞正的絕世高手，渾身上下充滿了內力，老二二十四小時都超硬，如果自己可以拜他爲師，學到他十分之一的戰鬥力，就算被警方通緝、被黑道追殺，在這個險惡世界還是能拚搏到一席之地。

到那時候，自己就是一個，就是一個……

匡啷！

大嬸的超級電蚊拍重重落下，其巨響嚇得炮頭從地板上彈了起來。

大嬸轉頭看著炮頭，淚流滿面。

炮頭瞪著金屬電風扇架裡的……

「是鴿子，我第一次抓到鴿子耶！」

炮頭笑了。

眞好，是一隻非常健美的好鴿子呢。

20

肅德監獄。

週六，擁擠的會客室。

大懶叫如常排隊，如常寫了登記表，如常拿了號碼牌，如常混在許多陌生又熟悉的臉孔中，等待那些人一個又一個去跟人緣超級好的益哥見面。

握手，大聲寒暄，握手，放肆談笑，握手，互道珍重。

時間分分秒秒過去，終於輪到大懶叫坐在益哥面前。

益哥笑笑地握住大懶叫的手，大懶叫小心翼翼地低下頭。

「辛苦了，益哥。」大懶叫的台詞依舊。

「二十多年了，還不就那樣。」益哥點點頭，台詞也沒有改變：「他還好嗎？」

「託您的福，一切如昔。」大懶叫的頭垂得很低。

「你也好嗎？」

「我很好，謝謝益哥。」

「看你好像有一點心事。你不要胡思亂想，我答應的事就一定會做到。」

「這我明白，謝謝益哥。」

益哥閉上眼睛，大懶叫的眼睛幾乎蹦了出來。
兩人的雙手在會客桌上牢牢緊握。
就跟過去那些年的那些週末一樣，兩人陷入漫長的沉默。
一股力量從大懶叫的體內，澎湃地湧向益哥，衝擊他全身上下每寸筋脈。
心跳加速，血管賁張，益哥的身上不斷流出汗漿。
大懶叫的雙手越來越冰冷，額上的青筋甚至凍出了淡淡的紫色。
終於，益哥睜開眼睛。
「今天的份量，好像比以前少了些？」益哥有些詫異。
「……是嗎？」大懶叫用了好大力氣抬頭。
「沒遇上什麼麻煩吧？」
「一切如昔。」大懶叫回話的時候，牙齒還凍得顫抖。
益哥點點頭，微笑。
大懶叫扶著桌腳，有些搖晃地站起來，閉眼暈眩了許久，最後還是深深向益哥鞠了一個躬，這才緩步離開。
益哥看著大懶叫的背影消失在會客室外。

21

警察廣六分局，分局長辦公室。

大理石長桌上放著殘存餘溫的四副手銬。

四個鼻青臉腫的小混混坐在牛皮沙發上喝茶。

一個鼻子歪掉，鼻角還在滴血。

一個雙眼充血，眼窩瘀青鼓脹。

一個一咧開嘴就露出斷裂的門牙。

一個拿著從便利商店買來的冰塊袋，貼在紅腫的下顎。

五個非常年輕的巡邏警察站在辦公桌旁，腰桿打直，立正站好。

五張非常緊張的菜臉。

警察局長正在幫瑯鐺大仔倒茶：「委員眞是明理，弟兄們不長眼，其實都是自己人嘛！」

「哈哈年輕人嘛！就是太衝動！哈哈哈哈不衝動怎麼叫年輕人呢！」瑯鐺大仔笑呵呵接過茶水。

坐在瑯鐺大仔旁邊的義雄，倒是非常專注地盯著手中的手機。

手機上，是一系列剛剛傳來的照片。

一個鼻頭正中央有顆大黑痣、左眼鑲嵌了金色義眼的光頭男，其死人頭安安穩穩擺在桌上，各個角度的照片一共有十多張。

義雄的手指在照片上縮放，旋轉，仔細研究斷頭切面的血跡與割痕。

局長一放下茶壺，其中一個小混混自行接過，有模有樣自己倒起來喝。

另三名小混混索性點起了菸，表情還頗爲無奈。

局長向五個一臉菜樣的巡警使了個眼色，說：「來來來！今天就是誤會一場，幸虧委員呢大人不計小人過，你們還不趕快跟委員敬個酒。」

敬酒？

五個年輕巡警尷尬地你看我，我看你，這執勤的當口被叫回警局，哪能喝酒啊？

「以茶代酒都不懂得變通！我看你們眞的是一群白痴啊！」局長一副教不成才的懊惱樣，轉頭向瑯鐺大仔致歉：「委員啊，我還得感謝您今天特地過來一趟，不然我眞不知道怎麼教這群菜鳥！」

瑯鐺大仔哈哈大笑：「菜鳥就要教嘛！我現在偶爾還是得親自教教一些剛入門的小笨蛋怎麼開槍啊，他們有些連保險都不曉得怎麼打開就知道拿起來亂扣扳機，還以爲是在夜市射水球咧哈哈哈哈！」

一個巡警用最快的速度衝到牆角飲水機旁抽出五個紙杯，大家迅速拿起桌上的茶水倒好，一人一杯茶，向心情看起來頗好的瑯鐺大仔鞠躬敬茶。

「好好好！看起來都是年輕有爲啊！改天到酒店臨檢的時候，我開一個最色的包廂讓你們好好臨檢那些小姐哈哈哈哈哈哈！」鄉鐺大仔笑呵呵，完全把警局當酒家了，轉頭嚷嚷：「你們四個！」

四個剛剛被警察揍得很慘的小混混，心不甘情不願地拿起茶杯。

「弟兄們不長眼，其實大家都是自己人嘛！」局長提高音量，舉杯。

「是啊，今天就是……」鄉鐺大仔豪氣萬千地嚷嚷，舉杯。

義雄放下手機。

鄉鐺大仔看了義雄一眼。

義雄看著四個被揍慘了的小混混。

四個小混混手中的茶杯登時僵住。

義雄淡淡地問：「你們被臨檢的時候，有沒有亮出大哥的名字？」

下巴敷著冰塊袋的小混混點點頭：「亮了。」

義雄再度低頭看手機，不說話，手指格放光頭的金色義眼特寫。

局長看著義雄。

鄉鐺大仔看著局長。

局長看向五個年輕巡警。

「那就不是誤會啦！」局長拿起茶壺往離他最近的一個菜鳥頭上猛砸：「你們這五個低能

兒！弱智！白痴！知不知道委員每年有多認眞替我們警察爭取福利！你以爲夜間執勤特別加給是怎麼來的！三節績優獎金怎麼來的！沒有委員幫我們說話，你有槍帶出門都沒子彈可以射你知道不知道啊白痴！通通都是白痴！白痴！白痴！」

茶壺破了，就換菸灰缸。

四個小混混笑咪咪地看著五個巡警被局長手中的菸灰缸砸得頭破血流，半點都沒有稍早的威風，這畫面眞是療癒啊！今天晚上去KTV唱歌的時候一定要好好吹嘘一番！

鄭鐺大仔皺眉許久，也不見他喊停。

直到義雄將手機放下，放入口袋，點點頭，鄭鐺大仔這才咳了幾聲。

「我說局長啊，今天就當作不打不相識，都是小朋友嘛。」鄭鐺大仔世故地說。

「那怎麼行！我得天天打！」局長汗流浹背。

「那今天的份也打夠了吧，留一點力氣明天再打嘛！」鄭鐺大仔倒是發自內心的建議：「不然我看你這最後幾下，打得實在沒一開始的好，虎頭蛇尾，這又何必呢？」

「是……是，明天等我吃了委員您送的人參，他們可有得受！」局長喘氣，胡亂扔了手中的紅色菸灰缸：「操他媽的丟盡我們警察的臉！活該！」

義雄的手機響起。

義雄看著來電顯示，表情罕見地驚訝，馬上轉頭看向鄭鐺大仔。

鄭鐺大仔好奇地將頭探過去，同樣一臉震驚。

此時局長辦公室裡所有人的手機，都不約而同地響起了簡訊通知的聲音。

大家低頭看手機，不由得面面相覷。

黑湖幫的總領袖，金牌老大，剛剛被暗殺了。

江湖四大勢力，洪門、黑湖幫、情義門、鬼道盟，各霸一方。四惡雖然偶有紛爭，底下的幫派衝突不斷，但大體來說共營共生，畢竟之所以混黑道並不是熱愛打打殺殺，而是這些生意需要用打打殺殺來維護而已，稍微有點腦的都知道，和氣最能生財。

現在黑湖幫的領袖被莫名其妙的被殺手給暗算了，黑湖幫對內必起權力鬥爭，對外也會有一番可怕的聲討，才能維持幫會的尊嚴。

那是一片血海，躺在輸家與贏家的地板上。

義雄淡淡地說：「沒事的人出去。」

十秒之外，就連警察局長也尷尬地離開自己的地盤。

偌大的局長辦公室，只剩下瑯鐺大仔跟義雄。

義雄低頭沉思許久。

義雄太久沒說話，令瑯鐺大仔感到不安。

瑯鐺大仔在局長辦公室裡走來走去，菸都連抽了三根。

「義雄，金牌掛點了，對我有什麼影響？」瑯鐺大仔終於忍不住。

義雄點點頭，不知道是什麼意思。

「……不是我們出的手，表面上，影響有限。」義雄罕見的愁容滿面：「但江湖上的事，不是我們幹的，最後也難免燒上來，畢竟大哥您，面子大，目標大。」

瑯鐺大仔啐了一口：「靠，我就知道，我這就叫樹大招風！」

義雄看著手機，凝視著螢幕上頭的刺殺簡訊。

情報是殺戮的第一要素。

能夠比別人快一秒得到這些情報，就是他平日花錢在各種探子上的回報。

「這陣子外頭的傳聞很多，暗中幫你處理事情的阿廟被亂刀砍死了，還砍成了肉醬，一開始我以為只是阿廟在外面惹出什麼我不知道的禍事，也沒理他。但過幾天，幫裡不管你說什麼都挺你到底的金毛陳也被幹掉，屍體還被剁碎，我才意識到，這絕對不是巧合。」

「不是巧合，那是什麼？」瑯鐺大仔隨手拿起局長桌上的獎盃，晃了晃。

「幫裡有幾個人，在更早之前被殺，死之前被一個女殺手凌虐得很慘，我花了很久時間才把那個女殺手釣出來做掉。現在回想起來，她的出現也很不單純……唉，我太晚聯想到，那個女殺手做掉的人，黃雞、火山、洨鱉，都是幫裡很支持老大投入下屆幫主選舉的重要樁腳。」

「到底是什麼巧合！」瑯鐺大仔心跳加快的聲音，大到整個房間都聽得見。

義雄很嚴肅：「老大，您必須小心老益。」

瑯鐺大仔難以置信：「老益？」

「十之八九，是老益買的殺手在搞鬼。」

「老益？老益耶！」鄉鐺大仔還是沒有回神。

當老益還是個屁的時候，自己同樣一無所有，兩人曾在同一個變態老大底下，打理一個開在夜市巷尾的小賭場過。

自從那一晚大哥徹底發瘋，幫派不得不散後，兩人才各自加入鬼道盟，之後互相幫忙，雖然說不上是出生入死，但老益可是眞正的老交情了。

「老益快出來了，你想想，幫裡很多人都在裡面跟他一起蹲過，如果那些人在下次的幫主投票裡都舉老益的手，再加上，一直最挺你的幫內幹部又被偷偷摸掉。」義雄慢條斯理地分析：「老大，你這下一任幫主的位子就很危險。」

鄉鐺大仔聽得嘴巴開開。

「老益在進去之前，跟我其實還不錯，我也欠了他一些人情。」

「誰沒欠過老益人情呢？」

鄉鐺大仔忽然一臉懊惱，拿起獎盃就摔：「老益要當幫主也不是不行，等我當完就換他當嘛！要不然他好好跟我講，這第十七屆幫主先讓他過過癮也沒問題啊！他蹲肅德蹲那麼久，屁眼都不知道是不是拿來大便用的，慘啊！看看我！老大我這幾年過得超爽，比幫主還爽咧！只要他好好求我，他當完再換我當我也不是不能商量嘛！」

「老大，您這麼大量，別人的胸襟可不一定跟您同樣水平。」義雄感嘆：「難道，您忘了幾個月前那個瘋子嗎？」

幹怎麼可能忘記。

那個瘋子像火車一樣在停車場裡衝向自己，一拳接著一拳，輕鬆地打壞自己身邊每一個保鏢。

打壞，這兩個字可眞不是開玩笑，肚破腸流啊那種像砲彈一樣的拳頭。自己都快嚇出屎來的時候，幸虧義雄暗中買的緊急保險發生效用，否則自己現在就不需要擔心下一屆的鬼道盟盟主要由誰當。

「不管我們在他身上敲多少釘子，就是問不出來，到底是誰買他殺您。」

「會是老嗌嗎？」

「只有他有動機，也只有他有這種狗膽。無論如何，我們得做好準備。」義雄皺眉，看著瑯鐺大仔。

瑯鐺大仔的身體微微顫抖，不曉得是氣過頭了，還是感到害怕。

「迎戰自是不怕，老大您現在的江山就是打出來的，這也是男子漢之間的較量，強者全拿，天經地義。」義雄緩緩說道：「但現在看起來，老嗌不是個光明磊落的男子漢，暗箭難防，什麼時候會踩到他設下的陰險圈套……」

「對！打仗就打仗！誰怕誰了啊！就是怕小人爛招！」瑯鐺大仔氣急敗壞。

「我們一整天在外面搞事業，一下子跟某某局長吃飯，一下子又去哪個婚禮敬酒，老大，行事光明磊落的您，目標太明顯。」

「難道要我躲起來！」瑯鐺大仔忿忿不平。

「相比之下，老益躲在肅德遠遠指揮，不僅安全，還可以暗地裡操縱外面的殺手，如果殺你不成，至少也會不間斷買下那些支持你的好弟兄的人頭，直到不敢有人舉你的手為止。」

「好！老益派殺手！我們難道不會下單嗎操！我直接派十個殺手進去裡面把他幹掉！」瑯鐺大仔自顧自大笑起來：「哈哈哈哈哈哈對了！你上次弄來的殺手，高高瘦瘦長得很醜，身上味道好臭那個，他好像滿行的嘛！他也去！還有那個啊……」

瑯鐺大仔開始信口開河，好像這場戰爭才一開始，就會馬上結束。

眞那麼簡單就好了，義雄根本沒在聽。

很多事，很多發展，都早在義雄的布局裡。

但，金牌老大怎麼會被刺殺？誰下的單？這個新變化又會衍生出什麼樣的更多變化？新繼任的黑湖幫首領會是誰？可能會是誰？自己需要暗中支持黑湖幫裡的哪個派系奪權嗎？這些可能的變化，應該怎麼導引到對自己有幫助的方向呢？

他得，認眞地，安靜地，找出蒐集正確情報的方法。

至於現在。

還是有一些，早就在心裡準備好的話。

「嗯……聽說老益在肅德裡有兩個很厲害的保鏢，最近他還親自在肅德裡露了一手，搞出很大事情，要買死他恐怕很不容易。」義雄沉吟，嘆氣：「我得好好查清楚，老益這幾年憑什麼在肅德裡旺起來。我絕對不會置老大於險境。」

老益有個不爲人知的秘密。

靠著那個秘密，老益將他的秘密化爲力量與恩澤，在肅德監獄裡稱了王。

無數的小耳朵，早已在肅德裡撒了網。

撒了整整三年。

只要推敲出這個秘密，老益這頭老狐狸，也就不怕他變成老虎了……

22

「實在是不行啊恩人，我能透露的不多，主要還是因爲，我得做到自己答應的事。」

「喔，所以你不能透露誰是你背後的絕世高手？」

「是啊，實在是不行啊，這樣可能會害到他。」

「哇哩咧他是絕世高手耶，誰有本事害到他啊？」

大懶叫幾乎要下跪道歉，炮頭只有白眼以對。

這個對話已經往返了半個多小時，依舊是在原地打轉。

炮頭越來越不耐煩，不過想想也是，這個大懶叫可是暗戀了樓下大嬸十七年卻連一塊蔥油餅都不敢拿給她的超級執拗狂，不肯就是不肯，現在要逼他說出內力來源的秘密，恐怕還眞是辦不到，只能從大懶叫能說的東西裡，勉強歸納出幾點。

一、大懶叫每個禮拜五晚上，會偷偷去一個地方，找一個神祕高手，從他身上取得內力。

二、大懶叫給了炮頭大約一半的內力。

三、大懶叫不會擁有剩下的一半內力，因爲他得在禮拜六的早上去另一個地方，把剩一半的內力給另一個人。

四、大懶叫不能說出給他內力的神祕高手是誰，也不能說出他要把內力轉交給誰。

五、爲什麼給大懶叫內力的神祕高手，不自己灌內力給那個需要內力的人，而要過水一手，讓大懶叫代勞——不知道。

六、大懶叫很欠揍。

「總之恩人，我不能回答關於別人的問題，我多說了，會害死人。」

「那問關於你的問題總可以吧？」炮頭心情眞是惡劣。

「是，是，雖然我沒什麼好問的，但恩人想知道，我一定有問必答！」

「哈，別以爲我想知道你叫什麼名字，你就叫大懶叫！」

「是，是，我覺得這名字也挺有氣勢……」

「大懶叫，你平常是幹什麼吃的？」

「年輕的時候打打零工，現在平常不幹什麼，有人之前給了我一點點錢，不亂花的話，夠用好幾年了。」

「誰那麼好心啊？」

「就……就是每個禮拜都會拿走我身上內力的那個人，不過那個人……」

「知道啦！那個人是誰你不能說嘛！」炮頭感到煩躁：「那些錢是多少錢啊！」

怪老人趕緊去廚房，捧來一個生鏽電鍋，裡頭都是千元鈔票。

「那你幹嘛不用那些內力，去做一些厲害的事？」

「我從來沒這樣想過，畢竟……那些內力又不是我的，我只負責轉交。」

「你這樣轉交來轉交去，有多久啦？」

「大約十一年了。」

「十一年！」

炮頭太吃驚了，電鍋裡這些鈔票雖然看起來不少，但只憑著這些鈔票就能指使大懶叫乖乖聽命十一年，若不是大懶叫很白痴，這中間潛藏的故事真令人好奇。

「十一年一下子就過了，連我都覺得不可思議呢……」

「感嘆個屁啊。十一年，你一天都沒偷偷用過那些內力？」

「也不能說完全沒用，畢竟……」大懶叫有些發窘，好像被戳破了什麼：「恩人你應該懂得，那些內力只要在身體裡一待上，就難免讓你變得很健康，看得比較清楚，聽得比較明白，走起路來也挺帶勁的，排便也很有力，這十一年來我連一天都沒有感冒過，想必是我的身體也不小心用掉了一點點內力吧……」

炮頭不禁點起頭來。

第一次內力灌輸至自己身體裡時，馬上拯救了自己的性命。

第二次內力湧入，自己不僅內傷痊癒，還得到了接近超能力的恐怖力量。

內力如此無敵霹靂好，這個大懶叫竟然可以忍著不用，真是可怕的執拗。

「好，最重要的問題來了。」

「恩人請說。」

炮頭正襟危坐，慎重地開口：「以後那些內力，可以都分一半給我嗎？」

「啊！」大懶叫大吃一驚。

「三分之一，這樣總行了吧？」炮頭面不改色。

「這……每次嗎？」大懶叫看起來非常爲難。

炮頭正色地說：「你看看我，我拿到內力以後，跑去幹什麼了！」

「跑去殺人。」

「我跑去拯救需要幫忙的老百姓，根本台灣蜘蛛人，現代唐伯虎，內力在我的身上，完全就是老百姓的福氣，因爲哇哩咧我人超好的啊！」

大懶叫聽得搖頭晃腦，忍不住讚嘆：「對啊恩人，我怎麼從來沒想過內力可以拿去做這麼多好事，我整天就想著很久都沒感冒生病了而已，恩人，你的層次眞的高我太多！」

炮頭飄飄然：「是啊，所以說你把內力給我一半，我拿去懲奸除惡，是不是比你把內力全丟給另一個人還要強得多？我問你，那個人有拿內力去做什麼偉大的事嗎？我每天都看報紙啊，就沒看到有什麼整天負責幹掉壞人的武功高手！你自己說，摸著良心說，你把內力給那個你死都不說的那個人，他有拿去救國救民嗎！」

大懶叫搔頭掐腦默默否認，看起來只差臨門一腳。

「當然啦我的確不是最合適當大俠的人，你看看那個殺手月，他多辛苦啊，他殺那些惡霸靠的不是內力，是子彈，如果你把內力都給他我也沒話說，讓月如虎添翼啊！問題是你認識月嗎？」

「啊……怎麼可能認識啊。」

「是啊，我也不認識，所以我只好勉爲其難收下那一半內力，用那些內力做做好事，等到你認識月以後，再把內力灌給他也不遲嘛是不是！」

「我跟月……素不相識……」

炮頭深深嘆了一口氣。

「老實說，我現在被黑白兩道追殺，追殺我的都是一些壞人啊！如果沒有內力的話我遲早被砍死，要不就是手腳被剁斷被丟到天橋下當乞丐。我是你恩人沒錯吧，你是這樣對恩人的嗎？我有內力之後就可以順理成章把那些追殺我的壞人通通幹掉，根本就是幫你想好報恩的方法！」

「恩人的性命自然是最重要的！」大懶叫堅定不移地說。

「哇哩咧我的命才不是最重要的，更重要是樓下大嬸的命啊！昨天半夜我把那三個逼她拍裸照的王八蛋都殺了，你猜猜看那些王八蛋的老大會不會派人來看看是怎麼回事？萬一被他們發現……喔不，是他們遲早會發現，那三個小混混消失不見一定跟大嬸有關！他們發現了你說會怎麼辦？大嬸那種貞節烈女能夠承受接下來發生的SOD場面嗎！大懶叫，你想不想把那十七年我一個人追的女孩給演完！」

其實炮頭心知肚明，那些黑道頂多會派另一組人再過來討債，卻不可能將失蹤的三個人聯想到樓下大嬸，不過這個時候不威脅大懶叫，又待何時呢！

「啊！其實我那不算追，我那只能算……」

「還給我玩文字遊戲啊你！正經一點！你喜歡十七年的沈佳宜就要被殺啦！」

「不！絕對不行！」大懶叫很激動。

「十七年！小龍女都摔下去又爬上來跟楊過約會一年了，沒想到大嬸要被殺！」

「不行！恩人！拜託你收下一半的內力！一定要好好保護她！」

大懶叫奮力磕頭起來。

炮頭趕緊扶起大懶叫，大懶叫的身體很沉，很硬，他竟然無法阻止怪老人拚命向自己磕頭道謝。

「恩人！我從來沒遇過像你這麼好的人！這麼爲人著想！」

大懶叫這次的磕頭比前幾次都要劇烈，根本就是要撞碎地板。

炮頭感到很難爲情，明明只是自己很想得到內力藉此在黑白追殺中活命，於是唐伯虎上身，用話術連轟可憐的大懶叫，迷惑他，催眠他，誘導他，恐嚇他，不料大懶叫卻因此萬分感動，這叫炮頭怎麼好意思承受大懶叫的感謝？

年邁的大懶叫一直在撞地板，年輕氣盛的自己卻扶不動他，可見內力在一個人身體裡運來載去，時間久了，即使不刻意使用內力，內力的好處還是影響深遠，能讓一個老人如此強壯。

大懶叫一直磕頭，炮頭的心裡越來越異樣。

「恩人！謝謝你！你眞是……義薄雲天！」

「站起來好好說話啦。」

「恩人！感謝你收下一半內力，感謝你願意保護那個女孩……」

「哎呀你給我內力的話，也算是你有一起保護啊。」

「恩人！感謝你願意把我算進去，我眞的很沒用！感謝你！」

「快點起來，你們怎麼都這麼愛亂跟人磕頭啊，哇哩咧你們眞是天生一對……」

炮頭的鼻子又酸了。

明明自己就是在欺負大懶叫，要詐騙大懶叫的內力，大懶叫卻如此感激自己。

明明那些黑道就是在欺凌樓下的大嬸，大嬸卻依舊非常感謝黑道願意借錢。

明明就是大懶叫救了自己，自己沒磕過大懶叫一顆頭，大懶叫卻一直跪自己。

明明那些黑道早已回收了本金與利息，還持續壓榨，大嬸卻堅持欠債還錢。

這些卑微的小人物，這些卑微到不知道自己有多淒慘落魄的小人物……

到底要如何在這個殘酷的世界裡生存？

「大懶叫……」

炮頭深呼吸，微微仰頭，以免眼淚丟臉地滑出眼眶。

這個世界上，有頭有臉的奸商官霸，有殺手月負責收拾，媒體上滿滿的正義、熱血、不畏強權、窮人的子彈……社會大眾一片叫好。

但這些卑微的小人物被欺凌壓迫時，這些社會大眾在哪？

那顆「窮人的子彈」又在哪？

華航空姐罷工抗議，有「史上最香的罷工」美名，媒體關注，社會大眾熱烈支持。

當年華隆關廠工人，幾個老弱婦孺臥軌罷工，圍觀民眾怒罵：「害我遲到！」、「罷工幹嘛妨害別人上班」、「用火車輾過去！」……情何以堪。

炮頭看著越來越模糊的天花板。

如果自己沒有碰巧遇上天台上的女殺手，悲憤承受誣陷進了監獄二十年，抑或是被切除器官扔夜市乞討，殺手月這麼忙，怎會有空了解，怎會有空搭救自己？

小人物的悲哀。

底層裂縫的蒼涼。

如果這個世界上，有另外一個比較有空的月，就好了……

如果……

拳骨默默握緊，一股熱氣從心頭上湧。

炮頭眼中那模糊歪斜的天花板，好像震動起來。

忽然。

門縫底下窸窸窣窣，鑽進了一道黑影。

一只黃色牛皮紙袋。

23

週六。

穿上那件背後繡著巨大骷髏的牛仔外套，壓低了棒球帽。

炮頭的手上，是七張給污血染紅的影印紙。

那是從大腿被插了一把扁鑽、嚴重染血的褲子口袋裡，撈出來的紀念品。

紀念短暫的、爛透了、糟糕透頂了的討債生涯。

影印紙上面，是欠下金毛陳高利貸的一連串名字與住址，姑且說是欠債人名單。

這些欠下高利貸的小人物，不管再怎麼還，都不可能還清黑道的債。

炮頭戴上口罩。

週六。

沸騰的週六夜晚。

滿地的家具碎片。

滿屋子刺鼻的赤紅色。

四個討債混混剛剛只象徵性花了幾分鐘，就在屋子裡用噴漆烙下各種嘲諷字眼。

欠債不還，天誅地滅。沒錢沒品沒人格。全家死光光。別想下輩子還。做牛吃草做雞被搞。賣小孩賣老婆賣下輩子還錢。有借有還再借不難，有錢不還良心何在。幹天幹地幹你娘。

三個還在上小學的小孩嚇到忘了哭，只是抱著呆坐在破沙發上的媽媽。

全身脫光光的爸爸，雙手壓在地上，用盡力氣做著伏地挺身。

「還有兩百七十七下喔，不要放棄嘛一家之主！」

「剛剛那一下不算啊，都說老二要碰到地板才算一下啊！」

「你一家之主耶，身體那麼虛，是要怎麼扛債啦！」

「說眞的啦我們也想幫你啊，是你自己瞎搞不還錢的嘛！公司規定嘛！」

這齣剝削自尊的戲碼，不知道還要上演多久。

時不時，家裡就有流氓進來胡搞。明明就還了很多錢，爲什麼要受這種罪？

呆坐在破沙發上的媽媽，心想著……不如今天晚上就把瓦斯打開吧。

大家一起重新投胎，下輩子就別當人了。

家裡最大的小孩，是一個男生，大約念小學六年級了吧，他不知道何時鬆開緊抱媽媽的雙手，獨自走去廚房，走回客廳時手裡已拿著一把水果刀。

小男孩的眼神堅定，筆直地走向其中一個笑得最忘形的討債混混。

殺了他。

殺了他。

殺了他。

殺了他。

只要連續刺出四刀，今天晚上就可以結束一切了。

一個小時前，破爛浴室。

蒸氣滿佈，大懶叫的手緩緩鬆開了炮頭的雙手。

「大懶叫，你平常承載那麼強的內力，是怎麼控制它的呢？」

「我沒有控制啊我根本不會武功，我只是非常謹慎克制，雖然很想跑但不要忽然跑起來，雖然很想大叫但不要眞的叫出聲，總之不要做一些特別需要用力的事，以免內力不小心消耗太多，會對不起那個更需要內力的人。」

「是喔，所以你也沒試過怎麼把內力用在，如何耳聽八方的方法？」

「如果一不小心睡著的話，好像很容易聽到很多平常聽不到的聲音。」

「所以訣竅就是放鬆嗎？」

刺他。

刺他。

不刺他，一家人的人生都無法繼續下去。

「搞屁啊！」一個混混瞥眼，赫然大叫。

小男孩手裡的水果刀還沒刺出，馬上就被另一個混混發現。

混混重重地將小男孩踢飛。

小男孩整個人像足球一樣飛撞上牆，手裡的水果刀卻依舊緊握。

媽媽登時回神，跟身邊兩個小孩一齊尖叫起來。

「啊幹你娘！拿刀想殺誰啊！」

「幹你娘小王八蛋！今天一定要把你的手折斷！」

「幹你娘臭雞掰，別以爲小孩我就不敢揍，告訴你我最喜歡大欺小啦幹！」

「不要一直罵幹你娘幹你娘幹你娘了，我們今天晚上就眞的來幹他娘！」

拿水果刀的小男孩還沒站穩，馬上就被混混一拳正揍在臉上，眼睛跟鼻血一起爆出，可他手中的水果刀還是沒有放開，反而趁機往前亂揮，劃傷了出拳揍他的混混。

這一劃傷，換來的是下一拳！下一拳！又一拳！

「臭小鬼你自找的！幹！」

重拳毫不留情砸在小男孩的眼窩上。

一個小時前，破爛浴室。

「我上次才短短幾秒，就把一身內力用光了，這樣可不行。得想出辦法。」

「恩人您眞厲害！才短短幾秒就能用光那麼多內力！」

「大懶叫，你最久試過把內力放在身上，不轉出去給別人多久時間呢？」

「我想想啊……幾年前有一次，會客時間臨時改了，我沒辦法只好去了又回家，後來那些內力就在我身體裡待了五天才消失，我整個非常焦躁，卻什麼都不能做，簡直快瘋掉了。」

「五天啊，其實還滿久的，嗯……喔對了，你剛剛說什麼會客時間啊？」

「啊……恩人，請你忘了我剛剛說的……」

小男孩手中的水果刀越握越緊。

「不要打！不要打！」媽媽尖叫衝過來。

「幫妳教小孩，不過不是免費的啊！要加利息！」一個混混將媽媽的頭髮抓住，一扯一拉，媽媽倉皇倒地。

全身像一塊沸騰東坡肉的爸爸想要爬起來幫忙，馬上被踩回地上。

「很兇嘛！沒手沒腳的小乞丐有多受歡迎你知道嗎！」

「到底放不放開啊！還想殺誰啊！」

「揍到你變笨！揍到你連除法都忘記！」

一個身高不滿一百五十公分的小男孩，就這麼被無情地暴打一頓。

這樣下去，他恐怕會被打到送急診。

匡啷。

客廳的窗戶忽然碎開，一個男人小心翼翼地避開碎玻璃，慢慢爬了進來。

戴著黑色棒球帽，加上一個十五塊錢的活性碳口罩，活像個小偷。

「啊？你……」一個小混混不知道該怎麼反應。

「窗戶沒關，我就想辦法跳上來了。」炮頭拿下口罩，笑嘻嘻：「哇哩咧，我也覺得自己超神的啦哈哈哈！第一次飛簷走壁就上手！」

現場氣氛凝結，就連正在揍小孩的小混混也忍不住停手。

這一停手，幾乎被揍暈的小男孩反射性地一刺，再度刺傷了小混混的臉。

「！」小混混大怒，一拳又要落下。

炮頭趕緊從窗邊衝向兩人。

現在全身充滿了內力，耳聰目明，但眼中的世界並沒有因此像電影演的一樣變成超慢動作，而是一種資訊完全膨脹的超密度感，無限多的小細節溢滿了他的感知……

小男孩手上的水果刀上，倒映著小混混額上的青筋。

一隻果蠅停在餐桌邊緣上覓食。

一個小混混叼在嘴角的香菸頭火光大盛，飄在臉邊的菸氣微微逆流。

吊扇上的陳年灰塵被從窗戶吹進來的微風吹散，粒粒分明，其中大半即將落在一個混混肩膀上的刺青上。

被腳壓在地上的可憐爸爸用手指往前搆，手臂裡的血管卻收縮困難。

油膩的便當盒放在過期七天的報紙上，滲出的蛋汁緩慢在某明星的臉上暈開。

扔在地上被老師寫著營養午餐費遲交警告的聯絡簿。

媽媽聲嘶力竭地從地上爬起，其心跳聲巨大到快撐破整個空間。

距離自己最近的小混混，瞳孔拚命縮小。

在這些不斷增加的小細節裡，自己的身體好像困住了，徹底被迷惑了，每個小細節都在發光，發光，發光，想吸引自己的注意，導致極難集中精神在必須做的「某個特定行動」上。

如果想一口氣爆發，在一瞬間突破這些細節圍城的話，是不是又會像上次一樣在幾秒之內就耗光所有的內力？

怎辦？

應該抓住那個正在揮拳的小混混的手？

不！萬一抓得太大力，手一下子爆炸，豈不是要嚇死小孩！

還是應該先一腳把小男孩踢開嗎？

不！萬一小男孩被自己一腳踢到全身爆炸了就慘！

炮頭遲疑了。

拳頭落下了。

小男孩挨揍了。

媽媽尖叫了。

爸爸哀號了。

猶疑不定的炮頭終於遲遲來到正在翻滾的小男孩旁邊，深感歉意。

他的手，輕輕的，非常輕的，捏住了水果刀的刀尖。

薄薄的刀尖，炮頭的手指毫不遲疑地感受到，刀尖上傳達出來的堅定意志。

「對不起啊，我剛剛傻了。這一拳算在我頭上。」

炮頭擦去小男孩臉上塗開的鼻血。

炮頭環顧四周，無窮多的無謂細節仍在繼續膨脹。

四個小混混的手上，都警戒地拿出藏在身上的刀械。

蝴蝶刀，扁鑽，藍波刀，西瓜刀。

「先生你哪位啊？」拿藍波刀的小混混放大音量。

拿最大把的刀，聲音最大，但心跳聲也最大。

炮頭還是蹲著，用半個身體護住小男孩……等一下不能再這麼猶豫不定，出手便出手了，寧願用力過猛也不能出手太輕，不然，這些倒楣的一家人就會更加倒楣。

「這位拿刀的小朋友。」炮頭嘴炮本能再度打開：「一、二、三、四，他們有四個白痴，你剛被扁過，狀態不好，頂多幹掉其中一個，其他三個都交給我的話，收你……」

「好。」鼻青臉腫的小男孩冷靜地說：「幫我殺掉他們，等一下他們身上的錢，我分你一半。」

炮頭朝地上吐了一口痰。

「一半……哇哩咧小朋友你數學很爛喔。我幹掉三個人，你幹掉一個人，然後你只給我一半？」

「這裡是我家，掉在我家裡的錢都是我家的錢。」

「說得好，一半一半。」

炮頭慢慢站起。

四個小混混仔細打量著炮頭全身，好像沒有帶武器。

「混哪裡的？當出頭鳥啊？」拿蝴蝶刀的混混語氣不耐。

「先說好，現在走就沒你的事，等一下幹起來，至少剁掉你的手腳筋。」拿西瓜刀的混混下了最後通牒。

炮頭搖搖頭，認眞說道：「千萬不要抱著只是要剁我手腳的念頭，那樣太不公平了，因爲等一下我一出手就打算幹掉你們。眞的喔，幹掉就是殺掉的意思！如果你只是想運動，現在走。想殺掉我，再留下。」

四個小混混非常傻眼，但可以確定的是，這個從窗戶跑進來的人腦筋不正常。

炮頭擺出模仿李小龍的跳躍姿勢，馬上感到不對，擺出黃飛鴻的經典手勢才比較有感覺，卻又從四個小混混嗤之以鼻的表情中感到難爲情，只好再度換了一個比較普通的拳擊架勢。

「那個……那個動手之前我還是問一下好了，你們該不會有人想要改過自新，從此以後退出黑社會，去賣雞排、賣臭豆腐、路邊洗車，還是去老人院洗廁所之類的吧？想好再說喔，不可以騙人喔！不過你們是騙不了我的啦，做人最重要就是眼神，眼神是不會騙人的！考慮好了嗎？你？你？你？還有你？都沒表情是什麼意思哇哩咧？對啦，最好還是不要改過啦，重新投胎比較徹底，說不定下輩子可以姓連喔！」

四個小混混難以置信地看著炮頭，彷彿站在他們眼前的，是剛剛入選環球低能兒比賽的台灣區冠軍。

「我要開始了喔，我今天要練習的是——用最少的內力幹掉大家。」

炮頭深呼吸努力將集中力鎖定在這四個小混混身上，其餘關於這個空間的資訊都太多太雜太干擾了，他猜想這跟內力的消耗也很有關係。

集中，集中，集中。

等一下。

等一下每一次出手都要打在要害上吧，用不多不少的內力，加上剛剛好可以閃掉攻擊的速度……對，不要太快，以免消耗劇烈，拳頭好像也要打得飄一點，那樣的話是不是就別把拳頭握緊呢？

等等，對方拿的可是刀子啊，萬一等一下太在意節制速度，被刀捅到就糟糕。而且萬一拳頭打得太輕，他們爆氣起來，也是四人份的爆氣啊，而且都是加上刀子的爆氣！

炮頭越是想太多，就越是緊張，無法放鬆，褲襠之間也強勢高聳起來。

房間裡過剩的資訊淹沒了炮頭，而炮頭身上也不知不覺散發出薄薄的蒸氣。

趁著怪異的對決氣氛，裸體的爸爸趕緊起身，將拿水果刀的兒子抱走，一家人躲在客廳角落，爸爸淒慘大叫：「大哥大哥！那個瘋子跟我們沒關係啊！眞的沒關係啊！」

炮頭苦笑：「哪裡沒關係，你兒子雇我殺人啊！」

小男孩的手裡還是緊抓著刀子不放：「對！殺光他們！」

對峙有了空隙，西瓜刀第一個劈了過來。

炮頭緊張地盯著西瓜刀……好快的西瓜刀！

不是慢動作，只是自己確實可以非常——非常！快！

更快！

炮頭盡量的，輕輕的，一拳，打在，西瓜刀混混，的，臉上。

盡量的，輕，盡量的，輕輕的，很輕輕的，像羽毛一樣輕輕輕的。

「媽，叔叔的頭是不是爆炸了？」

一個臉上都是淚痕與鼻涕的小朋友傻傻開口。

媽媽呆呆地看著客廳裡的紅色煙火秀。

「媽，爲什麼那個叔叔的手會飛來飛去啊？」

媽媽呆呆地看著客廳裡的紅色煙火秀。

「媽，那個叔叔全身爆炸了耶，好好笑喔。」

媽媽呆呆地看著客廳裡的紅色煙火秀。

「媽，爲什麼那個叔叔脖子會扭來扭去啊，是不是在變魔術？」

媽媽呆呆地看著客廳裡的紅色煙火秀。

「媽，那個黏在天花板上面的是心臟嗎？它好像還在跳耶！」

媽媽呆呆地看著客廳裡的紅色煙火秀。

「媽，叔叔他們是不是在拍鬼片啊？」

媽媽呆呆地看著客廳裡的紅色煙火秀。

最後站在一臉無奈的炮頭面前的，只剩下一個人。

拿著蝴蝶刀的，面露驚恐的小混混。

小男孩毅然決然地拿著水果刀，走向剛剛把他揍慘的小混混。

炮頭蹲下，抽走了倔強的那把刀。

「哇哩咧你還眞想殺啊！小朋友，殺人會有陰影的，大哥哥因爲是宇宙大俠所以殺人小意思，你年紀小小，不如放下屠刀立地成佛，這個人……」

「還是一人一半嗎？」

「你眞會做生意。」炮頭站起，反手將水果刀插進身後的牆壁。

小混混嚇得連一個字都說不出來，只能用原地噴尿來表達自己的恐懼。

「眞的，眞的再給我一次機會，我會非常小心的，小力的……」炮頭一臉彷彿欠錢一百億的自責：「殺了你。」

小混混轉身，跨過同伴殘缺不全的屍體，縱身往破窗一跳。

「這裡是五樓頂樓加蓋耶！」炮頭著急：「幹嘛自殺啊！」

千鈞一髮之際，炮頭抓住了小混混的……鞋子。

然後聽見樓下咚的好大一聲。

「原來是咚啊，我還以爲是砰、或是轟隆……哇哩咧。」炮頭有些氣惱。

一家人看著炮頭。

這個唐突亂入的……正義使者？

炮頭瞬間累壞，在一片悲慘的紅色裡，在餐桌邊抓了一張椅子就坐下。

慘了慘了，又一下子就把內力消耗殆盡，炮頭喘得要命，這裡又是沒有電梯的公寓頂加，待會走下去一定腿軟，希望警察來得越晚越好。

「警察等一下來的時候，就說……就說……」炮頭搔搔頭，非常不知所措：「就老老實實說吧，反正我的人生早就毀了，哈哈，對不起喔把你們家的客廳弄得更紅了哈哈哈……哈哈哈！沒辦法我天生神力嘛！不過不要替我擔心啦，我本來就被通緝了，所以你們不要亂編故事給警察聽喔。」

只見小男孩默默走到一片誇張的血污中，掏掏摸摸，拿起皮包，抽出一大疊鈔票，嗯啊幸好幫會這些小混混都習慣帶很多現金在身上，好像黑道去銀行開戶很丟臉似的。

哼哼，這些錢都是壓榨別人的血汗，也是炮頭的辛苦錢啊！

除以二，小孩拿給炮頭。

氣喘吁吁的炮頭毫不客氣收下，還自己在餐桌上倒了杯水喝。

「大哥哥。」小男孩看著插進牆壁上的那把水果刀。

「啊？」炮頭咕嚕咕嚕，看著皮膚上的蒸氣越來越淡。

「你就是殺手月本人嗎？」

炮頭虎軀一震。

自己的俠義行爲竟然可以被聯想成月！

「不是，月本人比我高一點，年紀也大一點，他算是……」炮頭開心地亂蓋一通。

「那你跟月是好朋友嗎？」

「……算是啦，就……月他啊，負責一些比較難殺的人啊，我就殺一點比較容易的，哈哈哈哈哇哩咧差不多就是蝙蝠俠跟羅賓啊，周星馳跟吳孟達啦！」

小男孩似懂非懂地點點頭。

一邊倒水，喝水，一邊看著這個臉被打歪了的小男孩。

小時候的自己，不過是一個任憑那個自稱爸爸的男人狂扁的可憐蟲，可沒像眼前的小男孩一樣，願意拿出刀子保護自己，保護家人，即使對手是四個凶神惡煞也沒在怕的。眞的是，非常勇敢的小朋友啊……眞想對他說一些鼓勵的話啊！

炮頭一連喝了十三杯水，這才停下。

「好了，歡樂的時間過得特別快，又到了時間說掰掰。」

炮頭清了清喉嚨，站了起來：「小朋友，大哥哥我以前也跟你一樣，被壞人揍得很慘，但是呢，有一個大好人幫我把壞人幹掉，是眞的幹掉喔，當時我看到的……這些，跟這些，也是超恐怖，都是血啊內臟啊！我的心裡覺得很害怕，不知道自己以後該怎麼辦。但是那個大好人就跟我說……」

一家人都一臉聚精會神。

「以後少了壞人揍我，所以要努力用功讀書，至少要學會看字、寫字，跟加減乘除，知道嗎？」

小男孩大叫：「我以後也要跟大哥哥一樣，把壞人通通打死！」

炮頭愣了一下。

媽媽恐懼地看向炮頭。

炮頭吐吐舌頭：「嗯，好像哪裡怪怪的耶，喂……那邊那個那個爸爸跟……媽媽對吧？這個小朋友你們自己好好教啦！我先走了，萬一我被那些爛警察抓到就死定了哈哈！」

「那你叫什麼名字？」小男孩滿懷期待。

炮頭笑笑。

好啊，既然自己這麼帥氣，即使是亡命天涯也要有今朝有酒今朝醉的氣魄！

不如就好好揚名立萬一番！

「聽好了，我叫……」

24

一條老狗趴在便利商店的門口，舔著自己的雞雞。

便利商店的櫃檯前，剛剛擺好物流送來的報紙，一疊又一疊。

各家報紙的頭版十分精采，完全一致，預料一大早就會銷售一空。

「你還沒放棄啊？」女店員吃著熱狗，看著熱騰騰的報紙。

「放棄？」男店員的雙手放在女店員的背上，緩緩說道：「放棄的話，比賽就結束了喔。有沒有？有沒有感覺到一股熱氣，從妳的膻中穴一路往下，慢慢集中在肚臍附近？」

女店員翻了個白眼：「什麼膻中穴啦，你玩不膩喔。」

「那肚臍附近呢？肚臍附近有沒有感覺？」

「有啊，有一種肚臍裡面充滿熱狗的感覺。」

男店員有一點不高興，說：「認眞一點啦，我祖先眞的是一代絕世高手啊，想當年他跟張三丰在少林寺搞BL的時候，一起創立了太極拳，喂，他連太極拳都可以創了耶，我怎麼會連一道眞氣都留不住咧！」

女店員持續偷翻報紙，噗哧一笑：「笨死了，你仔細看一下書名好不好？如果這本書寫的是眞的，都過了幾百個十分鐘啦，你的身上應該有一千條眞氣啦！」

他怎麼會不知道書名是什麼呢，但男店員還是很無奈地看了放在櫃檯桌上的書一眼。

書名《十分鐘！擁有人生第一道眞氣！》，作者是無人知無人曉的宮本喜四郎，那本怪書放在架上已經好幾個月，都沒有人買，男店員卻遲遲沒有拿去退貨，因爲他時不時都會拿起來研究一下。

看男店員太沮喪了，女店員一臉闖禍地吐舌，趕緊轉移話題：「話說回來，我怎麼只聽過張三丰，沒聽過你的老祖先啊？」

男店員精神一振，手掌力道加倍：「眞正的大俠都是一明一暗啊，我祖先就是傳說中的暗部，風頭呢，讓張三丰去出，去當宗師啊，武林盟主啊，天下第一啊，我祖先就負責偷偷幹掉一些超級厲害的可惡王八蛋，但我這麼說不是在說張三丰不好啦，他們就好朋友，只是各自負責的事不一樣而已。妳有看過《聖堂教父》嗎？就有一點像……」

「我知道，我完全明白。一明一暗嘛！」

打盆的，是戴著棒球帽與口罩的炮頭。

天還沒亮就出來走晃，爲的就是搶先看到關於自己俠義出手的新聞。

「搶劫嗎？」男店員的雙手還是沒有離開女店員的背：「我們有兩個人加一條狗喔。」

「不是，是想買報紙。」炮頭將幾個銅板放在櫃檯桌上，充滿期待地翻起那一大疊報紙：「每一家都買一份！」

他呆住了。

太震撼了。

每一份報紙的頭條都如出一轍——

陳妍希要結婚了！

炮頭怒翻報紙，每一家眞的都一樣，什麼那些年的女孩終於要結婚了，神鵰俠侶之楊過小龍女終於要結婚了，不知道陳妍希的婚禮有沒有人要親新郎之類之類之類的！

這是什麼頭版啊！

爲什麼月出手的時候就一定攻佔頭版頭條！

爲什麼我這個月的好朋友出手的時候，頭條新聞就是陳妍希要結婚！

沒關係，那至少是社會新聞的頭版吧！炮頭迅速將自由時報奮力拆拆剝剝之後，也沒有發現關於昨天晚上發生的「正義式犯罪」任何報導，佔據社會新聞版面最多的，都是一個被媒體喚作貓胎人的死變態所幹下的詭異兇案。

自由時報拆完換蘋果日報，蘋果日報拆完換聯合報，就是沒有一家報紙寫到炮頭的義舉。任何，一個字，都，沒有。

「咦，你好像還沒翻中國時報啊。」女店員熱狗吃完，換吃茶葉蛋。

「哇哩咧我今天已經大便過了而且還大便了三次所以……」

炮頭悲憤地揉掉手上所有能稍微一看的報紙。

爲什麼！

自己雖然不是非常沽名釣譽，但好不容易想跟隨一下偶像，爲什麼就連一點像樣的報導都沒有啊！讓我稍微看一下月的背影啊老天！

「你在找什麼新聞啊？」男店員的手還是在女店員的背上發功。

「……昨天晚上，不是有發生一件轟轟烈烈，可歌可泣的重大犯罪嗎？」

「喔，你是說在板橋那個那個……有人把三個上門討債的混混殺掉那個？」

「對！識貨！」炮頭驚呼。

「你幹的啊？」男店員一臉稀鬆平常。

「不是！但我特別欣賞你的聯想！」炮頭握拳。

「殺討債的電視新聞報很多啊，網路即時也一直在手機裡跳出來報，但那個新聞太晚發生了嘛，報紙來不及寫就印出去了啊，我聽送報的卡車司機說，報紙都是晚上八點截稿的，你要看那個報導，最快就是明天報紙啦。」

炮頭恍然大悟，原來如此啊。

重重地吐了一口氣，炮頭爲急著想看新聞的自己感到有一點丟臉。

不過，既然丟臉了。

「是這樣的，我沒有手機，住的地方也沒有電視，你的手機可以借我看一下網路新聞嗎？」

「你幫我拖地我就隨便。」

成交。

炮頭拿起靠在冷飲區的拖把，一邊拖地一邊看手機新聞。

不看沒事，一看簡直昏倒。

各個新聞標題都不大一樣，倒是內容都大同小異，不外是登門討債的幫派份子，意外遭遇試圖闖空門的小偷，雙方發生激烈鬥毆，小偷疑似丟擲不明爆裂物，引發爆炸，鬥毆現場屍體零碎殘缺，猶如人間地獄。遭討債的一家人驚慌失措，所幸只有一名正在就讀小學六年級的男孩遭到波及，被幫派份子打得鼻青臉腫，這位勇敢的小男孩對警方表示……

「警察先生請不要抓大哥哥，因爲大哥哥是好人，他只收我一點點錢就幫我殺掉那些壞人，他有一個帥氣的名字，叫龜頭。」該名男孩信誓旦旦爲歹徒唱歌辯護：「龜頭～龜頭～打～炮～沒龜頭～」

還・連・唱・了・兩・遍。

專家表示，堅持用古怪歌曲介紹疑兇的男孩，可能在短暫的鬥毆過程中遭遇小偷挾持，因此疑有斯德哥爾摩症候群的傾向，容易替犯罪者辯駁，將會安排專業的心理專家爲孩童進行輔導。

「龜什麼頭！」炮頭非常激動，甩著拖把大吼：「你說我叫暴投！炮抖！包頭！暴抖！袍頭！都算你不小心聽錯！哇哩咧龜跟炮差那麼多！你根本就在亂講！年紀小小！滿腦子只有龜頭！只有龜頭！打炮用龜頭！打炮用龜頭！打炮用龜頭你都可以講成打炮沒龜頭！用跟沒發音差那麼多！沒龜頭是要怎麼打！太下流了你……你故意的！哇哩咧你這個爛小孩！爛死了！」

女店員跟男店員面面相覷。

「你在你的手機裡放龜頭的照片嗎？」女店員狐疑。

「全都刪了啊。」男店員皺眉，貼在女店員背上的雙手自己震動了起來：「有感覺到嗎？」

「感覺很震啊，你到底是要玩多久？」女店員覺得很白痴。

根本沒在拖地，炮頭將所有的即時新聞看了一遍，越看越火大。

媒體已經幫他取了一個綽號叫「龜頭怪」，感覺很像是山海經裡面可以查到的名字。眞的是不可理喻，自己幹的是俠義之舉，好歹也稱呼一下「龜頭俠」還是「龜頭人」或是「忍者龜頭」之類的吧，那樣的話自己還可以去設計一件酷炫的遮臉戰鬥服來穿，想一些英雄口號之類的。

現在被叫龜頭怪，感覺就要去找一個紙箱穿在身上當龜殼，眞的是媒體霸凌！

「拖地。」男店員提醒。

炮頭悲憤地將手機放在冰櫃裡，繼續拖地。

「他是不是在哭啊？」女店員伸長脖子。

「哭也要拖啊。」男店員不爲所動。

「他好像眞的在哭耶。」女店員有些擔心。

「哭也要拖啊。」男店員持續雙手震動。

好吧，總算拖完了地，終於可以正視自己的飢餓。炮頭從昨晚一直到現在吃的東西都不多，內力全失，又花太多時間在繞道回家，洗澡洗掉一身的血腥也花了很久，眞是又餓又累。

放下拖把，炮頭拿了三個奮起湖便當去櫃檯結帳。

「幫我加熱謝謝。」雙眼紅腫的炮頭隨口問：「雖然不關我的事，不過請問你剛剛是在傳內力嗎？」

「不算是。」男店員將發票拿給炮頭：「怎樣，你想花時間笑我嗎？」

說到內力，自己算是武林高手，武林高手自然是不會花時間去取笑小角色的。

「沒有啦，我只是想跟你說，要傳輸內力的話，不是要用手貼背，而是要手握著手……」

炮頭忍不住指點起來。

「廢話，看也知道我的內力還不夠傳輸給她，我是在導引她自己體內潛在的眞氣，幫她匯聚一下。」男店員一臉懶得跟炮頭廢話太多的專業：「要傳內力，當然要手抓手啊，兩個人的經脈才會完全對準相通，第一頁就寫了好不好。」

炮頭怔住。

「什麼第一頁？」

男店員沒好氣地拿起他最近正在看的《十分鐘！擁有人生的第一道眞氣！》。

炮頭瞪大眼睛。

這本書，好像，依稀，疑似，以前也在這裡看過封面的樣子！

「第一頁，章節名……《別人給你眞氣，你就收下吧。》」男店員看起來有些惱怒：「很直白的標題吧，內容就是在教你怎麼跟別人手牽手傳輸內力啊！還有畫得超醜的示意圖是不是？眞正超廢的第一章，不過第二章更廢，叫什麼……《收下內力後，你一定要做的三件事！》超廢！當然是第三章開始認眞看起啊，章節名稱叫……如果沒人給你內力，你就自己練！哈哈哈哈買這本書的人等於白花了用來印前兩章節的錢！我才不要買咧！」

男店員手上的那本怪書彷彿射出萬丈光芒。

炮頭一陣天崩地裂的激動，膝蓋一軟，眞正跪了下去：「天啊！我要買！我要知道是……我要知道是……」

我要知道，是哪三件事！

25

醫院。

加護病房外，一個負責戒護的警察打著呵欠。

病床邊，低迷的心電圖，點滴裡的藥劑慢慢在透明管子裡流動。

病床上的患者雙腿膝蓋粉碎性骨折，脛骨嚴重穿刺出體外，脊椎變形，嚴重腦震盪內出血，導尿管插著老二，導尿管引出的不是尿，而是血。

義雄站在半昏迷患者旁邊，他可沒時間任憑這痞子昏迷下去。

昨晚稍早，有人將三具屍體扔在鬼道盟位於林森北路的某堂口後巷，挑釁意味濃厚，那三具已經發臭的屍體，其中有兩具特別恐怖，一個沒有頭，一個沒有肚子，比較完整的那具屍體不見了一隻手，即便是幫派中人看到這三具亂七八糟的屍體赫然出現在後巷門口，還是給嚇得魂飛魄散。

義雄聽聞此事沒多久，昨晚又接連發生了四個討債弟兄遭人暗算的慘事。

雖然弟兄死不足惜，可這兩件慘事絕對得串在一起思考——到底下手的人想傳達什麼訊息？自己又應該如何重新解譯這兩件事情？

義雄對一旁的醫生點頭示意。

「這一針下去，他可能會死。」醫生只敢發出蚊子般的細聲。

義雄看著患者顫抖的眼皮，沒有說話。

醫生只好將強心針自患者的胸骨縫隙插入，腎上腺直達心臟，試圖激活生存本能。

患者的眼皮劇烈震動，但並沒醒轉。

「……沒反應。」

「一針不夠，不會打兩針嗎？」

「是。」

第二針腎上腺素一下去，患者果然睜開眼睛，大口大口喘氣，插著點滴管線的雙手往上亂抓，好像正在溺水一樣。

義雄示意醫生與護士站遠。

「動手的是誰？」義雄有些嫌惡地避開患者掙扎的雙手。

「他……非常恐怖……啊啊啊啊好痛啊！我……」

「有名字嗎？」

「啊啊啊啊啊……我真的好痛啊！我在醫院了嗎！我……」

無法溝通是嗎？

義雄皺眉，在一旁坐下，看起了手機上的即時新聞。

醫生跟護士一陣手忙腳亂，這裡一針那裡又補了藥，患者終於勉強安靜下來。

「……二當家？」患者恢復意識後，似乎很震驚得到義雄的親臨。

放下手機，義雄再度開口。

「動手的人是誰？」

「報告二當家……不認識……沒看過……又好像……有看過？」

「他的身上有很多刺青嗎？」

「……沒有，不，不知道。他穿了一件牛仔外套，他……很年輕，不到二十歲……」

「眞的只有一個人？」

「一個人，但他會妖術，他的手……力氣很大……老史的頭……隨便一下就碎掉了！」患者還處於驚嚇狀態：「老史他，非常強，但他的頭，一下子就……就爆炸了……」

「他用的是小型炸彈嗎？」

「不像……不是炸彈，但他全身都在冒煙……冒煙……」

冒煙？

義雄不明白他所說的。

「把你知道的都說一遍，不要自作主張省略細節。」

「是……」

患者即使全身劇痛，還是辛苦地將晚上發生的一切說了一遍。

義雄閉著眼睛，將剛剛所看到的即時新聞裡的兇案現場倒帶清空，加入患者所描述的一切，重新演繹一遍。一遍又一遍。每當有疑問，義雄就會要求患者仔細思考，補綴細節。

「他用什麼工具打破窗戶？」

「他赤腳？還是穿什麼樣的鞋子？」

「他身上穿的外套有什麼特徵？」

「他穿長褲還是短褲？」

「他打在你們身上，用的是拳頭，還是掌？」

「他的臉上有沒有傷痕？」

「他提到了用最少的內力幹掉你們，那是什麼意思？」

「他說話的時候在笑，還是很嚴肅？感覺到他在緊張嗎？」

「你剛剛說，他擺出什麼架勢？到底是李小龍還是黃飛鴻？」

「他有沒有提到任何不在場人的名字？」

「他跟小孩子討價還價的時候，是什麼表情？」

有些問題患者答得出，但更多時候患者支支吾吾，想靠想像力在事後拼湊出答案時，義雄一察覺，就會很不耐煩地制止。

這種患者硬是想答題的次數一多，義雄便停止了詢問，進入自己的思考。

義雄看著手機上的筆記側寫。

下手的這個人，非常年輕，說話的內容無聊當有趣，談吐幼稚，社會經驗非常生嫩。與其說見義勇為，不如說是愛逞英雄。然後似曾相識。

「啊……」患者像是想起了什麼：「他吐了一口痰……他吐了一口痰！」

義雄點點頭，記下了這個資訊。

「二當家，我……我答得好嗎？我……為幫會做足了貢獻，是吧！」患者痛得滿身大汗，仍對二當家的大駕光臨誠惶誠恐。

問得差不多了。

義雄沒有多看患者一眼便走出加護病房。

當他離開時，一個幫會成員與義雄擦肩而過。

幫會成員低著頭，矮著身，手上已戴好了手套，以及一支功能單純的空針筒。

義雄的表情罕見地流露出一股煩躁。

他拿起了手機。

26

曬衣架上的奶罩與內褲迎風飄蕩。

「我說炮頭啊，你這樣把屍體拿去亂丟，眞的沒問題嗎？」

大嬸正在公寓的頂樓天台上燒紙錢，口中唸唸有詞。

紙錢化成灰燼，有的飄向了粉身碎骨的金毛陳，有的飄向沒有名字的三個混混。或者六個，或者七個。或者以後還有很多很多。

「呵呵，沒關係啦，丟回鬼道盟，也算是物歸原主。」炮頭蹲在曬衣架旁研究著高利貸的倒楣名單，一邊吃蛋：「大嬸，吃幾個蛋吧，不要整天只吃鳥。」

「好啊，留幾顆給我吃。」大嬸對著空中的灰燼，雙手合十。

炮頭買了很多蛋，茶葉蛋。

因爲那本奇書上面寫，多吃蛋，尤其是茶葉蛋，可以讓身體長期維持在能夠接收強大能量的宇宙波幅裡。

三小是宇宙波幅？

那位神祕的作者宮本喜四郎完全沒解釋，只是書中不斷出現的這個酷炫名詞，甚至出現了上百次，好像每個讀者從小就該從自然科學課本裡，知道宇宙波幅是什麼意思似的。

「大嬸啊，妳眞的不想跟住樓上的那個大懶叫在一起看看嗎？兩個人一起打小鳥吃小鳥，互相有個照應也滿好的啊。」炮頭坐在地上，看著手上的奇書。

「我是有老公的人嘛。」大嬸雙手合十，朝著四方拜拜。

「就互相照應到妳老公回來啊，哎呀哇哩咧我又不會到處亂講，而且啊，你們住在一起也不一定要做愛啊，只是你們平常都是孤單一個人，無聊嘛！無聊就互相聊天啊！」

「謝謝你炮頭，但你一下子去找他聊天，一下子來找我聊天，這樣我們就不是一個人了啊，我很喜歡你常常來找我呢。」大嬸看起來心情很好，在天台上做起了伸展操：「你知道嗎，我那些蘑菇越來越大顆了，等到它們長成好寶寶，你再邀那個……那個……」

「大懶叫。」

「對對對，你再邀那個大懶叫先生一起下來吃蘑菇大餐。」

「哇靠眞的假的啦，那些蘑菇是上廁所時無聊欣賞用的，不能吃啊大嬸。」

炮頭跟大嬸有說有笑。

自從他開始行俠仗義之後，心情就非常好，一點也沒有因爲殺了人而作惡夢。

炮頭忽然之間以最直接的感受，接近了他的偶像殺手月。社會大眾只能崇拜月，支持月，爲月熱血沸騰，但只有他，可以跟月做一模一樣的事。這讓他覺得很榮幸。

也因爲如此，讓炮頭體會到了兒時救星吉思美的心意……尤其在他得到這次那幾張鈔票後，炮頭走到提款機面前，小心翼翼地輸入記憶中背誦成千上萬次的每一個號碼時，他的內心充滿了自豪與感激。

「謝謝妳，吉思美。」

那一天，匯款的時候，炮頭當時還刻意看著提款機上方的監視器：「現在我也給了別的小孩，一個人生重開機的機會囉！」還比了個勝利手勢。

明天又到了備受期待的星期五，大懶叫又會去跟神祕人拿內力。

炮頭自認，這一次可不一樣了，他已經準備好控制內力的儲存機制，相信能有效節制內力的消耗。

步驟一，在一個小時之內不間斷吃下至少一百顆茶葉蛋，不要嚼，連殼用吞的。

步驟二，吃完茶葉蛋之後馬上倒立一個小時，腳可以靠牆輔助，不間斷想一些快樂的事，能大笑出來最好，就算笑不出來也絕不能勉強。假笑的話下場淒慘，會被內力反震到內臟受損。倒立的時候，需盡全力克制嘔吐的衝動，萬一眞的吐出來，亦必須馬上在嘔吐物還沒衝出嘴巴就吃回去，以免前功盡棄。

步驟三，倒立一個小時後，閉上眼睛，試著想像自己不需要靠翻身而起的物理動作，就能在原地倒轉回頭上腳下的站立姿勢。努力想像，拚命想像，絞盡腦汁想像，直到你一睜開眼睛，竟發現你已經不知不覺回復到正常的姿勢爲止。

以上這些都是宮本喜四郎專門爲沒有習武經驗的讀者寫的，特別註明以上的步驟都是經過反覆科學的實證後，才誕生出來的步驟，建議讀者不要擅自修改吃蛋的數量或是修改動作的時間，以免失效。

炮頭已經迫不及待了。

大嬸拜拜完畢，跟正在看書的炮頭拿了兩顆蛋吃。

她仔細吸吮著蛋殼縫隙裡滲出的滷汁，吸乾了，這才慢慢地剝起蛋殼。萬分珍惜。

「炮頭，你在看什麼書啊？準備公務員考試嗎？」

「不是啦，是看教我怎麼把內力儲存下來，不要一口氣出拳太重的書啦。」

「炮頭，你出去殺人，要特別小心知道嗎？」

「知道。」

「炮頭啊，殺人前記得多問一句，給對方改過自新的機會知道嗎？」

「我都有問啊。」

「你上次在我家殺人的時候就沒問。」

「咦？我沒問嗎？」

「問一句人家不改，就再多問兩句也好，哎呀，畢竟人總是不好改的嘛……」

「知道了，我會多問十句。」

「還有啊，殺人之後，記得多買一些紙錢回來，讓大嬸替你拜拜迴向，知道嗎？」

「知道。」

「還有啊，看到槍的話就不要太逞強了知道嗎？」

「槍我也怕啊！」炮頭笑了出來：「不過討債而已，沒人在帶槍啦。」

大嬸津津有味地啃著蛋，享受著難得不必打殺小鳥的美好午後。

「那就好，那就好……蛋眞好吃！」

從小媽媽跑走，爸爸不像個爸爸。

人生被黑白兩道追殺到了今天，還能活著，炮頭覺得……

失與得，好像也沒什麼好計較的了。

27

又過了一個多月。

鬼道盟的討債部隊，又人間蒸發了十三頭畜生。

每到了禮拜五晚上，大懶叫的心情都很不錯。

他剛剛又從那裡，那人，那時，領取了一身驚人的內力。

一想到這些內力會被炮頭拿去做好事，他就覺得與有榮焉。

大懶叫得認真克制心情的愉悅，才能避免健步如飛浪費內力的情況。

炮頭啊……眞是個善解人意的好孩子。

雖然炮頭一直鼓勵自己要鼓起勇氣下樓找女孩聊天打鳥吃蘑菇，但，自己是什麼德性，難道自己還不知道嗎？萬萬行不通，萬萬行不通。

偶爾去巷口買一份蔥油餅交給炮頭，請他幫忙轉交給住在樓下的女孩，炮頭都沒有推托過，還會跟自己說說那個女孩的日常，打鳥啊，養魚啊，種蘑菇啊，每個細節炮頭都鉅細靡遺地描述，沒有一點點的不耐煩，這就讓他感到心滿意足了。

這樣很好，很浪漫。

一想到女孩萬分珍惜地吃著自己送的蔥油餅，他就會一直咯咯咯傻笑個不停。

這陣子實在是太愉快了。

只是有件事，大懶叫感覺很奇怪。

就是門縫底下的那只牛皮紙袋。

這十多年來，放在一樓的公共信箱裡，只出現過房屋買賣、以及補習班招生的廣告文宣，連神級的稅單都無影無蹤。

這份來路不明的牛皮紙袋不只出現了，還直接塞入位於五樓的門縫底。

寄件人不明，動機也不單純，牛皮紙袋打開後都是一些廢紙。

他開始懷疑，這些廢紙其實是要寄給炮頭的，而不是自己，畢竟觀察了幾次牛皮紙袋塞進門縫的時間點，都是在炮頭出門殺人之後，無一例外。

炮頭若沒回來，牛皮紙袋也不會出現。

只要炮頭殺人後回到屋子裡，門縫底下的光影就會一陣騷動，繼而牛皮紙袋出現，像是一種特殊的訊息，一種對炮頭的致意似的。

即使用最快的速度跑去開門，也沒看過任何信差，神祕到無以復加。

廢紙上寫了一堆亂七八糟的東西，大懶叫看不明白，拿給炮頭看，炮頭也沒想理會。

「炮頭啊，這些看起來好像是小說。」

「我不看小說，我只看第四台重播的電影。」

「這些小說應該是有人專程要給你的，我覺得你好像，得看一下下比較好？」

「哇哩咧才不會是給我的……嘔……嘔……呑！」

炮頭正在倒立。

倒立的動作他已經重複做了好幾次，跟殺人一樣，越做是越熟練。

現在炮頭已經可以雙腳不靠牆，一邊想快樂的事一邊維持姿勢。

當然了，吐出來也能即時吃回去，連這種境界也沒有問題。

「一定是給恩人您的啊，我從來沒在信箱裡拿過廣告傳單之外的東西。而且，這些紙上面的故事，不像是從正常的腦子裡長出來的，我隨便翻了一下，就覺得毛骨悚然呢。」

「是喔，那個應該是恐嚇信啦，只是表達能力差一點的恐嚇信。你最近有沒有惹過誰啊？還是以前惹過的誰誰誰終於找到你了……哇哩咧？」

「應該是……沒有吧？應該是沒有的吧。」大懶叫被這麼一說，倒是沉思起來。

仇家。

這個概念，曾經很接近自己。

但這個概念，隨著自己虔心的經年贖罪，付出了巨大的代價。

慢慢只剩下了影子。

時時刻刻看得見，卻絕不可能注意。也不需要在乎。

早已無人跟他計較那些年少輕狂。

炮頭滿不在意，只是持續他的倒立：「沒關係啦，如果有仇家找上門的話，我就幫你把他們打跑。」

「對了，你叫我去問的那個有靈異能力的妓女……」

「妓女？」

「就是那個，跟她做那件事情的話，恐怕就會消失不見的……」大懶叫拿出一張建商廣告單，上面用原子筆寫了一串字：「我好不容易打聽到了住址，那個人應該沒理由騙我的，就寫在這上面。」

「啊！那個妓女啊！那個不需要射了啦，我哪裡都不去，現在你看我不是活得好好的嗎哈哈哈哇哩咧！而且仔細想想，那個傳說實在有點不正常，要不戴套射精在那個妓女體內才能超時空傳輸耶！那樣豈不是很不衛生，萬一得性病怎麼辦？內力有沒有辦法消滅性病都還不知道咧！」

對於表達自己的意見，大懶叫的語氣裡總是有些不好意思：「恩人不去妓女那裡消費實在是很好，畢竟，萬一恩人眞的走了，樓下的女孩不就很寂寞了嗎？萬一又有人來找她麻煩，我又該怎麼辦呢？」

大懶叫將那張寫了神奇妓女地址的廣告單，愼重地放在抽屜裡。

「喔，想太多。」

「而且，我覺得那個奇怪的傳說，只是那個妓女小姐的廣告吧，誇大了，不然航空公司豈不是要……要倒閉了嗎？」

「也不能說聽起來很扯就說人家誇大吧，我們要公正一點，畢竟兩個月前你跟我說，這個世界上有一種東西，叫內力，內力可以灌過來灌過去，我也覺得瞎斃啦！超時空妓女這種事啊，只能說人家不衛生很容易得病，不能隨便說人家誇大療效啦！」

「是！恩人說的有道理！」

炮頭這一倒立，又是半個月過去。

他依照高利貸的欠債名單出門，尋找惡劣的討債混混。

他的廢話很多，但作風強硬。

他總是會多問這三句：

「怎麼樣，從這一秒開始退出江湖，回去把夜校念完，我們就少一次打打殺殺！」

「第二次問你，要不要退出江湖，我就不殺你！以免你不小心殺了我！」

「最後一次，真的是最後一次，要不要——退！出！鬼！道！盟！」

但從來沒有人肯好好把一個乳臭未乾的孩子的警告，給聽進耳朵裡。

炮頭一次又一次，出拳，出拳，出拳。

混混們一個接一個，再見，再見，再也不見。

沒有改變的，是屍體。

改變的，是屍體最後的樣子。

倒立吃了很多茶葉蛋的炮頭，漸漸體會到如何將內力鎖在身體深處，在實戰中借力，保留在拳與拳之間的呼吸，在激烈戰鬥的一夜過後，還擁有一半以上的內力在體內。

那些被炮頭打壞的屍體，從整個腦袋爆炸不見，漸漸變成五官被打碎。

第四台不只放周星馳的電影，也會放黃飛鴻、李小龍跟葉問。

炮頭憑著他對那些武打電影的印象，依樣畫葫蘆地亂練一通。

「恩人啊，你打了好久，不累啊？」大懶叫一邊熬煮茶葉蛋，一邊看著那些從牛皮紙袋拿出的怪故事。

「累啊！但你沒聽說過嗎！這個世界上，有一種東西，叫正義。」炮頭瘋狂打著大懶叫幫他弄出來的鋼筋樁：「正義！需要高強功夫！」

他的拳絕對不是詠春，而是超大力、超大力、超大力的亂打。

沒有節制的大亂打。

沒有節奏的大亂打。

身體裡只殘餘了一點點內力，還是非常厲害，如果炮頭打的不是用鋼筋綁成的樁，而是木人樁，早就被拆成碎片。

鋼筋，漸漸彎曲變形。

「打累了就來吃蛋吧，我覺得這次滷得更有滋味了。」

「眞的嗎？上次你滷得難吃死了！」

「這次眞的比較好吃！」

炮頭滿身大汗，卻沒有再冒出那麼濃厚的蒸氣了。

當然，這也跟控制內力耗損的技術越來越進步有關，炮頭用自己的身體掌握了與內力相處的細微之處，即使沒有天分，努力也補完了不足之處。

炮頭大口吃著大懶叫特製的茶葉蛋。

「恩人，我……有個想法。」

「說啊。」

「鬼道盟，慢慢的被你這樣一直殺，慢慢殺，遲早會被你殺光的……」

「因爲我實在是太厲害了嘛哈哈哈哈哇哩咧！」

「有沒有可能，在殺光鬼道盟之後，我們的內力，可以用來做，更多一點點的好事呢？」

「感覺還要很久啊，你不知道鬼道盟眞的是有夠多人，不過，例如什麼？」

「例如，我們可以去問問看，附近的街坊鄰居有沒有人被壞人欺負，但壞人卻不用被關，這個時候你如果幫忙給點教訓，大家都會很高興的。」

「不是殺人啊？」

「我在想，不一定總是要殺人的。畢竟……人都會犯錯，好像總是把人殺掉，會不會有一點……不過恩人，你想的總是比我周到，你決定就好了。」

「唉，我也不是一直很想殺人啊。」

炮頭像蛇一樣，猛吞一大串茶葉蛋。

「但如果我不把人殺掉，他們認出我是誰怎麼辦？」炮頭沒有掩飾地說出心裡的話：「每次我在問他們要不要從此改過自新的時候，我都默默希望他們嘴硬說不要，這樣我就可以順理成章殺光他們了。」

「……」

「這樣不好嗎？」

「恩人想的跟做的，都不會有錯的，我只是……我只是以前也犯過錯，後來僥倖活下來了，以後也沒再惹事。」大懶叫的語氣很輕，生怕忽然被討厭似的小心翼翼：「我在想，當初沒死，真是太好了。」

炮頭看著大懶叫。

大懶叫的頭很低很低，完全不敢與炮頭四目相接。

「你犯過什麼錯啊？」

「年輕的時候不懂事，有些難言之隱。」

「你殺過人啊？」

「我哪有膽子殺人呢恩人。」

「也是。還是你綁架過人？」

「我哪來的膽子綁架人呢恩人？那恐怕比殺人還難呢。」

「好吧，還是你也當過沒品的討債鬼啊？」

「我從以前就不善言詞，小時候大家還以為我是啞巴呢。」

「那我真是想不通了，像你這種膽小鬼到底是能犯下什麼錯，要替那些牛鬼蛇神說情啊？」

「我也不是說情，恩人，我只是想說，大概有一點點，可能也不是很多，但就是會有一點點的人，如果你原諒他，他其實是不會再犯的，是吧？但是恩人你不需要認真考慮我的提議，我只是，只是說出一點點我心裡的想法，我一向很笨，大概說出來的東西也是錯的……」

這種答案可行不通，炮頭的好奇心已經被點燃了。

「大懶叫，我以恩人的身分命令你，快點跟我說，你到底犯過什麼錯？」

「……恩人，我真的……已經好好改過了。」

「我看起來像是會懲罰你的人嗎？我們現在是好拍檔耶！你有沒有看過蝙蝠俠？月就是蝙蝠俠，我就是羅賓，你就是阿福，羅賓跟阿福之間是不能有秘密的你知道嗎？」

「我沒看過……但有聽過，好像是一個會變成蝙蝠的人是吧？」

「哇靠連蝙蝠俠都沒看過！還變成蝙蝠咧！聽好了大懶叫，你死都不肯跟我說你的內力是跟誰拿的，我不計較，但你沒看過蝙蝠俠就是沒水準，今天晚上我出門殺人的時候，你就負責去買一台電視、一台DVD播放器，還有幾片蝙蝠俠的DVD，好啦我知道你這方面不行，我寫給你，你直接把紙條拿給電器行的店員看，要他幫你搞定……」炮頭掏錢出來給大懶叫，那些錢都是從討債鬼身上搶來的正義之財。

炮頭一邊寫清單，一邊喃喃自語：「你這個阿福啊，給你看諾蘭版本的蝙蝠俠你應該會看不懂，而且羅賓太晚出來了，你看古董級的蝙蝠俠就好了，但第四集喬治克隆尼演的那個可以直接跳過……」

大懶叫接過紙條，萬分珍惜地收下。

這眞是一個好任務，自己已經幾十年沒逛過電器行了吧。

阿福是一個什麼樣的人物呢，爲什麼恩人要這麼稱呼自己？

大懶叫開始有些期待。

28

無尾巷。

一間剛燒完紙錢的私人宮廟前，一台玻璃隔熱紙貼得深黑的廂型車。

廂型車上，一個中年男子正在發槍。

一人一把，共有七支槍。

七張，生嫩的國中生臉龐，有的人連制服都還沒換掉。

中年男子，自稱長得很像韓劇《來自星星的你》裡的都敏俊，但其實一點也不像。他命令整個堂口叫他都教授，誰也不敢有意見。

「知不知道，今天為什麼要用到七個人去討債？」都教授嚼著檳榔。

有人搖頭，有人點頭。

「二當家看我們這個堂口平常很夠意思，幫裡有事交代下來，錢不到人也一定會到，今天二當家要給我們這個堂口一個機會，一個眞眞正正揚眉吐氣的機會，幹！」

車子裡一陣稀稀落落的歡呼聲，感覺不是很熱絡。

「今晚，討債只是順手的事，二當家要我們眞正幹的，是宰掉那個一直暗算我們其他堂口討債弟兄的那個龜頭怪！今天晚上把事做漂亮了，以後就是別人幫我們討債，我們在家裡數鈔票！」

大家點頭。

這個龜頭怪的行徑聽多了，今天總算要處理他。

「龜頭怪用的武器可能是小型炸藥，害之前很多弟兄都死得屍骨不全，幹！死沒人性！條子那邊二當家已經打點好了，今晚有人報警聽到槍聲啦什麼的通通等我們事情處理好再說，等一下絕對不用跟他客氣，把子彈都給我打光啊！打光啊！」

大家你看我，我瞧你。

小型炸藥？是手榴彈的意思嗎？

「老大，這跟我們聽到的不一樣啊。」一個小弟有些囁嚅地舉手。

「你們聽到什麼？」都教授皺眉：「叫我都教授。」

「都……教授，有的欠戶說，他們親眼看到動手的龜頭怪沒有用武器，是徒手。」

「你白痴嗎，徒手要怎麼把人打成那樣？Mr. NeverDie夠瘋了吧，他這麼愛活活把人打死，是有把人打到破破爛爛嗎？」都教授嗤之以鼻。

「我聽說過……那種力量。」一個小弟的聲音有點小：「一拳，就把人的胸骨整個擊穿的……北斗神拳。」

「但那個人，已經被我們活活釘死了。」都教授冷笑。

「有人說他是Mr. NeverDie的另一個完全解放出來的人格。」

「我聽到的是，龜頭怪其實是國安局秘密實驗的生化人，他的力量靠打針！」

「我聽到的也是打針！聽說那種針是混合了十幾種野獸的……那個叫什麼，很像是蛋白質的那個叫什麼？」

「荷爾蒙啦！」

「對！那種針用過量了就會變成活屍，反正小心不要被他咬到。我猜！那個被我們釘死的拳頭怪物也是靠打針！」

「我聽到幫裡有人在猜，下手的龜頭怪，其實就是拳頭怪物的師弟，或徒弟。」

大家越聊越離譜，都教授看起來越來越火。

「再猜？猜猜猜！猜個屁！我就猜他今天晚上會死在我們亂槍下！」都教授看出恐懼的氣氛正在車內瀰漫，加大力道說：「就算龜頭怪是活屍，被子彈打到頭也是掛！電影都有演，不要怕！把他的頭打爆了，再澆汽油燒一燒，萬無一失！」

「是！老大！」

「叫我都教授！靠……開過槍的舉手？」

七個混宮廟的國中生，只有一個人舉手。

「幹！平常不練開槍，都把時間拿去念書了是不是！」

「之前月考，有稍微……看一下。」

「幹幹幹幹幹幹！還稍微！萬一老師出題比較簡單，你稍微寫對幾分就以爲你是天才兒童怎麼辦！幹！別拿月考當藉口！」

「是！老大！」

都教授是眞的很擔心。

這個世界上，會讀書的人其實很少，但所有人的人生，卻是被那些很少卻很會讀書的人制定的規則所管理，這合理嗎？這他媽的一點都說不通！

都教授開始幫這些國中生，複習他從過往人生裡學習到的血淚教訓。

那些血淚，淬鍊出都教授對人生鋼鐵般的信念。

——聽好了，這個宇宙最大的謊言就是，這些非常少非常少但會讀書的人，告訴你一定要好好努力用功讀書，把書讀好了，就可以賺很多錢，人生就可以全面成功，否則人生就會淒慘落魄。萬一你相信了，好好用功讀書了，結果呢？幹就是讀出一坨屎！更奸詐的是，那些非常少非常少但會讀書的人偶爾會出幾張比較好寫的考卷給你，讓你忽然得高分！讓你誤以爲只有好好努力讀書就能有回報，讓你誤以爲那些非常少非常少但會讀書的人，他們之所以考得比較好是因爲他們比你更努力！幹！才不是！因爲他們都是老奸！他們在你的人生裡出千！他們就是滿手黑桃老二卻騙你只玩大老二的那種最爛的老千！絕對不能被這種老千設局了！他們騙你玩大老二！你偏偏不要！你偏偏就要玩麻將！偏偏玩俄羅斯輪盤！偏偏玩天九！偏偏玩二十一點！就是幹你娘絕對不玩大老二！幹你娘你絕對不能讀書！讀書就輸了！學校就是一個騙你讀書的最爛的賭場！是是是！學校偶爾去一下是可以，沒辦法嘛政府就是非常少非常少但會讀書的人組成的！不去學校會被抓！他們還一直延長義務教育的時間就是逼你進賭場把你千死！所以學校只能去個樣子，書是一定不能讀的！讀了考不好，你會以爲自己不如別人！讀了萬一考得不錯你以後就會更慘！因爲你會慢慢相信這套賭場規則竟然對你也是有利的，但其實你絕對會死！會死得很難看啊！所以書是絕對不能讀的！數學只要會加法跟減法就沒問題了！乘法根本就不需要！你們這輩子就是要在讀書之外的世界裡混，混出自己的一套規則，不能相信那些非常少非常少但會讀書的人！他們只會騙你哄你欺負你！身爲一堂之主的我是眞的非常擔心你們啊！要不是我國小二年級年輕不懂事拿過市長獎害我以爲自己會讀書一路苦讀到國小六年級最後才承認自己早已在國小四年級時被二位數除法打趴，耗費太多寶貴光陰去學校上課還因爲講台語被罰錢被罰到沒錢吃午餐，我的成就絕對不僅僅是一堂之主！都教授我早就開了滿街的妓院！

「是！老大！我們知道了！絕對不能讀書！」大家很感動，異口同聲佩服。

都教授臉上都是淚水，早已分不清臉上那些灼熱感是對社會的憤怒，還是被自己的領悟給深深打動。

「老大個屁！叫我都教授！幹以後只要一個念頭想讀書就不要叫我都教授！現在給我下車！通通下車！幹你娘去廟裡稍微講解一下！幹你們這些自以爲讀書就會有前途的白痴！等一下一個口令一個動作！通通給我記起來了！叫我都教授！」

「是！都教授！」

今晚。

揚眉吐氣聽起來，將很漫長。

29

深色廂型車開到欠債人家樓下的時候，已有另一間堂口的小混混聚在對面的小店吃麵，瞧他們用報紙包起來放在桌上的那些物事看起來，兩方人馬，都是一樣的目的。

兩方人馬彼此交換了眼神，看起來二當家是要他們彼此競爭。

或者，對他們任何一方都沒有足夠的信心。

「喂，等一下，你們負責幫我們把風就好了。」

「講這什麼三八話，你們繼續在樓下吃麵就好了，小菜還沒上完我們就搞定了！」

「最好是，你後面那幾個國中生是今天才看到眞槍吧？可靠嗎自己想想！」

「手槍在我們堂口，都直接拿來當橡皮筋射著玩的，今晚看我們表演放煙火啦！」

雙方人馬假意互嗆了幾句，掩飾心裡的不安。

操他媽的，二當家一定是覺得龜頭怪很可怕，才會一口氣派了兩個堂口埋伏。

據說像今天這樣的設伏已經是第三次了，前兩次都撲空，龜頭怪去了別處。龜頭怪的手裡一定有鬼道盟的欠條帳冊，他可以去的地方實在太多。今天晚上遇到或遇不到龜頭怪，都不奇怪。

雙方老大的電話同時響起，來電的是義雄。

「你們抽籤，一個堂口上樓討債，一個堂口在樓下躲好，如果龜頭怪有命下樓，另一間堂口就把他亂槍打殘。記住了，直接打死他，不必留活口。」

義雄掛掉電話，沒有討價還價的餘地。

籤畢。

都教授嘿嘿冷笑，發達了。

今晚的贏家，絕對不是那些讀書人能定義的。

幾個國中生帶著既興奮又緊張的心情走上樓，跟在都教授背後，踹開欠戶的門。

在來這裡的車上，大家已有共識——今晚一定要開到槍。

好不容易握到了眞槍，就算遇不到龜頭怪，也要在欠戶家裡胡亂開幾槍，誰挨到誰倒楣哈哈哈！

開門的，是一個擁有四個小孩的單親媽媽。

她看起來很害怕，全身發抖，眞不愧是一個欠了一百二十幾萬的女人。

「知道我們來幹什麼吧？知道就倒茶啊！」都教授大剌剌坐下，拿槍指揮。

七個國中生在窄小的家裡觀察地理，除了後陽台有一個可供出入的地方外，這裡很單純，龜頭怪出現的方式沒有別的可能性。這個場地勘查的動作進行了半分鐘就結束，只剩下七支不知道要幹嘛的槍。

晚上還很長。

都教授看著那個，剛剛將茶水杯放在桌上的單親媽媽。

那四個小孩都是女生，最大的已經上國中了，每個小孩都安安靜靜地坐在媽媽後面，不敢發出一點聲音。

「女人，身材很好，很騷，看不出來妳生了四個小孩。」都教授大口喝著茶：「來！機會教育！生過小孩的女人奶頭都很大！尤其是連生四個！奶頭會大四倍！顏色也會變深！來！讓大家看一下奶頭！」

單親媽媽臉色蒼白，連點頭都感到很吃力，不過人話還是聽得懂，機械式地把領口用力拉下，露出一對乳房。

七個國中生看了直點頭，紛紛表示真的是很大的奶頭。

「以後你們去外面買女人，不要被騙了！有的女人明明生過小孩還要假裝是處女！不過沒關係，這種愛說謊的女人你就照上，但不要給錢！」都教授呵呵笑：「這樣就是她騙你，你白嫖，兩個就互相抵消，休度！」

「是！老大……都教授！」

都教授看了一下手機裡的簡訊，露出非常專業的討債表情。

「欠條上說妳欠我們一百二十幾萬，怎麼欠的啊這麼會欠？」

「一開始……只有二十六萬，後來就……」

「唉，利滾利嘛！我數學很差都知道不能跟地下錢莊借錢，妳啊！看妳這張臉就知道妳數學很好，數學很好又怎樣？就是自以爲聰明！」都教授趁此告誡七個國中生屬下：「機會教育！這就是現實的悲哀，學校教你數學，卻沒有教你不能跟地下錢莊借錢，大家看看，讀書哪裡有用呢？不如我介紹妳去按摩店幫客人打手槍，這一百二十幾萬就算利滾利，妳打幾萬支手槍就還光了！」

「已經在……在打了。」

單親媽媽看起來沒有任何羞恥，大概她已跟自己的小孩好好溝通過了。

「在打了啊？那妳打得好不好啊？」

「……」

「我問妳打手槍打得好不好啊？」

「客人反應……還可以。」

「多久可以打出來啊？」

「……不一定。」

「我問妳多久可以打出來啊！什麼叫不一定！幹妳娘又不是叫妳現在幫我打！妳是哪裡有毛病啊！我堂堂一堂之主！今天晚上是要來幹大事的！誰會當著小弟的面讓妳打手槍啊！妳數學很好又怎樣！懂不懂人情世故啊！懂不懂啊！」

都教授胡亂發著脾氣，單親媽媽嚇得不敢直視他的眼睛。

「老大……都教授！那個好像是我同班同學耶！」一個將頭髮染綠的國中生忽然像是發現

新大陸一樣，看著躲在單親媽媽身後的一個女孩子。

那個女孩子身上，還穿著附近的學校制服。

「什麼叫好像是，是就是，不是就不是！」都教授還在氣頭上。

「我沒有常常去學校啊所以不是很確定。喂！妳是不是三年二班的？」綠頭髮國中生走近一步看。

「不是……我是三年七班的，不過你是我同學沒錯啊，你也是讀……七班。」女孩子囁嚅說道：「你的綽號，就叫索隆啊。」

「哈哈哈哈對啦我就是索隆！我三刀流啊！」綠頭髮國中生哈哈哈笑，掀開褲管，左右褲管各綁一把刀：「第三把就是我的大雞雞啦哈哈哈哈！」

客廳裡笑成了一團。

更正。

客廳裡，除了一個單親媽媽加四個女孩子外。大家都笑成了一團。

「都教授，等一下我們把龜頭怪幹掉以後，我可不可以……幹……幹！幹一下我的同班同學！」綠頭髮國中生擦掉眼角笑過頭的淚水，上氣不接下氣地問。

都教授嚴肅地看著單親媽媽後面的國中女生。

「喂！三年七班的，妳在學校的成績好不好啊？」

「還……還不錯。」國中女生只能照實回答。

都教授轉頭，嚴厲地看著綠髮國中生：「她是未成年，奶子還沒完全使出全力的女生你知不知道！」

不知道這句話哪來的笑點，大家持續大笑。

「跟未成年的女生打炮，不管她是自己想舔你雞雞還是你壓著她舔，你都要去坐牢的知不知道！這個學校沒有教，我教！」都教授開始上課：「機會教育！幸好你也是未成年！未成年跟未成年的打炮，只要你情我願，就是兩小無猜，就可以幹幹幹幹你娘互相抵消！休度啦！」

大家笑到前俯後仰。

都教授晃著手裡的槍：「那妳有沒有想要跟他打炮！」

「沒有！」國中女生咬牙。

「好！那就不是你情我願！那就不能未成年互相休度！」

都教授舉起槍，對著冰箱扣下扳機：「那我們就一起幹妳娘！妳娘成年了，奶頭很大！大家一起輪幹！放心我們會給一點零錢！因爲我們有的是零錢嘛！」

好耶！七個國中生樂瘋了！等一下可以幹女人了！

那單親媽媽倒是沒有露出害怕的表情，內心深處說不定還暗自鬆了一口氣。

只要自己好好服從，等一下四個小孩都能平安無事。這眞是太好了。

「是不是只要我跟他做愛，你們就會放過我媽媽。」國中女生發抖地開口。

單親媽媽怔住。

「妳說什麼傻話？媽媽每天晚上都在做這個，媽媽沒有關係，妳等一下帶妹妹進房間……」單親媽媽緊緊抓住女兒的手。

「是不是只要我，跟他做愛，你們就會放過我媽媽。」國中女生的語氣堅定，肯定沒有發覺自己的臉上都是恐懼的淚水。

七個國中生笑到腿軟。

眞的是幸好有來！幸好有來啊！不然怎麼會遇到這麼好笑的事啊哈哈哈哈……

「那也要妳心甘情願啊！」都教授對著冰箱又是一槍。

「我心甘情願。」國中女生說話吃力，看起來隨時都會因爲過度用力而暈倒。

「那妳又沒有笑！」都教授不知道在氣什麼，對著冰箱連開兩槍：「又沒有笑！又沒有笑！」

國中女生努力地笑。

卻哭了。

「又沒有笑！又沒有笑！還哭！」都教授完全就是氣瘋了，一直朝冰箱開槍：「妳知不知道就是有像妳這種說話不算話的爛女人！才會害我被關！幹妳娘！我一定要幹妳娘！」

冰箱彈痕累累。

大家笑瘋了。

老大眞是無可取代的社會老師，是眞正的人生教授！

國中女生的淚水沒有止住，臉上卻始終僵硬著一股氣，彷彿一旦哭出了聲，就會全面崩潰。

「幹妳娘就是有妳這種假哭的臭婊子！害我！害我！害我！」

都教授衝過去，用槍柄狂敲國中女生的頭，一秒就頭破血流：「說話不算話！只會騙人！數學好又怎樣！計算機發明出來就是你們這種人的世界末日！害我！還想害我！」

單親媽媽跟三個妹妹完全傻了，一點反應能力都沒有，只有看著倒在地上的姊姊持續被狂踹的份。

國中女生的身上都是腳印，越來越多的腳印。

七個國中生都不敢打斷都教授的發洩，他們聽說過都教授曾蹲過苦牢的往事，知道他非痛扁這個女生一頓不可。

而綠髮的國中生暗自擔心等一下跟他兩情相悅發生關係的這個女生，臉萬一被踹爛了怎麼辦，啊不就等於跟一個豬頭打炮了嗎？這樣的話不就要跟她妹妹重新培養兩情相悅的默契嗎？可要不是跟她本人打炮的話，偶爾去學校逛逛的時候，要怎麼跟同學炫耀一下他上過眼前的誰誰誰咧？綠髮國中生看起來眞是憂愁死了。

好不容易都教授踹累了，癱坐在發霉的沙發上大口喝茶，國中女生才被單親媽媽扶起來，看樣子牙齒至少斷了兩顆，鼻血一時無法止住。

都教授將槍柄上的血，直接擦在嚴重龜裂的塑膠皮沙發上。

「其實我剛剛就來過了，但是聽到槍聲所以害怕了一下。」

發出聲音的地方，果然在後陽台。

七個國中生趕緊把槍指往後陽台的方向。

一個厚重的下水道鐵蓋，低低矮矮，出現在大家的視線裡。

「我衝下去拿了這個再上來，哇哩咧應該還沒有人來得及被強姦吧？」

下水道鐵蓋後面，是一頂黑色的棒球帽，一只白色口罩，一雙緊張的眼睛。

背脊靠著廚房的水泥牆。

一個將全身緊縮到最小，拚命把自己藏在鐵蓋後方的男孩。

「你就是龜頭怪！」都教授趕緊補子彈。

怪了，鐵蓋後方沒有人露出龜頭，或是有露出龜頭的跡象。

「什麼龜頭怪，我叫炮頭，炮頭炮頭，打炮用龜頭！」

單手緊握下水道鐵蓋的炮頭非常緊張，但全身飽滿的內力，加上前幾次的實戰，讓他不斷說服自己能贏。應該吧？應該能贏吧？

「那就是龜頭怪了！」都教授的槍對著下水道鐵蓋，拉開保險。

「龜什麼龜！是炮頭！」炮頭覺得眞煩。

八把槍，眞是棘手啊。

哇哩咧，剛剛應該將蔥油餅大嬸的溫馨建議拋諸腦後，直接突襲的，怎麼會搞到跟槍對峙呢？

單親媽媽跟四個女兒在客廳角落擠成一團，生怕被流彈打到。

「咦，炮頭？是那個哇哩咧的炮頭嗎？」綠髮國中生像是被雷打到。

「啊？」

「你就是那個講話會一直哇哩咧哇哩咧的那個炮頭啊！我就是夜市那個啊！索隆啊！」綠髮國中生驚喜不已，稍微放低了手中的槍。

「啊！對耶！」炮頭也嚇了一跳：「你就是那個那個那個……我們一起討過債，也在夜市顧過攤啊！就是賣盜版DVD那個啊！哇哩咧這麼巧……」

「對對對！原來你就是龜頭怪啊！你幹嘛要這樣……亂搞啊？」

綠髮國中生跟炮頭言語來往，感覺不到眞正的敵意。

都教授狐疑地看著下水道鐵蓋後的眼睛，的確，只是一般屁孩的神色。

「嗯啊大家都認識很久了，我以前也是個超級王八蛋。不過我改過自新了，改過自新不錯啊，專門收拾像你們這種王八蛋。哇哩咧給你們一個機會，發誓從這一秒開始就退出幫派，我就饒大家不死怎麼樣？」炮頭連珠炮說完。

他體內的內力，在八把手槍的緊張壓制下，恐怕會因爲太緊張無法好好節省使用。

「我們有八把槍，你只有一個破鐵蓋。龜頭怪，你以爲自己是美國隊長啊？」都教授呵呵笑，顯然很滿意自己在台詞上的發揮。

「老大，他不是還有炸彈嗎？」一個打了十個耳洞的國中生插嘴。

「炸彈？我用的是內力好嗎！」炮頭將身子縮得更小些。

「喂，炮頭，你是不是有打針啊？」綠髮國中生倒是直接問了。

「打三小針？」炮頭不解。

「就是讓人變厲害的針啊。」

「荷爾蒙啊！還是其實是另一種毒品啊？」

「是不是政府秘密實驗的藥啊！」

「哇哩咧，我是內力！內力！張無忌那種！」

「不要再聊天了，大家瞄準！」都教授大聲中斷現場不正常的廢話。

大家抬槍認眞瞄準。

「龜頭怪，放下武器，立地成佛！」

「不要做無謂的抵抗！快點投降！」

「你可以保持沉默，但你所說的話都會……那個……作爲那個……」

「炮頭，你放下那個爛鐵蓋，我一槍打爆你的頭，不會讓你痛苦的！」

「對！不要亂動！亂動我們會打不準，你會痛死！」

「上路的時候不要怪罪兄弟啊！大家都是……人在江湖身不由己啊！」

那些國中生胡亂偷起電視上的台詞，也不管自己其實才是壞人。

炮頭的背脊，早已將一直靠著的廚房水泥牆給濕透。

他的身上慢慢飄起了淡淡的蒸氣。

打打殺殺，已經有一段時間沒這麼緊張了。

炮頭的五感綻放到極致，將知覺聯繫到這個房間裡的一切有生命的細節。

他離譜地感覺到，眼前這八個人，並沒有人真正非常緊張。心跳微微加速，體溫微微升高，某種野蠻的躁味也只有多了一點點。

……也是。

如果你的手上有一把槍，旁邊的七個同伴也通通都有槍，唯一的敵手只有一個破鐵蓋擋子彈，你大概也很不容易緊張吧。

「國中生眞的太年輕，太容易被大人騙了，我盡量把你們打到殘廢就好。」炮頭也不知道自己能不能做到，但說是一定要說的：「但是你，雖然……哇哩咧你說得對，數學不好完全沒關係，但你人太差了，我等一下一定要把你殺掉。」

炮頭嘴歸嘴，還是不敢貿然衝出。

大家一直默默耗著。

終於有個國中生不耐煩地扣下扳機。

然後所有手上有傢伙的人都開槍了。

一開始，子彈只有兩顆勉強噴在鐵蓋上，其餘的都只是擊中廚房的杯盤碗筷，完全沒有威脅性可言。但區區兩顆子彈就夠了，嚇得炮頭全身都完全縮在大鐵蓋後面。

屋裡五個女的一滴尖叫聲都沒發出，只是抱在一起，祈禱發狂的流彈不要忽然飆到自己身上。

子彈一顆接一顆，大家好像在比賽誰先把子彈打光似的，可即使盲目亂射也有個限度，越來越多子彈直接射在鐵蓋上，炮頭咬牙感受著子彈震撼鐵蓋的威力。

大家開始補子彈。

炮頭的眼睛飄向單親媽媽：「你們家會變得很難清理，妳有好神拖吧？」

「……有。」單親媽媽眼神呆滯。

炮頭點頭表示肯定。

好神拖，眞好拖，絕對是劃時代的好發明。

希望不要拿來拖自己的血。

葉問，黃飛鴻，成龍，令狐沖，尼歐，方世玉，陳眞，李小龍，李連杰，甄子丹，火雲邪神，尚克勞德范達美，傑森鮑恩，當然還有從來沒去成大都的張無忌……各位師父，請保佑弟子不要被子彈射到。

炮頭抓著鐵蓋的手一緊，蒸氣沸騰。

「有好神拖，那就沒問題了。」

箭步，刺拳噴出。

一個國中生的手，連著握住的槍把，被一拳砸爛。

急速轉身，炮頭伸手便抓。

一個國中生的肩膀整個被擰碎。

一個國中生的下巴被胡亂抓爆。

鐵蓋流動。

一個國中生的手臂遭到鐵蓋橫斷。

鐵蓋流動。

一個國中生的大腿骨完全遭鐵蓋劈開。

鐵蓋流動。

一個國中生的屁股髖骨被鐵蓋砍開。

鐵蓋流動。

一個國中生……那個綠髮國中生三刀流索隆，在鐵蓋幾乎削到他下顎之前，就用驚慌的眼神對炮頭表達了無限的悔意。

炮頭如果是一個超級高手，他就可以神乎其技地停住。

眞遺憾不是。

綠髮國中生的下顎射向單親媽媽身後的房門，不偏不倚，黏在斗大的春聯「福」字上，一時之間福氣逼人。

「咿……………」永別了下顎，綠髮國中生連慘叫都無法做到。

都教授。

炮頭刻意留下最後一定必須死的人渣，果然做出了人渣應該做的決定。

儘管嚇得魂不附體，都教授的手槍還是很有人生智慧地抵著單親媽媽的臉。

「你快點自殺！不然我就……開槍啦！」都教授胡亂鬼叫。

「哇哩咧我們又不認識。」炮頭感到莫名其妙。

他拿著厚重的鐵蓋當飛盤，躍躍欲射的姿勢。

等一下這個爛人就會被這個模仿克林氣元斬的新招式給切半了。喔耶！

「我眞的會開槍喔！我眞的會開！你快自殺！」

「你不要動，不要動喔，左邊一點點……一點點就好。對對對！差不多就是那裡！」

「幹你娘我眞的會開槍！而且我一緊張就會不小心提早開下去！」

「好啊，你一開槍我就射，你要好好cue我喔！」

「那我不開槍你是不是……是不是就不射！」都教授快崩潰了：「幹你娘你不要再瞄準了！你這樣也會連她一起切掉！」

「哇哩咧我就跟她不熟，而且我會瞄準好嗎。」

炮頭的手腕抓著炙紅的鐵蓋，要丟，不丟，要射，不射。

鐵蓋冒煙的邊緣還黏著七個國中生的血塊，血都滴在大家滿地的哀號聲中。

「好痛啊……我的肩膀碎掉了……啊啊啊快送我去醫院！醫院！」

「我感覺不到自己的屁股了……老大！我感覺不到屁股了！快點幫我看！我的屁股是不是不見了！」

「快打119啊！打119！啊啊啊拜託快打119啊！」

都教授沒工夫理會，眼前可是自己被攔腰切斷的大危機啊！

「那我把槍丟掉，然後你不殺我！也不可以把我打成殘廢！」

「……爲什麼不可以殺你啊，你人那麼差。」

「我人很差……但我可以被教化啊！」

「……啊？」

「我可以被教化！我眞的可以被教化！」

「那還是可以打成殘廢再好好教化啊。」

「打成殘廢我要怎麼自力更生！那我被教化有什麼用！」

「打成殘廢後以後你更努力自力更生，坐在輪椅上搬鋼筋，一定很勵志啊。」

「我想被教化就是想改好啊！你怎麼可以把一個想改好的人打成殘廢！你是沒看到我的眼淚嗎？」都教授眞的緊張得流下眼淚：「如果我不是眞心想悔改，怎麼會哭！你還有一點人性嗎！我如果不能教化的話我現在會哭嗎！」

「哇哩咧還有這種的喔，你眞的很盧。」

「你發誓！」都教授絕不放棄一線生機：「我把槍丟掉，你就不殺我！」

「好吧，我發誓。」

「你發誓！說……說清楚！」

「好好好就說我發誓了啊，我不殺你，也不把你打成殘廢。」

滿身冷汗的都教授把槍慢慢放下，慢慢後退，退到門邊。

炮頭慢慢地抓穩鐵蓋，再度瞇眼，瞄準。

「等等！你發過誓！」都教授大駭。

炮頭彎起身子，看樣子等一下這個飛盤會射得很猛烈。

「幹你娘你發過誓！」都教授拚命抓緊門緣才勉強不腿軟。

炮頭皺眉，這一番對話感到非常困惑。

「你可以被教化，可是我人很差，不能被教化啊。」

30

樓上公寓的槍聲有一小段時間了。

所有的小菜冷盤都空了，能燙的能炒的都空了。麵攤的老闆跟老闆娘早已躲進廁所，偷偷打了好幾次電話報警，警察說要來，卻遲遲沒有出現。

負責在樓下狙殺龜頭怪的堂口兄弟，摩拳擦掌已久。

槍聲結束後卻沒有任何鬼道盟的弟兄下來，看樣子，就算龜頭怪被打死了，樓上的弟兄死傷也很慘重，慘重到沒有人可以滾下來報個訊。

要不，就是龜頭怪把所有樓上弟兄都幹掉了？

可能嗎？

一個人，幹掉八把槍？

這個堂口的老大自己給了自己一個霸氣的江湖渾名，叫螃蟹。

江湖這麼大，如何能橫著走？

螃蟹老大忍不住摸了摸，自己從黑市買來珍藏好幾年的AK47衝鋒槍。

「最好是那些白痴通通都被幹掉，然後龜頭怪剩一口氣讓我們收拾。哈哈。」

嘿嘿，瑯鐺大仔下令封了這附近所有的警力，就是為了要殺掉針對鬼道盟搗亂的龜頭怪，這個封警令，等同於AK47的火力展示許可，今天不像藍波一樣狂開幾槍，實在是說不過去。

「老大，要不要上去看看？」一個耳朵打了無數洞洞的混混往樓上張望。

「好啊，你上去看看。」螃蟹老大啐了一口。

「……沒啦，我只是問一下。」耳洞混混臉紅。

「去看一下啊？」

「我只是隨便問問啦老大。」耳洞混混的臉越來越紅。

其餘的大家都在暗笑。

還不知道老大是什麼樣的人嗎，自討苦吃啊你！

「幹你娘叫你去看一下，有叫你去死嗎？」螃蟹老大拿衝鋒槍指著耳洞混混的頭。

「沒……沒有。」

耳洞混混只好將插在屁股後面的手槍拔出，深呼吸，醞釀上樓窺探的勇氣。

此時，一個黑黝黝的物事從天而落……匡啷！

那物事很沉重，螃蟹老大眼前杯盤狼藉的桌子整個砸爛。

是一個大鐵蓋……一個用來封住馬路下水道的大鐵蓋？

「這是三小？」螃蟹老大不明究理，端詳著黏在大鐵蓋上面的……

肉泥、肉屑、肉塊，以及半條紅通通的，腸子？

正要上樓的耳洞混混嚇傻。

樓上究竟發生了什麼？

31

炮頭將半個都教授搬到門外。

「仔細看喔，看清楚喔，他還沒死，所以這房子不算是凶宅，而且他等一下要是死了也是死在門外，裡面還是不算凶宅，頂多是走廊比較陰，你們以後不要在走廊上待太久應該也是沒事啦。」炮頭碎碎唸，看著手裡的都教授。

都教授呆呆地看著還在門裡的下半身，眼神裡盡是不可思議。

單親媽媽跟四個女兒也只能看著炮頭處理。

「哈哈哈好啦其實這種壞人就算死了靈魂也不可能待在走廊啦，他一定會被抓去地獄啊，哇哩咧所以走廊也不會陰啦！」炮頭忽然笑了起來，自顧自地將都教授的下半身也搬出去：「說不定我殺人都不會睡不著覺，就是知道我殺的都是壞人啊，我啊當然會怕鬼，但那些壞人變成的鬼一定是泡在油鍋裡慢慢享受的啦，沒辦法來找我。妳們啊，也不要自己嚇自己，知道嗎？」

但屋子裡的五個女人，還是滿臉空白。

炮頭想了想，覺得自己是否應該好人做到底？

32

「老大，我們是不是，應該……」耳洞混混臉色蒼白地回頭看。

「應該怎樣！」螃蟹老大挺起手上的AK47衝鋒槍。

「應該……」耳洞混混的嘴唇都在發抖：「大家一起上去？」

「幹！叫你上去是讓你立功，你是不是沒種混兄弟！」

氣氛僵硬。

死在螃蟹老大手中衝鋒槍下的第一個人，可能不是龜頭怪，而是自己手下。

「怕死跟人家混什麼兄弟！你拿什麼跟我們講義氣！」

螃蟹老大的衝鋒槍，眼看就要噴出火花。

忽然，又一個物事從天而落。

啪！

這一次從樓上掉下來的物事比較軟，水分也比較多。

還多了兩隻腳。

「啊！啊啊啊啊啊！幹你娘幹你娘！幹幹幹幹幹！」

忽然看清楚了掉下來的是什麼，幾個凶神惡煞一起大叫。

是某個人的下半身，還有一大堆的腸子跟看不清楚哪裡是哪裡的內臟。

「老大！還要上去嗎！」耳洞混混大叫，他褲子裡的那條老二也在慘叫。

「不上去怎麼知道掉下來的是誰！」螃蟹老大暴躁。

此時，又一個物事掉下來。

啪嗒！

眾兄弟的臉上都被掉落物事砸中地面時飛碎出來的骨肉，黏得滿臉都是。

更多的腸子，更多的內臟，更多的血水。

這次沒有人再大叫了。

每一個平常說自己有多狠有多殘暴的兄弟都怔住了。

耳洞混混呆呆看著落在腳邊的都教授，的上半身。

耳洞混混傻傻地轉頭看著同樣目瞪口呆的螃蟹老大。

「老大，掉下來的是那個……剛剛上去那個……這樣，我們還要……上去嗎？」

大家都很安靜，好像腦子裡沒有適當的詞彙可以輸出。

終究還是得有人打破沉默。

「送我去醫院……」都教授看起來意識清醒，語氣也不模糊。

螃蟹老大看著都教授的上半身，再順著都教授的視線看向他的下半身。

「黃金八小時，用冰塊……先用一堆冰塊把我的下半身冰起來，八小時，黃金八小時，緊急縫合都沒問題的，地上那些掉出來的內臟，也用保冰桶先放起來，快，去買冰塊……」

螃蟹老大抬起頭，看著手上拿刀拿槍、臉上卻一片屎氣沉沉的小弟們。

「你們要去幫他買冰塊，還是要上去把龜頭怪打成碎片？」

螃蟹老大的衝鋒槍對準早已尿濕褲子的耳洞混混，只有這樣，才能壓制自己，壓制大家心中的恐懼感：「還是，你們要直接浪費我的子彈？」

扣下扳機。

33

大功告成。

炮頭深呼吸了幾次，檢查自己體內的力量。

嗯嗯……內力還剩下一半再多一點，明天還可以再幹一場。

雖然對輕功一竅不通，但炮頭原本要跟以前一樣，從屋頂上翻來翻去地離開「犯罪現場」。可樓下莫名的槍聲，將炮頭原本要離去的腳步拉住。

炮頭走回房裡蹲下。

「喂，樓下是不是有埋伏啊？」炮頭詢問肩膀被擰碎的可憐國中生。

「炮頭大哥……可不可以放過我……我眞的不想死啊……」

「我本來就沒有想殺你們啊，雖然也有可能一不小心你們流血太多死掉就是了。」

「瑯鐺大仔……他叫另一個堂口……在樓下暗算你，他們都有槍，炮頭大哥你一定要小心啊……」另一個手掌整個糊掉的國中生趕緊送上保命的關心。

「難怪你們都拿槍討債，原來是我被鎖定了啊哈哈哈哈，哇哩咧！」

「這是一定的啊，炮頭大哥你現在可是……鬼道盟的煞星，瑯鐺大仔他怕死你了……」失去屁股的國中生撐著沒昏倒，也奮力吐出一點感動。

「哈哈哈哈眞的嗎？我眞的是鬼道盟的煞星啊！哈哈哈哈也是啦！不過這也是鬼道盟眞的很壞啊！」

「他們實在太卑鄙了！炮頭大哥！你千萬不能……不能死啊！」手臂被鐵蓋斬斷的國中生臉色發白，顯然就是失血過多的典型：「正義需要……你的守護……」

「炮頭大哥加油！加……油！」

「千萬不要……放棄……」

「啊啊啊啊……咿……」失去下巴的綠髮國中生即使痛到瘋掉，也不忘朝炮頭豎起大拇指。

炮頭點點頭，非常滿意他們這七個沒被自己打死的國中生，果然完全可以教化。

「其實前一陣子我也跟你們一樣，是負責討債的壞蛋，那時候我也做了不少亂七八糟的事。但我現在洗心革面了，哇哩咧你們也一定沒問題的，在醫院把身體縫回去以後，就退出鬼道盟吧，願意努力工作的話哪裡都能生存下去，這就是殘而不廢的精神，不過你們要是拚快一點，哇哩咧說不定也不會完全殘廢就是了。你有看過周星馳演的那個百變金剛嗎……」

這七個要死不活的國中生拚命點頭，只希望炮頭快點走，救護車快點來。

炮頭一邊說，一邊盤算著是否不要跟樓下的伏兵正面交鋒，畢竟那個可以拿來擋子彈的大鐵蓋已經沒了，只剩下冰箱可以擋子彈，那麼重的東西扛來扛去，內力一定耗損得超快。但如果就此一走了之，豈不是辜負了自己是鬼道盟天敵的美譽嗎？

怎麼辦？

炮頭頭皮一陣發麻，寒毛豎起。

異樣，卻熟悉的危機感，正在逼近。

喀喀喀喀……

喀喀喀喀喀喀喀……

高跟鞋的聲響，不是從樓下，而是從樓上慢慢逼近。

聲響停在門口外側，一個房內視線無法抵達的陰影。

炮頭打了一個冷顫，胯下一陣惡寒。

毫無疑問，能夠在這麼遠距離就讓自己的老二感到爆炸威脅的，必是……

「喂！女俠！我現在不會輸給妳了！」炮頭咬著牙，全身大熱。

門後陰影微晃。

「小鼻屎，你光聽我的腳步聲，就認出我了。」門後的聲音太熟悉了：「我有說，你可以這樣一直想著我嗎？」

炮頭嚇到著腦：「上次我謝謝妳，但妳來幹嘛？來殺我的嗎？」

「你上次騙我。」

「不騙妳難道我要被妳踢老二啊？」

「你出來，讓我殺了你。」

「是瑯鐺大仔叫妳來殺我的嗎？」

「你出來，不然我進去，就要把所有看過我的人都殺掉，這樣我要踢很久。」

七個躺在地上哀號的國中生看向炮頭。

炮頭解釋：「門外是一個女殺手，她超恐怖，絕招是踢懶叫，直接把你踢到死。」

七個國中生馬上哭了出來。

「炮頭大哥，我看你還是出去一下好了。」

「我覺得你一定沒問題的。」

「她殺不了你的，你只要防守好懶叫就無敵了！」

「炮頭大哥她就靠你了！」

「咿……咿……」

炮頭咬牙，冷汗直流。

這些沒義氣的小王八蛋，眞的可以被教化嗎？

比起樓下步步逼近的混混槍手，門外陰影下的殺氣更恐怖許多。

炮頭深呼吸，慢慢站起，感受著站在門外陰影下的殺手動態。

那個女殺手的左手腕略緊，大概是抓著一把利刃之類的。

她的右膝蓋特別放鬆，可右腳踝正在旋轉暖身，肯定正積聚一發可怕的踢擊。

不知道是不是錯覺，炮頭感覺到女殺手散發出來的殺氣，似乎摻雜了許多無法統合的意念。

炮頭拳頭握緊，但不知道應該往前走，還是往後退。

可能的話眞的不想跟女殺手衝突，畢竟她跟自己無冤無仇，某種意義上還算是自己的救命恩人，爲了這一點，自己應該快點從後陽台逃走，而不是從前門出去跟她硬拚才對吧？

但迴避了這一次，下一次遇到她的時候，自己會僥倖剩下多少內力呢？

炮頭慢慢一步——往前。

「先說好，我現在是超厲害的，隨時可以把妳踢出來的腳砸爛。」

「你騙我，我要殺了你。」

炮頭慢慢一步，兩步，往前。

「我砸爛妳的腳，但不殺妳，我們之間就扯平了。」

「我上次有砸爛你的腳嗎？你騙我，我要殺了你。」

炮頭慢慢一步，兩步，三步。

已來到門邊。

炮頭停步，潛心將注意力放在門外的一個箭步距離。

「哇哩咧，那我上次有殺妳嗎？沒有啊，那妳這次幹嘛殺我！」

「……」門外的氣窘然一震。

「我上次騙妳，那這次換我給妳騙啊！好啊來啊，我給妳騙回來啊！」

「……」門外的氣變得很凌亂，顯然陷入疑惑。

炮頭的內力聚集在拳頭上，再將拳頭慢慢一寸一寸前擺。

不管那個女殺手女瘋子女神經病怎麼反省自己的神邏輯，都不能大意。

先擊敗她，佔據了上風，再好好跟她講道理。

……時間不多，樓下那些槍手遲早會摸上來！

全心感受著門外的動靜，炮頭瞇起眼睛，預備搶先衝出。

唧——

炮頭瞪大眼睛，慢慢回頭。

一把刀，已沒入了自己的腰後。

持刀的，不是剛剛倒在地上的任何一個國中生。

是那個飽受屈辱的國中生女孩。

「對不起，那個人說……只要殺了你，我們家欠的錢都不用還了……」

國中生女孩聲音劇烈發抖，手卻出奇地冷靜，將刀拔出。

「對不起……對不起……」

彷彿無法理解，腦中空白，炮頭只能看著鮮血從腰後如泉噴出。

空隙。

門外一陣惡風，一隻兇猛的高跟鞋鞋尖從黑暗裡踢出！

腦中瞬間湧現太多太多對人性的失望，炮頭還是及時擋住這一踢，卻沒料想到這一踢之後的，奮力往前一踱！

凌厲至極的一踩！

即使是內力高手，睪丸依舊是睪丸。

炮頭軟倒跪下。

他連咬緊牙根，承受接下來悲慘命運的力氣都喪失了，全身無力，嘴巴張大。

無力發出一點聲音。

無力擠出一點感想。

但無情的第二下毀滅懶叫之踢，卻停在胯下前面一公分，遲滯不前。

穿著黑色晚禮服的女殺手終於顯露全身，用腳尖輕輕撩起了炮頭的龜頭。

「你沒挨那一刀，躲得過我第二下嗎？」

炮頭沒有回答，他只是臉色發黑，口吐白沫。

女殺手看著門後的國中生女孩。

國中生女孩手中的刀終於開始發抖。

無情的一刀。

或者，無知的一刀。

以為能夠用背叛對自己溫柔的人，換來另一個對自己殘酷的魔鬼承諾。

刀落在地上，炮頭的鮮血上。

樓下緩慢逼近的腳步聲，粗重如牛的呼吸聲，緊綳的心跳聲。

女殺手看著從炮頭腰後不斷流出的血。

不斷流出來的血。

炮頭害怕得哭了。

34

富貴年華，三溫暖。

四個老態龍鍾的立法委員、五個酒店老闆、七個警察分局局長、鬼道盟十一個大堂口的堂主，全都赤裸裸坐在熱水裡，聊著荒唐的政經奇談。

每個人都一副憂國憂民的模樣，好像這個社會很黑暗、時局很艱困、年輕人沒有出頭天，跟他們可以一起在這裡泡澡一點關係也沒有。

「那個死變態眞是太誇張了，把孕婦的肚子活活切開，然後塞貓進去？塞貓耶！這像話嗎？我看一定是拍電影那些人搞的鬼！腦筋不正常嘛！」

「對女人動手動腳……比我們黑社會還差勁啊！被我們弟兄逮到一定把他碎屍萬段！」

「是啊，女人是拿來搞的，你切她肚子幹嘛呢？孕婦都下得了手，一定是從精神病院裡跑出去的！我說局長啊，你們辦案要先查精神病院的逃脫紀錄啊！」

「哎呀我們已經查了老半天啦，我今天來這裡泡泡，還不就是想從你們這裡打聽打聽，道上有沒有什麼風聲？」

「幹你娘啊分局長！你查變態就查變態！查變態查我們兄弟幹什麼啊，你啊！腦筋糊塗啦！我們兄弟搞那些沒錢削的事幹啥啊！」

「哈哈哈哈哈當然當然，我們只是想說，道上的情報比我們當差的還準嘛！」十多名俱樂部招待的裸女坐在池子裡相陪，不敢插嘴，只是靜靜地提供隨時準備好了的任憑摸奶服務。

最胖的瑯鐺大仔泡在最中央的位置，沒有參與這場憂心忡忡的國是會議。

他只是閉眼享受深藏在池子裡的比賽。

這些年眞是他人生中最好的年份。

十四歲開始混幫派，一開始混得亂七八糟，差點沒命，二十二才加入聲勢驚人的鬼道盟，一路打打殺殺，爲幫會蹲了兩次苦牢，卻只摸到了這個池子的邊。

直到義雄成了自己的左右手之後，他才逐漸坐到了這個池子的最中央，取得了大家在旁邊七嘴八舌熱絡交際，他卻可以完全不鳥，只顧著享受龜頭上濕潤的地位。

打打殺殺哪裡好？

單方向打別人，殺別人那才好。

蹲苦牢哪裡好？

跟自己無關的人去蹲苦牢才好。

當黑道，不就是爲了只想付出一點點，就能獲得很多嗎？

當黑道，不就是爲了想上哪個女人就用鈔票打她的臉叫她跪下嘴巴打開嗎？

當黑道，不就是爲了在路上跟人起衝突，電話一叫就可以把對方扔到海裡嗎？

當黑道，不就是爲了想幹嘛就幹嘛，警察法官媒體一遇到自己就嚇到急轉彎嗎？

義雄眞是太能幹了。

那傢伙的興趣似乎跟自己很不一樣，還眞就是整天打打殺殺，攪和在一堆麻煩事裡折騰自己、虐待別人。爲了老大我，義雄什麼可怕的事都幹得出來。有這種執著於殺戮、硬幹、到處抄家的屬下，自己樂得負責輕鬆享樂的部分。

最近社會不平靜。

有個瘋子專門把貓塞進孕婦肚子裡，把媒體嗨爆了……不過關我屁事。

最近江湖不平靜。

所有人都知道有個龜頭怪專門在找鬼道盟的麻煩，放倒了很多弟兄。

這件事眞是糗，非常糗，那個龜頭怪到底是一個人還是一個殺手團隊，完全弄不清楚，且幕後的老闆可能是躲在肅德監獄裡的老益，卻苦無證據，自己只能倚靠義雄張網處理龜頭怪。

其實，沒有證據就出手幹掉對方這種事，瑯鐺大仔沒有少做過。

動機比較重要，證據其次，自己畢竟是黑道，又不是警察對吧？

想幹掉對方就幹啊！證據個屁！

所以這就更糗了。

誰都知道一出獄就要競選鬼道盟下一任盟主的老益啊，他的確該死，就算龜頭怪不是他派出來的殺手部隊，他一樣該死。死定了。

不管一個人如何在獄中呼風喚雨，以鄉鏜大仔的資源，要在獄中偷偷幹掉任何一個人，眞的！任何人！原本都是最簡單的。

可要在獄中幹掉老益，嘖嘖……莫名其妙的艱難。老益似乎有一種拔不倒的神祕感。據說即使親信都被支開了，只剩他一個人落單，老益還是可以獨自搞定狀況。唉，煩死了，不過義雄一定可以搞定的，畢竟抽絲剝繭就是義雄的獨門興趣嘛哈哈哈哈哈。

池子裡浮出一張快溺死的臉。

那張美臉一邊大口喘氣，一邊撒嬌：「老大的雞雞太大了啦，好難吸喔，人家吸不出來……差點淹死了啦！」眼角都是被嗆出來的淚水。

鄉鏜大仔呵呵笑。

另一個美女興奮地舉手：「換我換我！我一定可以把老大吸出來！」

鄉鏜大仔伸手一壓，呵呵將她的頭壓進水裡。

今晚輪到第四個女人了，還是沒人可以在熱水裡把他吹出來。

他最高紀錄是八個女人輪吹不射。

爲了水底口爆獎金一百萬，想必這些笨女人每個晚上都在浴缸裡放水練習吧。

鄉鏜大仔一邊摸奶培養感覺，忽然見到義雄出現在池邊。

他沒有脫光，一身嚴肅筆挺的黑色西裝。

手裡拿著電話。

「……成了嗎？」瑯鐺大仔皺眉。

義雄沒有任何表情。

瑯鐺大仔閉上眼睛。

龜頭怪啊龜頭怪……好難纏的龜頭怪啊……

一百萬射出。

35

韓吉哥從便利商店出來的時候，手裡拿著一包保潔冰塊。

他走回持續發動中的廂型車，拉開門迅速關上的力道，足以說明心中的暴躁。

一甩手，那一包冰塊就直接扔在眼前那一包紅腫發黑的陰囊上。

「小仙，妳爲什麼不直接殺了我？」

韓吉哥拚命抓著頭，眼睛沒有辦法看任何人。

穿著黑禮服的女殺手一臉委屈抱歉，嘟著嘴不說話。

「小仙，我問妳，爲什麼妳不直接殺了我，比較快，比較好，比較棒？」

「韓吉哥，對不起，我覺得我可能有一點點喜歡他。」黑禮服女人原來叫小仙。

「法則說不能愛上目標妳是不是當屁！」

「我只是說可能有一點點喜歡啊嗚嗚嗚嗚又不是很確定，而且說不定是朋友之間的那種喜歡啊那個又不犯規，韓吉哥你眞的是太兇了，你嚇到我了……嗚嗚嗚嗚！」

「幹！妳前兩天說你喜歡那個誰誰誰！阿樂！現在妳說妳有一點點喜歡他！」

「那個阿樂我已經不喜歡了啦，他對我感覺很沒有耐心。」

韓吉哥轉頭，對著那包腫得跟氣球一樣大的陰囊咆哮：「那你對她很有耐心是嗎！是嗎！

幹你對她！很！有！耐！心！是！嗎！」

奄奄一息的炮頭只能苦笑。

這台福斯T4廂型車裡堆滿了衣物牙刷拖鞋等生活用品，兩把隨意放在地板上的相同樣式的手槍及彈匣，一台筆記型電腦，以及二十幾支正在充電的各式手機，有的還是只能用來通話發訊的老舊型號。

炮頭知道，這台不斷移動的廂型車如果沒有馬上載自己到醫院，只是冰敷陰囊是沒有用的。他的腰部受了嚴重刀傷，血到現在還在流，自己全靠陰囊太痛的升天感才避免確實昏死過去。

「龜頭怪。」韓吉哥拿起槍，指著炮頭的臉：「給我一個，不把你丟給鬼道盟的理由。」

「……」炮頭對這個動作很迷惘。

幹嘛拿槍？

現在只要一腳踩在我的傷口上，將傷口踩裂，自己就會一命嗚呼啊。

「馬上！」韓吉哥看起來快崩潰了：「給我一個理由！」

小仙哭了：「韓吉哥你不要太激動，萬一你手指抽筋了怎麼辦！」

韓吉哥暴怒：「到底知不知道今天晚上妳出去是做什麼的！妳要把他幹掉！妳要把他的老二踢爛！現在咧……鬼道盟暗中跟我買保險，結果妳把他扛回來！妳把他！扛！回！來！」

小仙大哭：「你不要那麼兇！你太兇的話我也不知道自己會做出什麼事！你真的對我太兇

了！」

「怎樣！妳想踢我老二嗎！妳敢踢我老二嗎！給我聽好！妳這樣亂搞我們全都會被鬼道盟抓起來殺掉！妳誰啊！金牌殺手啊？天字第一號殺手啊？G是嗎？妳他媽的是G嗎！妳一個人踢得了幾千個鬼道盟的老二嗎！什麼太兇！我早就該知道不能派妳出去！」

「我不出門要怎麼找人談戀愛啊！」

「妳不殺人的時候難道都沒出門嗎！一定非得要殺人才肯出門嗎！好啊！妳今天出門了啊！那妳今天殺人了嗎！幹小仙妳再掰啊！再掰啊！妳到底有沒有一點良心——拖！我！下！水！」

韓吉哥髒話狂噴，小仙則無止境地嚎啕大哭。

廂型車還是沒有停下。

炮頭感受著傷勢，不知道是否因爲內力還剩一半的關係，流了很多血卻沒死成。

雖然沒有確實的依據，但，如果可以吃一串茶葉蛋的話不知道會不會好些？

不行了，好像眞的快昏過去了，畢竟陰囊已經冰到沒感覺了，不痛了……

就在炮頭幾乎要睡著的時候，廂型車慢慢停了下來。

韓吉哥氣急敗壞地打開車門。

車門外，站著一個高中生模樣的眼鏡仔。

明明沒下雨，他卻穿著便利商店可以買到的二十五元透明雨衣。

「腰這裡，一刀。老二，一腳。」韓吉哥簡潔有力地介紹完。

「我會看。」眼鏡仔往車子裡張望：「……我要兩萬。算了還是跟你拿三萬好了。」

「三萬！妳給！」韓吉哥轉頭對著小仙暴吼。

小仙猛點頭。

於是眼鏡仔跳上車，關門。

眼鏡仔從印著「十二夜，領養，不棄養」的文青布質書包裡，拿出一個鉛筆盒，鉛筆盒裡是一把美工刀，一把摺疊湯匙，一把尖嘴小剪刀，幾條棉線。以及一小盞登山瓦斯燈。

「老二的問題不大，持續冰敷就可以了，一個禮拜以後才能有性行爲。現在我要專心對付他的腰。」眼鏡仔雙手戴上明顯是用來吃烤雞的塑膠透明手套：「男人啊，就靠這個腰了，呵呵，靠腰。」

炮頭原本快昏死過去，這一瞧仔細，整個人都醒了。

「不好意思，我叫炮頭，哇哩咧就是江湖上大家都亂叫我……」

「不准自我介紹！」韓吉哥大吼：「你今天沒看過他！他今天也沒看過你！」

高中生模樣的眼鏡仔似乎頗爲不滿：「我是出名守口如瓶的好嗎？你有聽過我跟你講過我上個禮拜幫誰動過刀嗎？上上禮拜我幫誰挖子彈你是又知道了嗎？不是你給錢，你就給我閉嘴，今天我只聽小仙的。」

小仙猛點頭，舉起雙手：「加油！加油！出國比賽！」

韓吉哥氣得臉色發白。

「炮頭你好，叫我醫生就行了。」眼鏡仔掀開炮頭的衣服，檢視傷口。

炮頭注意到，眼鏡仔所戴的黑框眼鏡沒有鏡片，完全走一個假文青路線。

「醫生你好，看你這麼年輕，請問你是不是剛剛從醫學院畢業的……還是正在實習的那種……」

「喔……對啊。」

「我想請問一下，你手中這把是……」

「美工刀。」

「你覺不覺得，其實你拿手術刀會好一點呢？」

「重點是消毒啦，消毒不做，拿雷射刀還是次元刀都是亂開一通，會感染。至於刀，刀可以切得開肉就好了，一刀切不開，呵呵，就切兩刀啊。」

眼鏡仔燃起了登山瓦斯燈，將美工刀在火焰裡烤了烤：「再說，一把不利的手術刀，跟一把超級鋒利的美工刀，你選哪一把？」

「……你那把美工刀很鋒利嗎？」

「上個月我逛大創的時候買的，包裝上的廣告有寫超鋒利啊，其實我也想用手術刀，可是一個高中生在鉛筆盒裡放手術刀會不會太超過了？美工刀比較有那種……嗯……一種那個……為善不欲人知的精神。」

眼鏡仔拿起摺疊湯匙，也在登山瓦斯燈的火焰裡烤了烤，嘖嘖：「反正你放心啦，今天晚上你死不了。來，嘴巴打開，先吃幾顆止痛藥。」

「你剛剛說……你是高中生？」炮頭糊裡糊塗吞了一大把止痛藥。

「嗯啊。」

「那你在更之前不是說，你是醫學院畢業的……剛剛實習完的那種……」

「呵呵，跟你開玩笑的啦。」

炮頭看著那把剛燒紅的鐵湯匙正逼向自己，呆呆地問：「是醫學院開玩笑的，還是高中生是開玩笑的？等等，不用麻醉嗎？」

「不是給了你止痛藥嗎？雖然是學名藥但還過得去啦，學名藥做得跟原廠藥一樣療效的話那還有天理嗎。等一下不需要忍住，盡情鬼叫吧，不過我相信你不會有我高一下的英文老師那麼大聲啦。」

眼鏡仔說幹就幹，一把湯匙，一把美工刀，就開始了日常的血肉工程。

廂型車像是刻意開在平坦的馬路上，沒有太過分的顛簸，但血水還是噴濺得到處都是，眼鏡仔身上的雨衣果然是明智之舉。

炮頭大吼大叫，連他自己都不敢相信原來還保存了如此多的力氣。

然後是哭。

接下來是笑，痛到笑。

「你的身體滿強壯的啊，外表看不出來耶其實，血一下子就止住了。」眼鏡仔持續忙碌：「平常都做什麼運動？殺人？」

「哈哈哈哈哈痛死我了哇哩咧！你高中念哪裡！」

「還好啦不要問這種沒水準的問題。」

「哈哈哈哈哈哈哈哈哇哩咧我要去你學校找你！打你！打死你！」

「那我不開了。」

「哈哈哈哈哈哈哈我是開玩笑啦幹痛死我了！快開！快開！」

「我附中的啦，因爲五月天啊，他們都念附中所以我就去念了，其實我的分數可以上建中耶。五月天除了最新這張專輯，每一首歌我都會唱！」

「冠佑不是附中的！你知道嗎！啊啊啊啊啊眞的好痛啊！我要吃止痛藥！」

「你隨便唱一首五月天的歌，你還沒唱完我就開完了，這叫精神轉移法，比吃止痛藥還要有效喔！」

「當煙霧……隨晨光飄散……」

「呵呵這一首太短了不行，你唱志明與春嬌好了。副歌記得多唱幾遍喔！」

離譜至極的手術進行中，韓吉哥總算是慢慢冷靜下來。

他有太多的問題想問。

必須問。

韓吉哥從地上撿了一副耳機，塞進眼鏡仔的耳朵裡，將音樂開到最大聲。眼鏡仔不願意，但也沒辦法，只得在五月天的歌聲裡繼續手術。

「炮頭，從現在開始，我問你答，你要好好說話。」

「……痛死我了！」

「你替誰工作？」

「沒！我替我自己工作！」炮頭淒厲大吼：「不是！我是替那些被欺負的人工作！我是好人！我要吃止痛藥！我要吃茶葉蛋！」

「你沒有背後的老闆？」

「沒！為什麼要！」

「你懂老闆的意思嗎？就是出錢叫你去殺人的那個人，就是老闆。」

「沒有！沒有沒有沒有！」

「那你就是跟鬼道盟有仇囉？」

「鬼道盟跟大家都有仇！他們不該亂搞別人！鬼道盟通通都是王八蛋！通通都去死！我是好人！我要吃蛋！」

這話中聽，但沒有前因後果，要在這種情況下問出一個完整的故事也難。

「你功夫不錯，苦練很久了吧，為什麼上次遇到小仙的時候不使出來？」

「我最近才練的！我！天生神力！蓋世奇才！」

「你師父是誰？」

「李連杰！成龍！甄子丹！張無忌！葉問！啊啊啊啊啊啊李小龍！」

痛到胡言亂語了嗎？韓吉哥的臉上也噴到了血水。

「你殺人，回家以後有沒有發現什麼……不一樣的東西出現在門縫底下？」

「原來是你！是你搞的鬼！鬼鬼祟祟丟那種沒人看的東西幹嘛！我要吃蛋！」

韓吉哥與小仙互看一眼。

這傢伙，是貨眞價實的殺手啊！

「只靠替大家出頭的一股氣，是沒辦法成爲殺手的，眞的沒人使喚你？」

「啊啊啊啊啊啊啊啊啊我要吃蛋！把車開到便利商店，我要吃茶葉蛋！」

韓吉哥看著車窗外。

天快亮了。

據小仙說，現場除了那些快上樓的幫派混混之外，還有幾個要死不活的爛國中生，以及五個沒有睪丸可踢的女人，其中一個就是那個突然行刺龜頭怪的國中女生。

那些爛國中生在屋內，可能什麼也沒看到，也可能聽到觀察到什麼動靜。

那些爬樓梯爬得超龜速的伏兵混混，在他們抵達之前，小仙就扛著炮頭從另一邊走了。他們也什麼都不知道。

關鍵是那個突然爆炸的國中女生，她距離太近了，目睹了完整的一切。

她會將所見的一切告訴鬼道盟嗎？

她會拿刀陰一個想要幫助他們家的人，是不是就表示，她會不顧一切出賣她目睹的畫面？

如果那個國中女生說，忽然出現的女殺手踢傷了龜頭怪之後，又莫名其妙把龜頭怪救走，自己這次還能再用一個什麼樣的爛故事，再加一具假殺手屍體，去敷衍義雄？

還是該把小仙交出去？

或是更應該把龜頭怪交出去？

是，自己是貪生怕死，自己是唯利是圖，但這些拿來換自己性命的方法，直接粉碎苟且活下來的所有意義。

裝死？

裝傻？

裝作自己什麼也不知道？

「沒關係，等你腦袋清楚一點，再弄懂你爲什麼剛好符合資格好了。」韓吉哥想了想，慢慢加重語氣：「既然沒人是你老闆，那我，我來當你的老闆。從現在起你聽我的命令做事，大家才有一起活下去的可能。」

小仙舉起雙手大喊：「我要跟他一隊！」

炮頭怒吼：「我不要！我有我自己的TEAM！」

「你有同伴？」韓吉哥楞了一下。

「什麼！你有同伴！」小仙尖叫，眼看就要衝過來補踢一腳。

韓吉哥怒瞪小仙，小仙只好恨恨收腳。

「我有大懶叫！還有！蔥油餅大嬸！你不要小看我啊啊啊啊啊啊啊！」

「算了，你睡一覺好了，等你清醒我再好好跟你談合作。合作活下去。」

「我不要睡覺！我要吃蛋！吃止痛藥！我等一下要通通把你們幹掉哈哈哈哈！」

無麻醉的手術之慘絕人寰，炮頭哀爸叫母，又哭又笑。

韓吉哥欲哭無淚地吞了兩顆安眠藥，戴上眼罩。

這台廂型車恐怕有好一陣子是停不下來了。

36

大懶叫已經看完市面上所有版本的蝙蝠俠DVD，炮頭卻還沒回來。

於是他出門又匆匆買了所有超級英雄的電影DVD，買到什麼就看什麼。

都看過了一輪，炮頭還是沒有出現，大喊這次眞的是驚險萬分幸好我眞的是超厲害啊還不快點拿蛋給我吃啊哈哈哈哈哈……

大懶叫非常不安。

三天了，恩人還能去哪？

無數次。

無數次他想去樓下，敲敲那扇被油漆塗鴉的鐵門，問問……炮頭回來過了嗎？

簡直就是無濟於事。

如果恩人回來了，怎麼可能不上來找他，讓他盡盡阿福的職責呢？

唉，大懶叫太喜歡阿福了，好久都沒有因爲太喜歡某個東西而感動到哭。

恩人絕對不是羅賓，恩人是蝙蝠俠。

阿福是蝙蝠俠的管家，阿福是蝙蝠俠的帳房，阿福是蝙蝠俠的支柱，阿福是蝙蝠俠的私人醫生，阿福是蝙蝠俠的心靈導師，阿福是蝙蝠俠的裝備管理人，阿福是蝙蝠俠的……家人。

恩人也是如此看待自己的嗎？

自己眞的夠資格成爲，恩人的阿福嗎？

但現在，恩人消失了。

大懶叫慌張到無法睡覺，飯也吃不下，眼看又快要去「那裡」一趟，卻完全沒有心情。

恩人武功高強，難道是中了暗算？

咚咚咚。

咚咚咚。

微弱的敲門聲，令大懶叫整個人僵住。

是恩人回來了嗎？

不，恩人敲門的習慣不是那樣！

「請問……大懶叫先生，炮頭在裡面嗎？」

大懶叫完全石化，這聲音，是住在樓下的那位女孩！

「！」

大懶叫看著門，激動到完全無法有任何反應。

「三天都沒見到炮頭了，他是不是在裡面啊？還是……」

「！！」

大懶叫快要窒息了。

天啊！爲什麼兒女私情選在這個時候排山倒海淹沒自己！

「我有點擔心他，如果他回來了，你一定要請他下來找我啊……謝謝。」

「！！！」

大懶叫抓著自己的胸口，又掐又捏又捶，否則心跳一定會瞬間停止的。

許久，才又聽見自己的心跳聲。

許久，門外的細碎聲音卻沒有完全消失。

那位矜持的女孩，還在門口等待。

……等待什麼？

等待恩人從裡面出去跟她打招呼嗎？

絕對不是！她在等自己出聲回答！

怎麼辦！

大懶叫兀自驚駭莫名，全身絕對石化。

門裡緊張萬分，門外的那張臉，又是什麼表情呢？

天黑了。

天又亮了。

大懶叫停滯在最僵硬的狀態。

整整過了一天，門口好像還是有細碎的腳步聲，呼吸聲……嘆氣聲。

他忍不住懷疑自己是不是幻聽了。

不可能吧，那個女孩眞的在門口徘徊了那麼久嗎？恩人不在屋子裡不是很明顯嗎？恩人如果在的話怎麼可能聽到她的呼喚還不出去呢？那她爲什麼還不走？爲什麼還不走？

他希望她走嗎？

他希望她……不走嗎？

即使膀胱快要炸裂了，尿道還是僵硬到無法排泄。全身上下唯一有在作用的，大概就是偶爾開闔的眼皮，以及不得不讓氧氣通過的鼻孔。

「大懶叫，哇哩咧你搞屁啊？」

解除大懶叫石化狀態的，是炮頭搭在大懶叫上的那隻手。

「啊！恩人！眞的是你啊恩人！對不起我剛剛想的都是兒女私情！對不起恩人我剛剛想的都是兒女私情啊！」

大懶叫用一生的力氣緊緊抱住炮頭，然後將一整天的尿全泄在炮頭的腳上。

太好了，實在是……

眞的是太好了。

37

「你覺得那個韓吉哥的提議怎麼樣？」

「恩人的決定一定不會有錯，不管怎樣，阿福我一定會全力以赴！」

炮頭持續吃著茶葉蛋，重新翻起大懶叫爲他整理好的，一頁又一頁的門縫小說。

腦中浮現的，卻是在逃難廂型車上的對話。

「你說那叫什麼？」

「蟬堡，是專屬於殺手的小說。」

炮頭醒來的時候，那個師大附中的假文青已經不見了，小仙也沒了。

只有後腰上的傷口縫線、韓吉哥，以及一大堆彼此待解的問號。

記得韓吉哥是這麼說的：「只有眞正的殺手，才能得到某種力量的認證，被允許收看從門縫底下寄送來的，奇怪的小說。」

「看那個小說有什麼好處？」炮頭虛弱地吃著溫溫的茶葉蛋。

「我也不知道，有一天你忽然明白的話可以告訴我。」

「某種力量又是什麼？殺手工會嗎？」

「有人說是死神，也有人說是魔鬼，總之不會是什麼好東西就是了。龜頭怪，雖然你沒有老闆，也沒有經紀人，也不像月那樣搞什麼網站投票要大家幫他決定目標，但，但你會收到蟬堡就代表你絕對是一個殺手，這就怪了——你在動手殺人之前，有受到任何人的邀請，或是被任何人指示，或是暗示嗎？」

「我聽不懂你在說什麼啦，比起殺手，我更是武林高手！」炮頭吃著第十七顆茶葉蛋，體內的內力好像全都因傷消失了：「不過回去以後我會好好看那個小說，搞不好是武林秘笈。」

炮頭翻著那些殺手限定的詭異小說。

亂七八糟，沒頭沒尾，完全不知道在寫什麼。

如果這是武功秘笈的話，未免寫得也太曲折離奇了吧，還是宮本喜四郎寫得好。

炮頭再度將那些荒唐的小說亂丟。

「不是啦，哇哩咧這是一個問題，韓吉哥變成我的經紀人，到底你覺得如何？」

「……恩人，那我什麼時候跟那位韓吉哥見個面比較好呢？」大懶叫有點不知所措：「這件事這麼重要，是不是應該要慎重一點？」

「說得好大懶叫，你應該跟他見個面，哇哩咧但現在那個韓吉哥被我不小心害到，鬼道盟肯定在追殺他，他只好躲在一台大車上到處亂開，全宇宙只有一個啞巴司機知道他現在人在哪裡。」炮頭拿出一支手機：「他說，這支3310隨時充好電，我有任何答案的話都讓他知道。」

「是的恩人，馬上就來充電。」

廂型車上充滿了茶葉蛋的味道。

「龜頭怪，對於當殺手，你有什麼想法？」

「殺手啊……我覺得很好啊。」炮頭摸著剛剛縫好的後腰部，隱隱刺痛：「……我有兩個偶像。月，跟吉思美。他們都是殺手。」

大家的偶像都是月吧，不過……吉思美？

韓吉哥繼續聽著。

「嚴格來說，我也曾經是吉思美的雇主，在我以爲我一輩子都學不會乘法的時候，吉思美幫我殺了我爸，從那個時候開始，我覺得乘法……也許眞的難不倒我。」

「恭喜你學會乘法。」

「眞的，你得恭喜我，哇哩咧所有人都得恭喜我。」炮頭感受著縫線在皮膚上凹凹凸凸的粗糙感，縫得眞是爛，將來結疤一定醜死了：「我不知道將來會怎麼樣，大概就是某一天不小心遇到很倒楣的事，死掉，或是竟然遇到比自己厲害的人，然後死掉，之類的吧。不過，跟我的偶像走一樣的路，一定不會讓我後悔的。雖然我早就覺得自己是殺手了，但你剛剛說，殺手工會會寄那個專屬小說給我看，就是認證我是眞正殺手的意思，還是讓我滿高興的啦哈哈。」

「既然如此，乾脆就來我的旗下怎麼樣？我當你的經紀人。」

「是喔……有這個必要嗎？」

「以後你有了經紀人，我，就會給你很多殺人的工作啊。雖然我現在狀態是有點糗，但事情總是會過……反正呢，我會安排工作給你，這個世界上很多人都想殺人的，多到會讓你嚇一跳，但你沒管道知道這件事，對吧？這就是我們經紀人存在的價值了，更重要的是，我們會提供你需要的特殊資源，比如介紹一些資訊高手幫你消除路上監視器的畫面，告訴你目標的特殊作息，當然了這些資源也是有費用的，會從你的報酬裡扣除。」

「月跟吉思美，也有經紀人嗎？」

「……沒有，應該沒有吧？沒聽說過。」

韓吉哥剛剛說完的時候，楞了一下，然後整個人像是被雷打到。

「你剛剛說什麼？」

「我問你，月跟吉思美難道也有經紀人嗎？」

韓吉哥恍然大悟：「原來如此！」

「啊？」

「龜頭怪！你動手殺人前，是不是有問那些人……比如說被你解救的那些可憐蟲，需不需要你動手？就跟吉思美一樣！」

「多多少少都會問一下吧？這樣比較有英雄登場的感覺啊。」

「是了！原來！」韓吉哥顯得非常激動，不知道在爽什麼：「這就是你爲什麼是眞正殺手的原因啊！你有眞正的委託人！你殺人是受到委託，絕對是這樣！」

「那又怎樣啊？」炮頭不曉得韓吉哥在激動個什麼勁。

「哈哈哈哈我以爲關於殺手的一切，除了蟬堡之外的事情都懂了，原來還有這一題啊！我怎麼從來就沒想到過呢！委託！委託！委託原來那麼重要！」

「除了委託咧？」

「我就是命中註定，要免費告訴你殺手三大法則跟三大職業道德的人！」

「大懶叫，你知道殺手三大法則是什麼嗎？」

「不知道啊恩人。」

「你拿紙筆抄一下，畢竟你是阿福。」

「是！」

法則一、不能愛上目標，也不能愛上委託人。

法則二、不管在任何情況下，絕不透露出委託人的身分。除非委託人想殺自己滅口，否則不可危及委託人的生命。

法則三、下了班就不是殺手。即使喝醉了、睡夢中、做愛時，也得牢牢記住這點。

「記下了恩人。」

「接下來是殺手的三大職業道德。」

職業道德一、絕不搶生意。

職業道德二、若有親朋好友被殺，即使知道是誰做的，也絕不找同行報復，也不可逼迫同行供出雇主的身分。

職業道德三、保持心情愉快，永遠都別說這是最後一次。

「是，好像很有道理。」大懶叫看起來難得的心不在焉。

「大懶叫，你的表情看起來怪怪的，是因爲剛剛尿在我身上的關係嗎？」

「不是……怎麼會呢恩人，我只是有一點……越想越不明白。」

「是關於法則還是職業道德的啊？」

「不，不是。是關於……」大懶叫像是鼓起勇氣，戰戰兢兢地說：「恩人，我不懂，爲什麼你覺得自己需要經紀人呢？」

「不需要嗎？」

「恩人都說你的偶像月，跟那個阿美，是沒有經紀人的，那你爲什麼需要呢？」

爲什麼需要經紀人？

炮頭慢慢思考大懶叫這個問句。

「我覺得，恩人拿內力去殺壞蛋，是一件非常有意義的事。」大懶叫靦腆地說：「我也記得恩人跟我說過的，關於阿美的故事，當年要不是她殺了恩人的父親，恩人的人生也沒有辦法重新開始，阿福也沒有那個福分，來遇到恩人了。那個故事我聽了真的很感動，阿美現在也是阿福的偶像了。如果恩人可以跟阿美一樣，想殺誰，就殺誰，不管怎樣人都是自己挑著殺的，好像更有……」

「更有什麼？」

「沒事，阿福我也只是說說，阿福很多事都不懂的，恩人怎麼想比較重要，恩人決定了，阿福一定支持，畢竟阿福就是……恩人您的……」

炮頭閉上眼睛，彷彿看見吉思美站在自己面前。

那樣神祕。那點孤高。那一份絕不妥協的，溫柔。

月。

吉思美。

他們都沒有經紀人，他們都自己選擇要殺誰。

我也想跟他們一樣，活得最自由。

然後殺掉那些，讓大家不自由的壞人。

「大懶叫，謝謝。」

「啊！恩人！你怎麼決定都沒關係的！阿福就是阿福！一定會支持你的！」

大懶叫，謝謝。

謝謝你提醒我最重要的事。

「明天你又要去拿內力了吧？」

「是！」

「我們來想一下，除了用內力追殺鬼道盟之外，還能做些什麼吧！」

炮頭看著3310手機。

手機一格一格電正在充滿……

38

「眞的不考慮在我旗下工作？」

「韓吉哥，你知道蝙蝠俠，羅賓跟阿福吧？」

「這個……嗯這個……有誰不知道嗎？」

「對，月是蝙蝠俠，我是羅賓，而我的大懶叫就是阿福。」

「嗯……」韓吉哥的聲音聽起來很怪。

「不是這個大懶叫，是另外一個大懶叫。」

「你有別的懶叫放在另一個地方嗎？」

「不是，哇哩咧是一個代號叫做大懶叫的一個很厲害的人。」炮頭說個沒完：「我們這個團隊合作已經很久了，雖然蝙蝠俠月還不算眞正加入啦，還有一個神祕的吹雞雞女俠負責戰情諮詢，總之就是沒有空缺給你，你就算了，你當……別的俠好了，我們可以合作，但不是一個團隊。」

「那你欠我的怎麼算？」

「哇哩咧男子漢之間不要算得那麼清楚啦。」

「……幹你娘你倒是很精明嘛，這樣吧！你！要負責跟小仙約會！」

「什麼！」

「你聽到了，你，要跟把你救走的那個女人約會兩次！」

「……不要。她踢我老二。」

「小仙第一次饒過你，第二次不但沒有按照計畫將你分屍，還饒你，還救你，現在你不跟她吃吃飯看個電影，你還算是個人嗎？你差點害死我們所有人，你不好好付出一下，你晚上睡得著覺嗎？」

「她踢我老二。」

「約個會，說不定她請你上樓喝個茶其實是想跟你爽一下！那你不就賺到了嗎？尤其小仙她這種瘋瘋的，床上一定那個那個……你應該只要乖乖躺好就好了！」

「她踢我老二。」

「哈哈哈就當你答應了，到時候我會告訴你時間地點的。對了，你聽到風聲了嗎？」

「……什麼風聲？」

「鬼道盟的頭號敵人龜頭怪，在一個晚上殺掉了一個堂口共八個荷槍實彈的流氓，其中有七個人是國中生，堂主被切對半，簡直是喪心病狂。」

「啊？切對半我幹的啊，但我沒殺了那七個國中生啊？」

「來來來一起想想，我們在這個恐怖的故事後面，加上一個女殺手忽然出現，逼得龜頭怪趕緊逃跑，兩個高手在民宅屋頂上你追我跑，一下子就跑不見了，所以現場既沒有龜頭怪的屍體，也沒有女殺手的屍體，你覺得這個結尾怎麼樣？還過得去嗎？」

「等等，我沒殺了那些國中生啊？」

「這就是這個故事最魔幻的一部分，你沒殺了那些國中生，小仙也沒殺了那些國中生，那些故意走得特別慢的爛流氓也沒殺了那些國中生。你猜，依你的淺見，那些國中生會不會突然一起自殺呢？」

「真的是那樣嗎？不可能吧！」

「哈哈哈哈哈哈哈哈我想我這邊是暫時沒事了哈哈，說到底我就是一個派出殺手卻執行任務失敗的經紀人而已，大不了退錢！哈哈哈哈哈！我沒事了！我終於可以把這台破車停下來，找一間最棒的汽車旅館睡幾天啦！」韓吉哥聽起來樂壞了：「你就繼續被追殺吧龜頭怪！繼續跟你的大懶叫！吹雞雞大嬸什麼的！一起創造歷史吧！」

「好像很棒，但問題是我聽不懂啊！」

「……答案當然是，那個國中女生忽然暴氣，趁機把那些國中生全都殺掉啊！」

「她有這麼暴氣？」

「是啊，不僅暴氣，還很聰明，這些帳全都算在你頭上。」

「所以她不會跟鬼道盟說，小仙……後來出現的女殺手，把我救走囉？」

「當然不可能！你就高高興興地認了那七個國中生吧哈哈哈哈！」

電話結束。

炮頭閉上眼睛，回想起那充滿背叛的一刀。

如果不是那一刀，自己就得跟小仙死鬥到底。

死鬥到底的話，自己即使有自信不會輸給小仙的踢懶叫，大概也沒辦法分神躲開從樓下追擊上來的子彈。此時此刻還能不能在這裡吃蛋倒立，還是很大的未知數。

那一刀……

39

那一刀。

那一晚。

國中女生呆呆地看著地上的鮮血。

那個莫名其妙出現的女殺手，就這樣扛著她應該宰掉的目標，從陽台上跑走了。

留下滿地的哀號，以及不知道何時會出現的幫派追兵。

「對不起……對不起……」國中女生的嘴角不斷重複呢喃著。

單親媽媽默默從血泊中撿起了刀。

國中女生無意識地看著單親媽媽拿刀，走向，正從門板上春聯紅字上，取下自己血淋淋下顎的綠髮國中生。

看樣子，失血過多的綠髮國中生，還是拚命地想將下顎帶去醫院組合。

「咿……咿……」綠髮國中生一轉頭，忽然看到單親媽媽正在自己身後。

「誰都不可以欺負我的女兒。」

單親媽媽一刀，刺進了綠髮國中生的肚子。

國中女生，以及她三個妹妹，全都屏住了呼吸。

綠髮國中生以他少了下顎的臉孔，盡全力扭曲出最詫異最痛苦的表情。

「媽媽什麼都不懂，只懂得保護妳們。」

單親媽媽又一刀，又一刀，再一刀，捅爛了綠髮國中生的肚子。

其餘六個國中生全都嚇瘋了。

「但是……媽媽寧願看到妳被強姦，也不想看見，妳那一刀。」

單親媽媽將刀子唏哩嘩啦抽出，走向六個嚇瘋在地上亂滾亂竄的國中生。

像厲鬼。

溫柔的厲鬼。

「人可以受苦，但……不可以……讓對我們好的人，受那樣的苦。」

單親媽媽用手中的刀子，殘酷地，從滿屋子的暴徒身上，取出他們不配的血。

四個女兒，出奇地沒有一絲恐懼，而是感動。

她們偉大的母親，正在進行一場最誠懇的機會教育。

她們沒有看見那些可惡的王八蛋討饒咒罵的嘴臉。

她們領受到的，只有母愛，以及做人的道理。

終於聽見逼近門口的腳步聲了。

單親媽媽平靜地擦去刀柄上的指紋。

與四個女兒手牽著手，緊緊握住彼此，看著即將出現在門口的畫面。

不管怎麼樣，經歷了這可怕的一晚，她們都會一直在一起。

一直在一起。

40

在這間知名的夜店底下，有一個地下室，是鬼道盟私人俱樂部的炮房。

只要妳被看中，隨時被酒保下藥，幾分鐘過後就會被抬進這裡，被當母豬搞。

搞完了，再把妳神不知鬼不覺送回位子上，妳的朋友大概只以爲妳剛剛去廁所吐。如果有東西從妳的身體裡流出來，也只能算是廁所裡的一場無名激戰。

這炮房挺有名，鬼道盟偶爾會招待其他的幫派朋友來弄一弄，算是一種體液結盟。結盟完了，大家生意好談，情報好談，許多紛爭都化解於無形，所以這個炮房有一個很好聽的名字：「和平教堂」。

很多人知道和平教堂。

但只有極少數的人才知道，在和平教堂的底下，還有第二層隱蔽的地下室。

那是一個被稱作綠盒子的小房間。

獨自走進綠盒子之前，義雄小心翼翼擦著鐵鎚的鎚心。

說是鐵鎚，其實它的鎚體是銅製的。

銅比較有彈性，敲在堅硬的物體上，能吸收大部分的反震，對義雄這麼需要敲鐵鎚的人來說，使用銅鎚可以保護手腕。

每隔一段時間，義雄都需要一個人靜靜。

靜靜地，品嚐自己的弱點。

打開門。

綠盒子裡漆漆黑黑，只有一盞煤油燈掛在牆上，牆是深綠帶黑。

一堂之主螃蟹大全身赤裸，四肢撐開，雙手雙腳全讓鐵環給銬在牆上。

除了狼狽的螃蟹大，綠盒子裡只有一張椅子，跟一台金屬冰箱，四個衣服掛鉤，以及一個蓮蓬頭。

不知道在這裡被銬了多久的螃蟹大，一看到義雄，像是看見了上帝。

「二當家！你聽我說！我眞的盡力了！那天晚上我甚至開槍宰了一個小弟來逼大家上樓！接下來大家眞的很快就衝上去了！眞的！請再給我一次機會！我那把衝鋒槍還有幾百發子彈還沒射！我想把它們通通射在龜頭怪的腦袋上！」

好像這些大吼大叫都不存在，義雄面無表情將銅鎚放在地上，慢慢脫掉了一身衣物，掛在掛鉤上。

義雄一身精赤，沒有任何肌肉，卻也沒有什麼贅肉，非常平庸的中年男子身材。

找遍各處，都沒有幫派份子經常出現在身上的兇猛刺青，唯有左邊的奶頭上，有一個刺到一半的簡單太極圖，沒有白色，只有黑色，大小約一個銅幣，剛剛好取代了離奇消失的奶頭。

陰莖的尺寸，也是一般大小。

螃蟹大看著義雄毫無反應的陰莖，不知道該緊張，還是該鬆一口氣。

義雄打開冰箱，取出一瓶黑麥啤酒，喝了一大口，放在腳邊。

義雄拿起銅鎚。

「二當家你身材眞是好啊！一看就知道非常會保養！」螃蟹大大表讚嘆：「二當家你一定每天晚上十一點前就睡了吧？眞聰明！晚上十一點到凌晨一點這兩個小時，是養肝的黃金時間啊，據說一天只要能睡好那兩個小時，就算其他時間都不睡覺完全也沒關係！啊哪像我，爲幫裡鞠躬盡瘁，常常都是天亮了才有辦法稍微闔一下眼，沒辦法嘛！要帶小弟啊！我的理念就是，帶人要帶心！這點完全就跟二當家一模一樣，因爲我就是向您看齊嘛哈哈哈！二當家！你快點把鎚子放下！我們兄弟之間不需要用到那種東西！來！想問什麼就說吧！兄弟我知無不言！言無不盡！哈哈哈哈哈兄弟我知道你在開玩笑，哈哈哈眞的很好笑！義雄大你的幽默感兄弟一向是知道的！你是冷面笑匠！兄弟知道！快放下！眞的！我是說眞的！好歹你先問我一個問題隨便問都可以！我不回答或是亂回答你再搞不遲！眞的！我眞的什麼都會說的！你拿那種東西幹嘛！等一下我說等一下！啊啊啊啊啊啊啊啊啊啊啊啊啊啊啊幹你娘我說等一下！啊啊啊啊你要問問題啊義雄！我幹你娘！我要回答！我要回答！啊啊啊啊啊我幹你娘痛死了！二當家我知道了！下次我絕對一個人第一時間就衝進去！你知道我剛剛在網路上買了一箱手榴彈嗎！我用……啊啊啊啊啊啊啊我幹你娘啊我幹你娘操你媽義雄啊！幹幹幹幹幹你娘！啊啊啊啊啊……呼……喘……呼……」

義雄暫時放下染血的銅鎚，坐在椅子上，拿起腳邊的啤酒沁了兩口。

義雄思考著。

根據那個國中女生說，那個前來行刺的龜頭怪，自稱炮頭。

那個炮頭，義雄沒什麼印象，稍微查了一下發現是金毛陳當初的手下，一個沒什麼大不了，幹什麼也無所謂的小混混，的確如那名國中女生所轉述，他曾在夜市賣過盜版光碟、在幾間按摩店圍事過、是固定的討債組組員。這個炮頭在幫裡唯一犯下的錯，就是他應該一起死在金毛陳的身邊，而他卻意外逃走了。

意外逃走之後，無端端的，成了鬼道盟頭痛的一號人物。

操哪裡來的這麼奇怪的後續？

短短時間內，炮頭就有一身絕強的武功。

可見，那並不是習得的武功——而是「擁有」的武功。

擁有，而非習得。

義雄認識幾個武功高手，有的會上電視說說老蔣時代的江湖軼事，有的完全見不了光，無論如何都是習練了好幾十年的硬手。

這個世界，是絕對不可能有飛快練成的武功。

「擁有」，絕對不是「習得」。

但武功要如何「擁有」呢？如何「獲得」呢？

義雄將冰啤酒沁光，妥妥地放在冰箱邊。

拿起銅鎚，再抓好一把長釘。

「我要見鄉鏜大仔！只有大仔可以要我的命！我要見大仔！義雄你這個狗娘養的！大仔一旦發現我少一隻手指頭，一定會找你算帳！大仔他很喜歡跟我聊天的！你最好到此爲止！聽到了你到此爲止！啊啊啊啊啊啊啊不要啊不要啊！我跟你道歉！義雄大是我對不起你！我剛剛話說得太快了啊啊啊啊啊啊啊我根本沒想清楚啊是我不好！我眞的！非常尊敬你義雄大！二當家！你知道嗎啊啊啊啊啊啊啊啊痛死我了眞的很痛！這樣下去我會殘廢的！義雄我眞的其實非常支持你擔任幫主！鄉鏜大仔根本就不是那塊料我都知道！二當家你一定會需要我的力量！眞的！不要再釘了！我支持你！無限期支持！我當幫裡第一個，幫你搖旗吶喊！喊衝！喊殺！啊啊啊啊啊啊啊啊幹你娘痛死我了啊啊啊啊啊啊啊啊！不要再釘了！到底要怎樣才肯住手你至少要跟我說一句啊！要我幹嘛我都可以！殺誰都可以！不要不要不要釘那裡！不要！啊啊啊啊啊啊不要再敲了！不要再敲了！啊啊啊啊啊啊啊啊啊啊！」

一直敲，慢慢敲。

不停釘，穩穩釘。

每敲一下，義雄的思維就更清晰些。

只有在這種時候，義雄大能夠進入最幽微的私人世界……

「我錯了我眞的錯了！求求你停手！馬上！拜託！不要再敲了！不要啊啊啊啊啊啊啊那裡

也不能敲啊！我眞的會死的！我死了對你沒有任何好處啊啊啊啊啊但我活著就是你的狗！就是你的狗！我眞的是你的狗！你想上我就上！你想叫我吹你我就吹！但你不要再敲了拜託啊啊啊啊啊啊啊啊你還敲啊！你幹嘛還敲啊！你釘在那裡我眞的會死的！我眞的很容易就死的！我從以前身體就不好，我一下子就會死掉的！啊啊啊啊啊啊啊啊你瘋了！你是瘋子哈哈哈哈哈哈痛死我了眞的你是瘋的！我出去以後一定要跟所有人說你是瘋的！哈哈哈哈啊啊啊啊我開玩笑的我眞的不會說出去的！今天發生的事情我一個字都不會說你是相信我的對不對！我這麼丟臉這麼慘我怎麼會跟別人說呢又不是什麼好說嘴的事……呼……呼……你還來！不要！我幹你娘！我幹你娘啊啊啊啊啊啊啊啊！」

敲。

敲。

敲。

從小到大，義雄就有一個毛病，他不知道自己喜歡什麼。

對任何事情都沒有追求，是一件極度可怕的事。

人生太長。

人的一生眞的太長了。

沒有慾望的義雄，對人生的長度感到恐懼。

在不知道自己能活多久的前提下，沒有任何追求，對義雄來說極具壓迫性。

他幻想自己能夠珍惜這一份壓迫性，他試著疼愛這份恐懼，畢竟，那曾是他唯一僅有的感覺。

爲了跟這份壓迫性對抗，義雄施展渾身解數，不斷刺探自己跟這個世界的關係。

他擁有超高智商，卻無法追求學業成績，因爲義雄對成績優異之後所發生的一切可以想像的好事，進好學校，得到好工作，受人稱讚，都毫無興趣。

他沒有特別喜歡喝的飲料，水可以，但也沒有特別可以。沒有特別想吃的美食。進了咖啡店也沒有特別中意的角落。高級酒吧架上也不會有一瓶寫著義雄的專屬酒瓶。

他身邊有無限的異性，卻無法追求女人，因爲義雄對幸福的定義無法掌握，對組織家庭無感，對留下子嗣的意義感到可笑，更可怕的是，義雄對最單純的最生物的射精的快感也沒有興趣，儘管他認眞嘗試了好幾次，包括一邊性交一邊掐死對方，他也沒有從中得到任何享受。射精就跟擤鼻涕或尿尿大便一樣，只是從身體裡排泄出過多的特定物質罷了。

他無法追求權力——曾經一度義雄如此認定。

權力帶來的一切好處，義雄也享受不到什麼。

直到某一天，發生了某一件事，深深震撼了義雄。

那一夜，讓義雄領悟到，他對權力的毫無追求，或許是因爲，他從未擁有至高無上的權力！他所品嚐過的權力等級無法帶給他任何感覺，那都是因爲那些權力都太小太枝微末節太微弱了有如毛毛蟲身上的細毛！

他決定，要攫取他所能攫取的所有一切權力。

在那之前，他得進行所有可能的盤算。

取得權力有很多種方式。

但。

取得最大權力的路徑，絕對不是一直線。

在那之前，義雄需要一個地方可以好好讓他思考。

這裡，就是那裡。

「我知道了！你有病！你腦子不正常！嘻嘻……哈哈哈哈哈哈！你是瘋的哈哈哈哈哈哈……呼呼……我開玩笑的！才怪！你有病！你不是魔鬼！你是神經病！你是瘋子！你性無能！哈哈哈哈別以爲我不知道你性無能啊義雄！大家背地裡都知道你是瑯鐺大仔的性奴隸！大家都知道你每天晚上都被大仔騎！大家都知道大仔養的那隻藏獒也會一起騎你！大仔的菲律賓管家也會上你！大家都知道！但你知道是誰在你後面這樣放話嗎？想知道嗎哈哈哈哈痛死我啦！你停下來我就跟你說！我跟你說是誰！快停！停！停下來！停下我就跟你說啊啊啊啊啊啊！」

無法停止的，豈止是鎚子與釘子，還有義雄獨特的深思。

義雄深思著最近發生的怪事。

龜頭怪。

一個越來越無法忽視的難纏龜頭怪。

難纏不要緊，再難纏的障礙都能夠排除。

但龜頭怪並不是一個好敵人。

敲。

敲。

敲。

「啊啊啊啊啊啊啊二當家！哈哈哈哈……你該不會要把那一大把釘子都釘完吧？哈哈哈哈你是不是不敢直接殺了我啊！你是不是眞的被大仔騎習慣了騎到連殺人都不敢了吧！義雄啊！我眞是看錯你了！我還以爲你是一個男子漢！沒想到哈哈哈哈哈操你媽！你還釘！釘那裡不會死的你是……啊啊啊啊啊對不起拜託你快點殺了我吧！我保證絕對直接去投胎不會浪費時間找你報仇的！拜託你我求求你！」

義雄忍不住想起了老益。

老益倒是個好敵人。

有時候，你比其他人都更需要一個好敵人，一個跟你有相同目標的好敵人。

幾年前義雄就注意到了老益在肅德裡慢慢坐大，但他不以爲意，甚至還覺得這樣非常好。

義雄的邏輯是，如果你想在市場上賺足一百億，與其去跟一億個擁有一百塊錢的弱者討，你得辛辛苦苦討上一億次，還不如，你捲起袖子跟一百個擁有一億元的強者爭，那麼，你只需要爭贏一百次。

但，要是你直接搶一個擁有一個一百億的霸主，你只需要打好一場戰爭。一場，價值一百億的戰爭。

老益在肅德監獄裡，這幾十年下來就差不多掙足了一百億的權力。

要跟這樣的霸主打，也得準備好一百億。

自己沒有一百億。

不過瑯鐺大仔就是義雄寄放一百億權力的銀行，等正確的時間一到，就可以一口氣將一百億的權力轉帳給自己。

在那之前，大家只會將矛頭放在瑯鐺大仔身上，那樣很好。

就讓老益也盯著瑯鐺大仔吧。

「……啊啊啊啊啊啊啊啊啊啊快殺了我……眞的……快點殺了我……一句話……別搞得那麼久……等等你……你沒在聽嗎？快殺了我！啊啊啊啊啊啊啊怎麼還有那麼多釘子！挑一枚最粗的往我腦袋上敲下去！敲下去啊啊啊啊啊幹什麼那麼費事啊我眞的不行了……啊啊啊啊啊啊啊啊啊！操你媽！我操你媽！我操你媽媽跟你的奶奶！我全操了！我全都操了！」

義雄研究老益很久。

其實，老益是一個武功高手這一點，義雄當然早就知道，很多曾蹲過肅德的人也都很清楚。只是老益的武功有多高，一直眾說紛紜，畢竟實際上看過老益出手的人，已經越來越少。

最近從肅德監獄裡傳回來的消息，他派出去刺探老盆的打手，唯一還能說話的那個可憐蟲，驚恐地說老盆根本就是一個內家高手。他的招式平淡無奇，卻相當力大，可以一拳擊碎一個人的臉，能隨意扳開任何人的擒抱，一掌能將一個一百公斤重的壯漢打飛到天花板。

老盆的武功，當然是很高。

但仔細探究、追本溯源是義雄的本事，他也知道，老盆在蹲苦牢之前只是幫會裡一個幫大哥頂罪的尋常混混，跟習武沾不上邊，至少沒有這樣的傳言過。

而二十年來，也無人見過老盆在肅德裡公開練過一招半式，這點猶可確認。就當作是，老盆在監獄裡得到一個巧妙機緣，偷偷拜師，半夜不睡覺偷練功，幾年之後在眾人都無察覺的情況下，默默達到高峰。

——這合理嗎？

突然有一天，大約是十一年前，平庸無奇的老盆就收了兩個貼身護衛，幾個探子都回報，老盆那兩個貼身胖子護衛，竟然也是毫無歷史的內家高手。他們三人一起用實力打下肅德半天邊的權力，再用權力分配起了更多的權力，用權力賣起了人情。

最後，人情滾人情，收穫了整個肅德，以及進出肅德的所有幫派份子的義氣。

非常古怪。

太古怪了。

如果說，龜頭怪的出現給了自己啓發，那就是——

老益的高強武功，同樣不是習得的，那就是獲得的！

跟炮頭一樣，是獲得的！

那麼，這兩個人是如何獲得高強的武功？

他們兩個人之間，有什麼相似之處？

撒在肅德監獄裡的幾隻耳朵，不斷更新關於老益的情報，是不是有什麼疏漏了……

「我操你！別以爲你把我搞成這樣我就沒辦法操你！我就是要操你！我決定不操你媽了我就操你！我直接操你！哈哈哈哈哈你停手幹嘛！你再釘啊！來啊！是不是累啦！啊啊啊啊還是渴啦！渴了就去開冰箱啊！去開啊！也幫我拿一瓶！越冰越好啊哈哈哈哈！」

義雄將鎚子放在地上。

義雄打開蓮蓬頭，將全身沖洗乾淨。

渾身上下被敲入幾十根無法完全殺死人的釘子，古怪的、強烈的、深入一切的刺痛漲滿了他的五臟六腑，螃蟹大毫無疑問從此成了廢人。

但他看著義雄慢條斯理擦乾身體，穿上衣物，拾起銅鎚……接下來的動作差不多竟然要離開房間的時候，心中湧出難以克制的恐懼。

「你要幹嘛！你不是要殺了我嗎？等等等你別出去！義雄！二當家！你把我送去醫院拜託你了！拜託！我這全身上下完全是廢了！不可能對你怎麼樣的二當家！剛剛我一時情急說了很多過分的話是我垃圾！現在你看看我完全就是自作自受，報應上身！我活該！我該死！拜託你出去以後打個電話叫救護車！我絕對不會把這裡發生的事說出去的！幹你別走！別走啊！幹你娘你回來！回來！回來殺了我！殺了我！幹你娘你回來把我殺掉！啊啊啊啊啊啊啊啊啊啊你不得好死啊！」

是，螃蟹大從此成了廢人，這是無庸置疑的事。

只是這個「從此」有多久，則因人而異。

義雄一如往常走了。

什麼時候再回來，正在釘子地獄裡的螃蟹比任何人都想知道。

41

智凱從網咖出來的時候，天已經亮了。

這半年來他手頭闊綽，有時候乾脆就不回家了，直接睡在路邊的小旅舍，醒來繼續在網咖練等。話說，最近網咖裡人明顯變少了，大家好像都在玩手機遊戲，網咖只剩下坐到塌陷的廉價沙發，以及久纏不去的菸味。

在早餐店前站了三秒，想了想，灌了整夜的甜膩奶茶，其實沒有胃口，索性伸手攔了一台計程車。

「到肅德監獄，謝謝。」智凱一上車就拿起手機。

他也有玩幾款手機遊戲，都是同學間誰先玩其他人就跟著下載，但沒有一款是特別讓智凱沉迷的，有玩的，也只是爲了同儕之間的話題。

無聊，不玩遊戲了，隨意逛了幾個論壇。

PTT最近有個新鮮的熱門話題，傳言那一個外號叫龜頭怪的奇人，在上個禮拜衝進一間鬼道盟經營的黑市當鋪，將裡面的欠條全都燒掉，還把裡面十幾個流氓通通折斷了手，根本瘋子。

在上上禮拜，這個龜頭怪更怪。

有個賣毒奶粉的黑心商人在法院打官司時，一出來，那個黑心商人雖然頭低低的不敢抬起，但律師啊法警啊將他圍了一圈，陣仗之威風就像十個搖滾明星合體，幾百個民眾就衝上去想揍他，全給法警用盾牌擋開，有的民眾太激動還給警棍揍了，誰是好人誰是壞人都分不清。

據說龜頭怪混在那些鬼吼鬼叫假奶粉吃太多的人群裡，偷偷打了黑心商人的肚子一拳，還沒上拘留車，黑心商人就死了，非常誇張。法院前有許多記者都拍到了黑心商人肚子爆炸、腸子亂噴到許多抗議民眾身上的獵奇畫面，卻沒有人拍到龜頭怪是怎麼離開的，完全是飛簷走壁。

龜頭怪到底是怎麼打爆黑心商人的肚子？許多人都提供了寶貴的意見。

有鄉民說，龜頭怪那一拳是隔山打牛，有武俠迷說龜頭怪練的是九陰白骨爪，有漫畫迷說龜頭怪其實是在cosplay吉良吉影的皇后殺手。其中最可信的，大概是知名成衣業者朱學恆在獵奇節目中言之鑿鑿的分析：「我用了凝，我肯定龜頭怪用的，是類似GI遊戲裡炸彈魔的念能力。」

兩天前，龜頭怪卻忽然做了一件怪裡怪氣的小事。

龜頭怪衝進陽明山上一間藏在荒野的寵物繁殖場，將常常丟棄沒有繁殖能力的種犬的業者，打到一個鬼哭神嚎，打到業者日後只能訓練左手吃飯，跟用右腳立定跳走路。最後業者還哭著在網路上直播，對著鏡頭發誓自己絕對不會再販賣任何一隻貓狗。當時戴著球帽口罩的龜頭怪還站在業者後面比讚，非常高調。

無論如何，PTT鄉民正在網路上鼓勵龜頭怪擴大營業，八卦板的板主開放鄉民討論有哪些社會敗類需要被實質抹殺，還舉辦投票，希望龜頭怪參考這份榜單出手——一個完全抄襲殺手月網站的概念。

或許鄉民是這麼想的。

月，是窮人的子彈。

龜頭怪，就是賤民的拳頭。

殺手月的出動需要全民發動金錢投票，而龜頭怪感覺比較親民，只需要一點點的鍵盤正義，他就會，可能會，或許會，大概會，出手教訓那些法律不及、殺手月也無暇理會的，人渣壞蛋。

「感覺這個投票，跟那個多管閒事的龜頭怪一樣低能。」智凱感到無言，但手指還是誠實地參加了網路投票。

一人三票，目前的投票結果是。

第十二名，永遠的救援投手土城王。

「誰啊？」智凱跳過。

第十一名，多篇登上國際期刊的論文全被檢舉抄襲的教授，七票。

「干我屁事。」智凱無言。

第十名，金正恩不解釋，九票。

「最好是龜頭怪會跑去殺金胖子啦。」智凱不解鄉民的幽默。

第九名，信奉邪教的南韓總統，十三票。

「怎麼不是三星Note7？」智凱皺眉。

第八名，性侵不足歲智障女兒的鬼父，六十七票。

「就畜生啊。」智凱不解怎才六十七票，不過還是沒出手。

第七名，在反同志遊行中，對攝影機比出口交動作挑釁的大嬸，八十七票。

「嗯啊票數剛剛好，不能再投了。」智凱忍住想投票的衝動。

第六名，叫同志自己去爭取自己的廁所的女藝人，兩百零一票。

「不認識。」智凱無感。

第五名，想要燒毀同志邪惡鎖鍊的牧師，兩百五十四票。

「呵呵呵還滿好笑的。」智凱投票時覺得自己好幽默。

第四名，廢死團體的大律師，兩百五十五票。

「幹最好你的女兒被強姦你兒子被分屍你還會在那裡廢死啦。」智凱呵呵投票。

第三名，宣稱太陽花學運應該爲鄭捷屠殺案負責的過氣立委，兩百八十九票。

「靠鼻毛跑出來了，這個我不行。」智凱受到驚嚇。

第二名，連續殺害流浪貓的名校生累犯，三百四十四票。

「是唷？名校出品喔啊不就好棒棒。」智凱打了個呵欠。

爐主終於揭曉，劈腿被抓包的暢銷作家，九百八十七票。

眞的是好好笑啊連票數都很幽默，眞的是一票都不能再加了，智凱忍不住用手指用力刮著油膩的頭皮，這麼爛一定唯一死刑的啊，還裝模作樣救貓救狗咧救你的大便哈哈哈！眞希望龜頭怪快點出動去打爆作家的龜頭，順便把他存在硬碟裡還沒出版的廢物小說通通刪除啦！

肅德監獄到了。

智凱下車，熟門熟路地交出身分證，接受搜身，塡寫資料，領了號碼牌，在會客室裡等候。

會客室裡，那個一定會出現的老人果然還是在位子上，像空氣一樣，被所有的視線直接穿透。

要不是手機被暫時扣留在警衛那裡，逼得智凱東張西望打發時間，他肯定不會發覺那個老人的存在。

話說那個孤獨老人啊，也是來看那個黑社會老大的，智凱記得有時候他排在自己前面，有時候號碼在自己後面，他猜想，那個老人一定跟自己一樣，是拿錢過來交差的吧，因爲那個黑社會老大也沒花比別人多的時間跟他說話。

「這眞是份好差事啊。」智凱咕噥。

好差事無誤，可惜這種閒活無法再幹更久了。

彪哥隨口提到過，那個黑社會大哥再兩個禮拜就出獄了。

會客時間終於開始。

那個黑社會老大一坐下，馬上就有一個年約四十、打扮得花枝招展的女人過去跟他說話。女人伸出擦了豔紅指甲的雙手，與黑社會老大緊緊握住，兩個人有說有笑聊了五分鐘話，女人便即離座。

接著是一個穿著拖鞋的胖大叔，他大概早上還在菜市場賣魚吧，帶著一身的腥味也來賺外快。那個黑社會老大也沒嫌棄，大叔一坐下，他伸手就握住大叔的雙手，大叔的臉色有些尷尬，但還是嘰嘰喳喳說了好一會兒話。

胖大叔之後是一個看起來像是遊民的中年人，遊民之後是一個感覺像在酒店當少爺的年輕人，酒店少爺之後是一個看起來智商有點缺損的孕婦，智障孕婦之後是那個孤獨老人，孤獨老人之後就輪到了自己。

智凱慎重地坐在黑社會老大前，主動伸出雙手——這是此份差事的條件之一。

黑社會老大握住智凱的時候，智凱嚇了一大跳，他感覺到黑社會老大的手心有著接近發燙的溫度，以及大量的汗水。

事實上，黑社會老大的身上都在冒汗，一股無法忽視的熱氣衝擊著智凱。

「益哥，你……你沒事吧？」

「沒事，一切都好，說說你最近都在做什麼吧。」

「可你的身體好燙，手也好燙……你是不是發燒了？」

「沒事，一切都好，你叫什麼我有點忘了。還是聊聊你自己吧。」

是了，智凱想起了這份差事的條件之二，不能探詢黑社會老大的私隱。

「益哥好，大家都叫我阿凱，我已經來看您第二十三次了，我今年高三，平常喜歡泡網咖玩遊戲，其實過得滿無聊的，以後也沒打算去念大學，反正念完了也是22K，您一個月給我的錢就是22K的好幾倍，讓我眞正開始思考自己的未來……」

「喔，所以你對你的未來有什麼打算？」益哥微笑，不知道是否眞正感到興趣。

「其實這件事我以前也跟您提過，您大概是太……太忙，所以忘記了。不過沒關係我再說一次，就是，我想加入益哥您的幫派，跟隨益哥，益哥出獄以後如果有一些網咖還是電動遊戲場需要人幫忙打理的話，我可以的，那些地方我都很了解，從基層幹起我也行的，打掃、倒水、遞菸、擋酒之類的我都沒問題，我一定會盡心盡力，益哥，眞的，從小到大我沒有什麼眞正一定要做的事，所以過得有些隨便，但現在不一樣了，益哥您在獄中就已經這麼了不起，出獄後一定會需要很多人跟隨你，一起幫你……幫你那個……」

「幫我什麼呢？」益哥依舊微笑，看不出眞正的想法。

「幫你打架！幫你收錢！收帳！幫你奪回天下！」

「那眞是謝謝你了，我會好好考慮的。」益哥笑容可掬。

他肯定忘了，上個禮拜六，跟上上禮拜六，在這裡，在這間會客室，他也是這麼回答眼前這位，想跟隨富大哥一路吃喝的時代好青年。

「如果益哥有什麼想要我在外面幫忙交辦的，我也會做，現在就做，只收您一半……不！益哥隨自己高興給一點就可以了，只是交通費也沒問題，畢竟我是眞心想要加入益哥您的手下，講義氣是必須的，希望這輩子有機會夠開開眼界！」

「滿好的，年輕人就是要有一番闖蕩。」

「謝謝益哥！」

益哥鬆開智凱的手，馬上又握住了下一個拿錢來會客的，陌生人的手。

會客的時間還很長，這場戲還得演下去……

42

智凱離開肅德監獄，走到最近的一間便利商店，跟櫃檯拿取屬於他的小信封。

二十張千元大鈔，將小信封袋撐得結實飽滿。

來看一次這個有錢的黑社會老大，聊聊天，握握手，就可以賺到兩萬塊錢現金，一個月看四次，就有八萬塊錢可花，實在是非常感人。

「誰說年輕人都是草莓族，誰說年輕人沒本事！」智凱呵呵，走出便利商店。

在門口抽了根菸，智凱說不上要去哪混時間。

身體雖然有些疲倦，可還不想馬上回家睡覺，怎麼辦呢？

雖然現在去唱歌還太早了，但練歌不就是這麼回事嗎，現在直接去包廂唱歌，一邊唱唱唱到睡著，醒來再看看朋友圈裡有誰想要來包廂找他一起把歌唱下去，嗯啊這個千篇一律的主意很不錯，說不定還有免費的炮打。

半個小時後，智凱已經出現在KTV包廂裡。

點了第一首歌，還有好幾盤小菜，然後就是猛打電話。

「阿德！到底有沒有要來！我在錢櫃487等你啦！」

「記得帶妹啊老皮！上次那種眼妝化太濃的不要喔，那個很假啦！」

「阿摳！我在錢櫃啦！錢櫃487啦哈哈哈哈！別跟我說你要補習啊！」

「哇靠你現在還在睡覺？不會吧大頭！昨天晚上幹嘛不摳我幹！」

摳到第十一個人跟第四首歌的時候，包廂門突然打開，進來了五張臉。

五張吃了炸藥的臭臉。

智凱還沒來得及反應，他的門牙在下一瞬間就被打崩。

當這個可憐孩子下一次睜開眼睛的時候，他已在一個燈光昏暗的怪房間。

43

怪房間。

怪味道，怪聲音……低沉的馬達運轉聲，蒼蠅嗡嗡嗡嗡。

智凱看見一個中年男子，一絲不掛地站在自己面前。

沒有說話。

中年男子唯一的表情，全寫在右手的鐵鎚上。

「你……我在哪裡？」智凱很驚慌，卻發覺自己的雙手雙腳全給鐵鍊綁住。

哇靠自己也是莫名其妙的裸體！

「……嘿……他有病的……呵……呵呵……」

氣若游絲的聲音，來自智凱身邊的一個老裸男。

老裸男的身上密密麻麻全是釘子。

那腐爛的怪味，以及蒼蠅惱人的嗡嗡聲，正是從他那裡傳來的。

「啊啊啊啊啊！這是怎麼回事！我爲什麼在這裡！」智凱驚急。

眼前的中年男子沒有回答，甚至沒有出聲。

他只是拿起釘子，瞄準智凱肩膀上的鎖骨，慢慢地將鐵鎚敲下去。

問。

智凱慘叫，智凱求饒，智凱道歉，智凱發誓什麼都會說——即使這個中年男子什麼都沒有

這個中年男子自是義雄。

義雄的經驗是，在一開始的時候，任何問題都是多餘的。

只要把釘子敲下去，慢慢敲下去，一根一根地敲下去，不管是誰，都會說出很多預期之外的情報。有時候原本沒打算知道的，也能慢慢地從尖叫聲中抽絲剝繭而出。

智凱在最短的時間裡哭出了很多很多，關於他可能會出現在這裡的原因。

其中一個可能，讓義雄暫時停手。

義雄打開冰箱，拿出一瓶冰啤酒，一邊喝，一邊凝視著智凱的表情。

才第三根釘子。

智凱肯定看見了微弱的希望，趕緊大吼：「眞的！今天我只是跟益哥開開玩笑的！我只是很普通的一個高中生！我眞的眞的不敢混什麼幫派！對不起會客的時候我多說了幾句，但我眞的不是有意違反規則的！我該死……不！拜託不要殺我！我以後再也不敢多問話了！對不起我以後都免費去看益哥，不用錢！也不多嘴！然後你看看我這個樣子我哪敢混幫派是不是！對不起大哥！我眞的再也不敢了……」

很有趣。

很生動。

很眞實。

但才第三根釘子，實話裡總夾雜著許多爲了活命下去的贅詞，實在是太不純了。

義雄放下冰啤酒，拿起生鏽的第四根釘子，在全身滿釘的老裸男的怪笑聲中，敲入了智凱的膝蓋。

智凱瘋了。

痛得瘋了。

如果他料想得到義雄打算釘下第七根釘子後才會開口問話，智凱一定會在第一根釘子敲下前，咬舌自盡吧。

第七根釘子落在智凱的胳肢窩上。

「啊啊啊啊啊啊啊啊啊啊啊啊啊！」智凱的表達能力在這一瞬間簡化成單字。

義雄放下鐵鎚與釘子，直條條地站近智凱面前，只有一個呼吸的距離。

「你去看那個人，有多久了？」

「每個禮拜六都會去看，我已經去了二十三次！」

「最一開始，是誰要你去看那個人？」

「一個在肅德監獄上班的警衛！」

「叫什麼？」

「阿彪！彪哥！叫彪哥！」

「他怎麼認識你的？」

「彪哥常常去我也常去的網咖，我看他很多次了都沒說過話！有一天晚上他坐在我旁邊打魔獸！打了整晚！天亮的時候我在門口抽菸，他就忽然跑來跟我說這些！」

「他說了什麼？」

「他說，有個黑社會老大……就益哥！益哥請他幫忙找人每個禮拜六去看他，因爲益哥是一個很愛面子的人，但是他在監獄裡待太久了，外面的親朋好友要不是死了就是慢慢忘了他，但益哥一定要很多人來看他，這樣他在監獄裡才有面子，而且每次去還有兩萬塊錢可以拿，還是現金，我就馬上答應了。」

「你去看那個人，跟誰拿錢？」

「肅德監獄外面的便利商店！櫃檯會給我一個信封！裡面有錢！兩萬塊！」

「你剛剛提到了，看那個人的規矩。」

「規矩有三個！一不能問益哥的事！還有要讓益哥握手！握雙手！不可以放開！最後一個，出去之後絕對不能跟任何人提到我去看益哥的事……現在當然是例外是吧！」

「爲什麼要讓那個人握手？」

「不知道！每個人都有握！」

「握手有什麼古怪嗎？」

「沒！不古怪！益哥很好！益哥握手很親切！拜託請幫我傳達給益哥！我的雙手就是他的

雙手！以後我會注意這兩個規矩！我一定不會再犯了！」

「從現在起，你再求饒一次，多說一句廢話，我就釘一根釘子。」

「是！沒問題！是！」

「把跟那個人握手的細節，每一個細節，都交代清楚。」

義雄不需要落下第八根釘子，就知道了會客室裡，智凱所知道的一切。

老益握手，手心有時候很濕，有時候不濕。

老益有時候會全身大汗，發出非常誇張的熱氣，就跟今天一樣。

老益一個下午大約要握二十多雙，花錢買來的陌生人的手。

老益握手時，總是聚精會神的……心不在焉。

義雄不需要落下第八根釘子，去結束一個知無不言的高中生的性命。

他要做的，只是離開。

離開這個房間，去落實一些，能夠讓自己少打些釘子的想法。

畢竟再兩個禮拜，老益就要風光出獄了。

那時候就得打仗。

鬼道盟山頭眾多。

疑心病超重的白吊子，大概不會跟誰結盟，即使喝過了兄弟酒也不能信。手底下亡命之徒最多的薛哥，平常很給瑯鐺大仔面子，但他蹲過肅德，想必欠了老益不少人情。買毒賣毒的魔鬼凌少，誰給他錢誰就是他的盟友，要拉他結盟省子彈，得花上好大一筆。擁有兩間豪華大酒店的肥佬張，最怕惹事酒店被尋仇鬧事，早已放話誰也不幫，他也假裝對幫主大旗沒興趣。

打仗好，打仗有趣，打仗每天都有事做。

只是，不打仗也有不打仗的刺激。

眞想看看，老益眞正想要握手的……

不用給錢，也會出現在會客室名單的，那一雙手。

44

爬滿月光的陽台上，大嬸正拿著雙氧水跟碘酒，幫炮頭的肩膀消毒。

「這裡怎麼傷成這樣啊？」

「喔，就我在練習躲子彈啊，結果哈哈哈雖然我很快，但子彈更快一百倍吧！幸好開槍的那個光頭槍法夠爛，哇哩咧不然我死定了哈哈哈哈哈哈！」

「哎呀好端端的幹嘛躲什麼子彈，連我都知道人怎麼可能快過子彈呢？」

「怎麼不可能！那個韓吉哥在電話裡跟我說過，有一個殺手叫什麼什麼……忘了，是個英文，他很強啊！雖然他是瘋的，但據說真的可以躲子彈！而且一口氣還可以躲過十幾顆！我猜關鍵一定是喔，我的動作至少必須比扣扳機的手指速度還快，加上觀察槍口瞄準的方向，應該就七七八八了哇哩咧，不過說時容易做時難啊，因爲我會緊張啊！一緊張就容易耗掉太多內力，幸好啊我眞的是超認眞在吃那些茶葉蛋，妳知道昨天晚上……」

砲頭嘰嘰喳喳說個不停，肩膀上已多了厚厚一大塊棉布。

自從砲頭曉得搜刮鬼道盟的不義之財後，就常常買便當回來給大嬸加菜，前兩個禮拜砲頭更搬了好幾盆馬鈴薯過來，讓大嬸永續經營。砲頭的理念很簡單，既然麥特戴蒙可以在火星上種馬鈴薯自給自足，連麻雀都能捕食的大嬸也一定沒問題。

大嬸日子好過了，卻依舊每天用自製超級電蚊拍捕食麻雀，同樣都是一招成擒。

「我也想試試看。」炮頭曾那麼躍躍欲試。

炮頭內力充盈的時候，能夠仗恃驚人的動態視覺跟反應速度，輕易地徒手捕捉麻雀。但他內力用光的時候，卻無法用大嬸的捕鳥器捉到任何一隻麻雀。

「你當然捉不到啊。」大嬸那麼回應。

大嬸跟炮頭分享捕鳥的秘訣。

在陽台上擺了三顆白米，捕到麻雀的機率反而小。

若只放一顆的話，麻雀幾乎是必死。

「沒有退路，一擊必殺的意思嗎？聽起來很酷，但眞的是太難了。如果我沒捉到麻雀，我也會餓死的話，我才能夠跟妳一樣抓到麻雀吧。」炮頭倒也有自知之明。

或許大嬸的意念很簡單——一旦她開始依賴砲頭帶回來的便當，很快的她就會失去捕捉麻雀的能力，一切都是危機意識。

大嬸對於刻意保存危機意識倒是沒什麼看法，她說：「如果我不捉到麻雀，我就會開始動廁所那些蘑菇的腦筋，但那些蘑菇是要在特別的日子才能吃的，希望吃蘑菇的時候是一些好的理由，比如啊，慶祝我的老公終於回家了，慶祝我終於把債還清了，慶祝有一天你終於交女友了，總之不是抓不到麻雀肚子餓壞了所以提早吃了蘑菇。哎呀人活著，總是要有一些期待嘛。」

是啊。

人活著，沒前途，也得活出一個期待。

天亮了。

猛打呵欠的炮頭，雙腳插在水桶裡幫忙貢獻腳皮養魚，一邊欣賞大嬸無限等候，預備獵殺麻雀的耐性。

「砲頭啊，剛剛我去大便的時候，看到牆壁上那些蘑菇都長得差不多了，今天晚上我們把它們炒一炒吧。」大嬸凝視著陽光下的那一顆米粒。

「蘑菇啊……眞的要吃那些蘑菇啊？」雙腳沁涼的砲頭虎軀一震。

「是啊，我每天看它們越長越大，越大越漂亮，應該好好炒一炒。」

「眞的要吃的話，那也是沒辦法的事。」砲頭頭皮發麻，等一下應該去買瓶醬油，吃蘑菇時加多一點當作消毒。

「那……晚上你也請樓上的那位先生一起來吧，大家認識一下。」

砲頭怔住。

「是嗎？妳要邀他一起吃啊？」

「是啊，他平常也很照顧你嘛，樓上樓下的，偶爾一起吃頓飯挺好。」

砲頭精神抖擻，還來不及點頭就衝出去，飛奔上樓。

45

用力踢開門。

大懶叫正蹲在地上，煮一大鍋的茶葉蛋。

「大懶叫！別煮蛋啦！樓下大嬸叫你今天晚上下去吃蘑菇！」砲頭大吼。

「哇！」大懶叫呆住。

「大懶叫！今天你眞的要大懶叫了啦哈哈哈哇哩咧！別告訴我你不敢去啊！」

「我……恩人……我眞的不敢去啊！」大懶叫嚇歸嚇，看起來卻很高興。

「我跟你提過很多次蘑菇吧！就是那個廁所蘑菇！樓下大嬸可是非常愼重看待那些蘑菇，她一定是很想跟你交朋友才會邀請你，哇哩咧你叫大懶叫耶！叫大懶叫的人怎麼可以那麼柔孬種哈哈哈哈哈哈！」

「可是……這個有點太突然了吧！」大懶叫感覺快站不住了。

砲頭忽然有點惱火，翻白眼：「現在太陽都還沒下山，啊你是在突然什麼！」

「我沒有像樣的衣服啊。」大懶叫看著腳上的破鞋：「……鞋子也是。」

眞的！

怎麼可以穿成這樣去把妹咧！

「哈哈哈這還不簡單，上次我搜刮鬼道盟的當鋪搶了超多錢，我們馬上去買衣服！買完衣服，再去三溫暖洗個澡！洗完澡噴一點香水，提升你的戰鬥力！」

砲頭興高采烈地帶大懶叫去西門町，隨便選了一間老西裝店。

這幾十年大懶叫的人生異常的單純，完全不需要任何這些身外之物，現在一踏進老西裝店，大懶叫只有全身僵硬。

在砲頭的強硬指揮下，大懶叫顫抖地拿起一件距離自己最近的白色西裝。

「這件就好了。」大懶叫生硬地說。

「啊你是有試穿喔？而且白色的西裝穿起來像搞笑藝人，哇哩咧你今天晚上是要去搞笑的嗎？」

「能夠帶來一點歡笑，好像也是……也是……」

砲頭看穿大懶叫的窘迫，索性接管了狀況：「難得買一次西裝，至少每個顏色都試穿一次啊，老闆，幫他量一下尺寸！」

頭髮上厚厚一層髮油的老闆，笑咪咪地拿起布尺走了過來：「這麼孝順，帶爸爸來買衣服啊。」

大懶叫跟砲頭同時石化。

「一看也知道是我爺爺。」砲頭臉熱。

油頭老闆的布尺在大懶叫僵硬的肩膀上劃開：「那就更孝順啦，現在的小孩有這份心眞的很不容易啊。小朋友，幫爺爺買西裝要不要乾脆用訂製的，我這裡的師傅都是幾十年的手藝，比起架上現成的，訂製的西裝更挺，更合身喔。」

「不用了，我們趕時間。」砲頭的耳根不知爲何發燙：「晚上就得穿。」

「買現成的也沒問題，尺寸師傅可以現場做一點調整，也是很快的。」老闆笑容可掬。

大懶叫戰戰兢兢地拿起一件深黑色的西裝：「黑色的好嗎？」

「幹你拍遺照啊？」炮頭鄙視。

「那灰色的……好不好？」

「灰色的很土。」

「那這件……紫色的是不是就新潮多了？」

「我是不知道爲什麼這裡會出現紫色的西裝啦，不過老闆發瘋你也不用一起起肖啊，幹大懶叫你認眞一點。」炮頭假裝沒看到一旁老闆難看的表情。

「那……這件黑白條紋的？是不是……」

「你是斑馬線嗎！來！試試看這一件深色細格紋的！有型！你看雜誌上這一頁就是這一款！休傑克曼也是穿這樣！」

「是……我也覺得很好。」

「老闆！休傑克曼裡面這件圓點襯衫你們有沒有？」

「有！我們有一件類似的！」

除了那一件深色細格紋西裝、圓點襯衫，砲頭還買了一只黑色的小蝴蝶結。

接著是老皮鞋店。

「恩人，買最便宜的就行了。」大懶叫一進店就很慌張。

「靠，你今天演我爺爺耶哇哩咧，老闆！最貴的是哪雙拿來！」

接著是老理髮店。

「恩人，我……我該剪什麼頭髮好？」大懶叫看著鏡中皺紋滿面的自己。

「師傅，我爺爺今天要去把妹，這種情況他應該剪什麼頭就幫他剪什麼頭！」

「這麼孝順爺爺！」一個剃頭師傅笑咪咪地幫大懶叫的脖子綁上白色圍兜。

炮頭一屁股坐在旁邊，振臂歡呼：「誰叫我奶奶死啦！我爺爺自由啦！」

出了老理髮店，還只是中午。

有深色格紋西裝，圓點襯衫，深黑蝴蝶結，閃閃發亮的牛津皮鞋，上了髮蠟油光銳利的新髮型，大懶叫已經煥然一新，變成了大懶叫 2.0 版本之超級大懶叫。

「好像還缺了什麼。」砲頭抓頭。

「……缺了一點點的……自信。恩人，不知道爲什麼，越是認眞打扮，我心裡就越不踏實。」大懶叫難爲情地看著身上的衣服，好像自己被這身行頭困住似的。

炮頭恍然大悟：「啊！還缺了帽子！你這種經典款的老紳士喔，就缺一頂帽子！你想想，要是你晚上一進門，一邊說打擾了，一邊慢慢把帽子從你的龜頭上拿下來，一定很有型啊！」

於是進了一間老帽子店。

出來時，大懶叫的頭上已經多了一頂可以藏鴿子的圓黑帽。

兩人一邊練習脫帽的帥勁一邊走路，慢慢來到了中山北路的三溫暖。

大懶叫停下腳步，站在三溫暖門口嘆氣。

「恩人，我們還是別進去了……吧。」大懶叫的眼睛不知道在看哪。

「你滿臭的耶，幹嘛不好好洗個澡再去吃飯啊？」

「我覺得……在家裡洗澡也是一樣吧，而且時間不早了，唉……我很緊張。」

「今天又不一樣，什麼都要搞一下特別版啊，哈哈哈我知道你一定沒來過三溫暖吧，裡面不會很可怕，你就見識一下啊！」

「不是覺得可怕，而是……就感覺很奇怪……」大懶叫看起來非常緊張。

「奇怪什麼？不就大家脫光光一起洗澡嗎？你放心啦，我不會偷看你的懶叫。」

大懶叫緊張地閉上眼睛。

再睁開時，兩眼已黯淡無神。

「恩人，我想回去了，不……我想，今天晚上還是暫時不去吃蘑菇好了。」

炮頭皺眉，心中一股無名火起：「你現在是怎樣？」

「我只是覺得，太快了……這一切實在是太快了，恩人，我們慢一點比較好。」

「哇哩咧，你現在到底是哪裡快了？」炮頭努力壓抑莫名的憤怒，想像著額頭上的青筋其實還沒爆出來：「跟你說多少次了，大嬸非常重視她養在廁所裡的蘑菇，炒蘑菇完全就是她本年度最豐盛的一餐你知道嗎？她要我邀你，她要我邀你耶！我們今天就是要去吃！」

「恩人您別生氣，我……我忘了明天是星期五，我還得去拿內力……我覺得……」

「明天晚上才要去拿內力，所以你今天想怎樣？」炮頭瞪大眼睛。

「我覺得今天晚上……好像……」大懶叫的臉被難以言喻的情緒漲紅。

「忽然想要早一天去拿內力嗎！我的天啊大懶叫！你到底是哪裡有毛病啊！」炮頭終於爆發，一拳重重打在行道樹上。

沒有內力的一拳，只揍得自己拳骨發紅。

「對不起恩人！我真的是！對不起你！」大懶叫忽然當街跪下，一磕頭撞在地上：「對不起她！對不起蘑菇！對不起這身衣服鞋子！對不起害你白白破費了！對不起我真的是！非常的對不起！非常對不起！」

幹嘛跪？

跪幹嘛？

搞了半天一身隆重的行頭，現在你當街給我崩潰？

炮頭一腳踢倒路邊的公共垃圾桶，大吼：「跪屁啊！你今天演我爺爺，你跪屁啊！哇哩！咧！你想要我被雷公打死是不是！」

慌亂的大懶叫一直磕頭，一直磕頭，彷彿欠了炮頭一輩子的債。

「磕！你還磕！」

炮頭氣急敗壞地踹早已翻倒的垃圾桶：「到底有沒有懶叫啊！」

磕到無法自拔的大懶叫只能磕頭，只能磕頭，眞正欠了炮頭十輩子的債。

路人側目，還有人拿手機起來拍。

漸漸的，許多手機將大懶叫圍了起來，議論紛紛。

大懶叫一直磕頭，一直磕頭，失去語言能力的他唯有這麼做，才能傾瀉他的抱歉。

這輩子他都在道歉。

這一世他都在贖罪。

但是沒有一刻的悔意能比擬現在，他自知浪費了恩人的眞誠好意，卻無法⋯⋯

直到聽見許多硬幣掉落在額際的聲音，大懶叫才驚慌地把頭抬起。

地上十幾枚將他當作乞丐的銅板。

他的恩人，早已不見了。

46

「真的不用等他一起？」

「不用。」

「唉，我看還是等他一起吧。」

「不用！」

炮頭氣呼呼地夾起一大片蘑菇，沾了好大一下金蘭醬油，扔進嘴裡。

表情無奈的大嬸，也只能默默放慢吃飯的速度。

大嬸注意到，炮頭氣歸氣，眼角還是常常瞥向門口。

門口是敞開的。

炮頭一進來就沒把門帶上，大嬸也就沒有戳破地，一起忘了關門。

「炮頭啊，還是你把這一碟蘑菇拿上去，請大懶叫先生品嚐。」

「他要吃就自己下來！」炮頭對著敞開的門口大吼。

「說不定他吃了以後還想再吃一盤，這樣他就會下樓了。」

「他要吃！就！自！己！下！來！」炮頭索性朝著天花板大吼。

這肯定是炮頭吃過速度最慢的一頓飯。

但慢吞吞，超級龜，宇宙級細嚼慢嚥了三個小時後，飯還是吃完了。

三隻麻雀全給啃了個乾乾淨淨，六大顆馬鈴薯也吃光，三條小魚也只剩骨頭。

只有蘑菇還僥倖剩下最後一碟。

炮頭氣呼呼地說：「吃飽了，吃不下了。」

大嬸也嘆口氣：「我也吃不下了。」

炮頭沒有辦法說話了，也無法在裡頭多待一秒。

他走出門，看著通往樓上的台階。

一踏步，往下。

47

大懶叫西裝筆挺地等了一夜，炮頭都沒有回來。
他如常地煮了幾百顆茶葉蛋，整個屋子都是中藥醬汁的氣味。
他知道，恩人肯定還在生自己的氣。
他祈禱，恩人不會一直生自己的氣。

黃昏了。

等不到恩人的大懶叫，他還是出門去。
去一個，能夠帶給恩人力量的地方。
恩人的興趣是行俠仗義，爲了這份力量，他一定會出現。
那時就是和解最好的時機。

離開「那個地方」的時候，大懶叫帶著一身驚人的內力，搭上公車。
乘客稀少的公車上，大懶叫的心思全是如何向恩人道歉。
最好的道歉就是坦白。
可坦白能有多難呢？

已經好多年了，是否自己已漸漸把當初的人情還清，大懶叫也不知道。

只知道約定的期限將至。

況且一身的人情債不能再增加了。

如果死後下地獄可以繼續清償自己曾經犯下的錯，大懶叫甚至覺得心安。可萬一對自己那麼好那麼誠懇的恩人，因爲自己的罪孽而有一點點的不快樂，或是生出任何想要爲自己做任何事的念頭，那就糟糕了。眞的糟糕了。

等一下把內力託付給恩人的時候，一定要好好地跟恩人道歉，鼓起勇氣，告訴恩人自己曾經有多笨，有多壞，有多糟糕，多麼無法饒恕，絕不避重就輕。

恩人知道自己是那麼壞的人之後，還願不願意將他視爲一起出生入死的阿福，他沒有把握。願不願意原諒他，還是願不願意無視他的過去，大懶叫也心中忐忑。

但再怎麼忐忑，也只能祈禱了。

原諒不原諒，那是恩人才能決定的事，自己僅剩的只有坦白的義務。

寒流過境，外面的行人無不穿著大衣毛帽。

大懶叫就像一個隱形的暖爐，無法隱藏的內力如往常透出皮膚，不知不覺暖了整台公車，還有人熱到將襯衫的釦子全都解開。

看著公車窗戶，自己在漆黑玻璃上的倒影。

窗映上的年輕氣盛早已不再，只有一個枯槁遲暮的老人。

玻璃上的那張老臉被熱氣烤出豆大的水珠，好像隨時都會將皺紋融化。
那個可惡的，趁人之危的，被佔有慾深深迷惑住的自己，已經徹底悔改了。
但自己這個卑鄙小人對「她」的心靈傷害，永遠都無法彌補。
但那個人，那個徹底無視「她」愛情的人，更可惡，可惡到完全無法接近。
只有益哥，益哥可以爲「她」報仇。
答應自己的事，益哥一定能做到。
除了明天，下禮拜六，就是最後一次當內力搬運工的日子。
益哥一出獄，就不需要自己了，自己也算是還了益哥的人情。
唉，恩人一直都不知道內力就快無法使用這件事。
自己不是不老實，而是找不到機會，一個適當的機會，舒服的氣氛，去跟恩人說。眞的很難去潑興沖沖行俠仗義的恩人冷水。
不過沒關係，之後即使不能用同樣的方式幫助恩人打擊壞蛋，他也會盡心盡力，協助恩人做他想做的事。如果恩人想在路邊賣麵，他就去切小菜。如果恩人想賣魚，他就負責刮鱗片。如果恩人想去做直銷……做直銷……唉，如果恩人要做直銷的話該怎麼辦啊？好吧，他也會好好勸恩人去做別的生意。
就這麼辦吧。
下公車的時候，冷風撲面，兩個還坐在車門邊的乘客不由自主將領口揪緊，一身燥熱的大懶叫反而覺得有些舒服。

在巷口買了一只蔥油餅，大懶叫心想，如果恩人肯原諒自己，自己也就不妨委託恩人將這只蔥油餅拿下樓，當作是失約的歉禮。

進家門後，發現一大鍋煮好的茶葉蛋已給吃空了，想必恩人稍早前還來過這裡。

……恩人一定也是想和好的吧，大懶叫的心頓時也踏實了一些。

大懶叫揣著熱騰騰的蔥油餅，在心中盤算著該該怎麼跟恩人道歉起。

第一句話該說什麼呢？

還是先跪下去再說？

不，這一次還是別跪了，恩人好像眞的很討厭自己向他磕頭。

想著想著，發覺思考眞的是自己最不擅長的事。

不思考，直接和盤托出，才是自己眞正該做的。

將床底下的紙箱搬出來，將特價買來的整箱生雞蛋洗乾淨，放進鐵鍋，加水蓋過雞蛋，再倒入兩匙鹽，開中火煮十五分鐘後，再將雞蛋撈起，放入卡通塑膠臉盆裡沖冷水。

等待雞蛋冷卻的同時，大懶叫將一把烏龍茶葉梗、八角、小茴香、桂皮、花椒、甘草、莓果乾、丁香、三奈、陳皮，連同一大桶可樂一起倒入大鐵缸裡熬煮。

滷汁尚未完成，可雞蛋冷了，大懶叫慢慢將蛋殼敲碎，丟進一大鐵缸的滷汁裡繼續熬煮，再倒進醬油。恩人喜歡吃鹹一點，大懶叫一下子就用光了一整瓶。

香噴噴的滷汁裡躺了大約一百顆茶葉蛋吧，所有過程就是一種安心的儀式。

等一下，恩人就會回來了。

大懶叫看著一大鐵盆滷汁冒出一顆顆褐色的氣泡，呼吸漸漸澄靜。

內力傳心。

耳清目明。

大懶叫的眼皮瞬間抽跳了多兩下。

他清晰感受到，樓下巷口來了好幾個異常沉重、速度絕慢的腳步聲。

十幾個。

甚至有二十多雙腳。

那些腳步聲踩踏出強烈的意念，不祥。

然後是金屬低沉的碰撞聲，以及濃厚的，試圖包覆金屬的報紙油墨氣味。

想聽得更仔細，強大內力卻將大懶叫的心念帶往更遠的後巷。

後巷同時來了十幾台慢慢駛來的車。

很重很重的車，將後巷完全堵死。

車胎擠壓路面的下沉感，車上恐怕有將近三十多名蓄勢待發的壯漢。

車群同時熄火。

車門緩緩打開，卻沒有一個腳步從車裡踏出。

巷子前方那些粗重的腳步聲，赫然在樓下停住，以令人不安的節奏聚攏。

……爲什麼此時此刻，自己的知覺會如此沸騰。

糟糕！

這些不祥之人，是來找恩人的！

是來找恩人麻煩的！

大懶叫想用全身的力量握緊拳頭，卻不由自主地抬起頭。

看向掛在門旁的紳士帽。

「我是，阿福。」

48

晃來晃去，就是不肯繞回熟悉的巷子。

天都快亮了，鞋子底下還黏著一股彆扭。

炮頭晃到一台提款機前，轉帳了新的一筆錢，到熟悉的帳戶。

他很想見見她。

對炮頭來說，她是最殘酷的天使，也是最溫暖的陌生人。

現在他也漸漸變成了什麼，他不確定。

有一點害怕，有一點驕傲。

即使成爲了怪物，卻很希望從吉思美的口中聽到，她以殺死他的父親爲榮。

他不是沒試著找過她。

只是上個禮拜打電話給韓吉哥閒聊，他說，雖然吉思美很神祕，是一匹獨行孤狼，但最近江湖上都沒有了吉思美動手行兇的消息，大概是忽然完成了制約，不得不退隱去。

「制約？」

「喔，就是每一個殺手在幹下第一票的時候，都會跟自己做一個約定，只要你完成了某一件事，哪怕是不小心完成的，從那一天起就得金盆洗手，不幹啦！」電話裡的韓吉哥有點喘，好像一邊在跑步。

「有聽沒有懂。」炮頭蹲在路邊。

「呼！呼！好比說呢，你從小就希望自己是一個一百八十公分的帥哥，但你現在只有一百……下去，下去……」

「一百七十二。」

「那你就許願啦，如果你有一天從一百七十二公分長到一百八十公分，又忽然從你那張醜臉整成了大帥哥，那你就不當殺手啦！」

「哇哩咧怎麼有那麼奇怪的……你說叫制約？」

「制約從誰開始的誰知道啊？不要故意用牙齒，沒禮貌……但我聽過很多前輩說，那是殺手假想自己可以跟死神交換的某種條件，在制約達成前，你的命有死神看顧著，你的罪通通算在死神頭上，畢竟你也算是死神的員工嘛是不是？訂下制約就算是希望死神保佑的意思啦！牙齒！牙齒！」

「眞有意思！」

「制約達成呢，就是死神默默告訴你，從今天起你的命算你自己的，死神我不管了，所以你最好是別幹了，取人性命的事你沒份！」

「所以制約達成前，殺手都不會死嗎？」

「……哪可能啊！等一下！慢一點慢一點！呼！呼！但就是求個心安嘛！不過大家在下制約的時候常常有一種迷信，如果你立下的制約太容易，比如說出門碰到的第一個紅綠燈是紅燈，就不當殺手了，感覺運氣運氣，不像是死神想提醒你你的運氣快用光了停手吧，所以啦，很多殺手都許一些怪裡怪氣的條件……」

韓吉哥補充說，有個叫火輪胎的殺手，制約是，殺死一個絕對殺不死的人。

有個叫九十九的前殺手，制約是，作足九十九個可怕的惡夢。

有個殺人不眨眼的惡劣殺手叫什麼的盆栽，制約是，在賭桌上贏過賭神。

有個殺人技術不太高明的殺手，制約是，投稿給專業的詩集雜誌，被錄取三次。

有個技術高超的狙擊型老殺手，制約是，找到一個他愛，也愛著他的女人。

最近當紅的殺手，那個死都死不了的那個狂人，據說制約是，太陽從西邊出來的時候，一

萬隻烏鴉正好朝自己衝過來。

「慘！我根本就不知道制約這種事，當初我殺第一個人的時候根本沒許願啊！」

「那我就不知道了，沒聽過這種事啊啊啊啊啊啊啊啊停！停下來！」

「……你在做愛嗎韓吉哥？」

「嫖妓就嫖妓！做什麼愛！妳笑什麼笑？吞下去！」

「喔，那我該怎麼辦啊？哇哩咧現在還來得及嗎？」

「哎呀你反正就是一個……我行我素的龜頭怪嘛！」

有個可以隨時打電話諮詢的殺手知識家眞是不錯。

但吉思美是不會退隱的，炮頭有這種感覺。

就如同他絕對不會停手一樣。

這種解放別人人生的感覺，太過充實，太過愉快，太過義無反顧。

炮頭轉身，在便利商店買了一個國民便當，索性坐在門口吃。

那一條感覺隨時都會去流浪的狗狗也在門口，大快朵頤著奮起湖便當。

「連狗都吃得比我好。」炮頭哼哼。

制約這種東西啊，雖然錯過了第一時間，可還是想跟所有專業的殺手一樣。

該許下什麼樣的條件，來約束自己的殺孽呢？

炮頭含著滷蛋。

不知道吉思美的制約是什麼喔……如果可以跟她討論制約的事就好了，她一定可以給我很寶貴的意見，才不會像那個大懶叫，只會在那裡恩人恩人的，隨便我怎樣都好……

說到大懶叫，炮頭就開始煩躁。

「所以你內力練得怎樣啦？」

一屁股坐在炮頭旁邊的，當然是便利商店的男店員。

那隻正在吃奮起湖便當的狗走到男店員旁邊，嘴裡叼著半條香腸。

男店員拿了就吃。

「出神入化啊。」炮頭滿不在乎地說：「張三丰如果還活著，大概也會被我打成李連杰。」

「不可能啦，張三丰是我太祖爺爺的好朋友，他滿強的，他們兩個一起號稱南宋雙截龍耶，強翻了，只有一個死光頭可以把他們電得亮晶晶。」男店員很認眞。

「是喔，你太祖爺爺誰啊？」

「乳七索啊，當年太極拳他其實也有創到。」

「喔，就九把刀寫的那個少林寺第八銅人的主角是吧？」

「對啊。」

「哇哩咧那是假的吧，他完全瞎掰的啊。」

「一開始我也覺得到底是不是眞的，但後來越想越覺得，靠！這一定是眞的吧！」

「啊？爲什麼？」

「因爲——如果不是眞的的話，那不就太可惜了嗎！」

兩個人忽然哈哈大笑，笑得前俯後仰，笑到鼻涕噴出來也沒力氣吸回去。

狗趴在兩人中間，默默看著漸漸暗去的路燈。

狗閉上眼睛，輕輕地嚎叫。

天空開出了一條藍縫。

好像，該回去了。

49

巷口的電線桿上，一隻麻雀都沒有停留。

炮頭如往常一樣壓低了帽緣，將口罩微微上拉。

說不出來的古怪。

才一伸手，想要打開樓下的門，就覺得不對勁。

——血腥味。

一種炮頭聞過……不，是製造過許多次的，黏在鼻孔深處揮之不去的血腥味。

炮頭機警地將手縮回，若無其事地，直直地往前繼續前進。

還走不到巷尾，炮頭便踩上一台摩托車的座墊，迅速攀牆一路往上。

手腳並用，炮頭俐落地來到一棟公寓樓頂，再慢慢沿著屋頂來到根據地，緩緩循窗而下，小心翼翼地落在自家陽台。

陽台很乾淨，卻從屋內傳出濃厚的血腥味。

血腥味蓋不住，蓋不住溫熱的茶葉蛋香。

他感到強烈的腦熱。

豎耳聆聽，用全身的力氣掐住發抖的雙腳。

咬住下嘴唇，將視線定住，鎖在鼻前一寸的空氣。

沒有聲音……沒有任何聲音嗎？

沒有。

只要炮頭將頭慢慢往上抬，就可以看見陽台裡面的屋內。

但他整個人深陷海底，黑壓壓的恐懼從四面八方朝小小的他不斷推擠。

只要一個多餘的，分神的，細微的動作，他的內臟就會從口耳鼻一起噴出。

一隻烏鴉飛落至陽台，左顧右盼。

兩隻烏鴉跟著飛落，伸頸窺探。

烏鴉黝黑的眼睛，凝視著炮頭。

彷彿血腥味是從這個全身僵硬的孩子散發出來，吸引著烏鴉，卻也迷惘了死神。

活著，卻像是死了。

茶葉蛋好香。

茶葉蛋眞的好香。

不是剛剛才吃過一個國民便當嗎，怎麼，馬上又餓了呢？

炮頭用力捶起膝蓋，毆打雙腿，用盡全身力氣終於站了起來。

不回頭，不看，不想，果斷從陽台往下攀。

躡手躡腳爬到樓下陽台，偷懶的大嬸沒在陽台捕麻雀。

炮頭逕自進入屋內。

屋內好熱。

大嬸不在。

桌上那一碟刻意沒吃完的蘑菇用舊報紙妥妥地蓋著。

椅子上緣，掛著昨天剛買的那頂黑色紳士帽。

破爛的衣櫃門板縫隙後，傳來沙沙沙沙、喀喀喀喀的怪聲。

炮頭木然地打開衣櫃。

灼熱的蒸氣撲面。

如迷霧般的蒸氣裡，大嬸縮在櫃內深處，手中拿著一只吃剩最後一口的蔥油餅。

那喀喀喀喀的怪聲，原來是從大嬸無法確實咬緊的牙齒傳來。

一夜沒闔眼的大嬸，呆呆看見炮頭，就好像盯著一個陌生人，無法做出任何反應。

「樓上，怎麼了？」

炮頭艱難地開口。

刹那回神，大嬸五指箕張，緊掐住炮頭的雙手。

一股空前強大的內力從大嬸的手心排山倒海衝來。

炮頭整個人都給黏在越來越狂躁的蒸氣之中。

無法脫離，也不能脫離。

這是，最後的傳承。

幾乎要沸騰的蒸氣裡，大嬸的聲音彷彿來自遙遠的宇宙。

「他一進門，就鞠躬，慢慢把帽子脫下，掛在那裡，說很對不起昨晚沒來赴約。」

「……」炮頭當然知道，那個兩人練習已久的鞠躬脫帽。

「我說沒關係，桌上還有一盤蘑菇。」

「……」炮頭鼻酸，內力持續灌輸。

「他說沒時間了，但把這個蔥油餅給我，說冷掉了眞的很抱歉。」

「……」炮頭完全無法想像那個畫面。

「他叫我一定要好好謝謝你，要不是他非得轉交這個東西給你，他死也不敢下樓來找我。」

「……」炮頭眞想看看他尷尬的表情。

「從頭到尾，他都一直笑，笑得連我都害羞了，他叫我趕快吃，趕快吃……」

「……」炮頭嘴角微揚，原來他也會那樣。

「接著他就用力握住我的手，我差點暈了過去。他一邊道歉，一邊跟我說，記得一見到你，就要這樣握你的手，我說我知道，你們的事他都有跟我說。他好像眞的很高興。」

「……」炮頭點頭，拚命點頭。

可以藉故手牽手，大嬾叫肯定是非常高興，一定快飛上天了。

「他走之前，幫我把衣櫃從外面關起來，叫我緊張的話就吃一口蔥油餅。」

「……」炮頭點頭，他原來這麼體貼。

「他在衣櫃外面說，叫你記得吃蛋。」

「……」炮頭點頭，廢話，當然要狂吃蛋啊。

「他下樓後，我就躲在衣櫃裡，慢慢吃蔥油餅。對不起啊炮頭，我不敢報警，也不敢下樓偷看。我啊，就只是……就只是很慢很慢地吃著這個餅，我很小聲的。哎呀其實蔥油餅冷掉了也很好吃……很好吃的……蔥油餅眞的很好吃的……冷掉……很好吃……特別好吃……可能是因爲冷掉才特別好吃……」

大嬸傳達了大懶叫最後的訊息，心智一鬆懈，馬上就開始恍神，不斷重複字句。

煙霧中，炮頭輕輕鬆開了大嬸癱軟的，冷冰冰的手。

「對啦，我叫他下樓前把蘑菇吃光，他吃光了嗎？」

「……他會吃光的。」

一身飽滿的內力，足足是平常的兩倍。

五感敏銳，炮頭感覺到了樓下除了在陽台觀望的幾隻烏鴉，再無別的生息。

必須快點吃蛋。

必須快點倒立。

但。

不知道自己臉上是什麼表情，但他的身體早一步採取了行動。

炮頭跪下。

緩慢地，愼重地向大嬸磕了一個頭。

「大嬸，請妳務必幫一個忙。」

「我什麼事都會幫你的，因爲我們一起吃蘑菇嘛。」

大嬸說歸說，看起來卻很迷茫。

誰知道，她一整夜躲在衣櫃裡面，連一個蔥油餅都沒吃完，到底是聽見了什麼。

不管她聽見了什麼，那些咆哮，那些掙扎，那些奇怪的聲響，都將折騰她往後活著的每一個日子。每一個夢。每一個忽然靜下來的吉光片羽。

「大懶叫很喜歡妳，非常非常喜歡妳。據說人死後，靈魂會在附近走來走去，一時之間還不會魂飛魄散。」炮頭鐵青著臉，額頭貼地：「大嬸，能不能麻煩妳，好好吹一吹大懶叫的懶叫，讓他心滿意足地走。」

還在打冷顫，大嬸的眼睛卻看見了光。

點點頭，沒有遲疑，從灼熱濕黏的衣櫃裡走出，走下樓。

炮頭將餐桌上冷掉的蘑菇，一朵一朵放入塑膠袋裡，打個結，收進口袋。

炮頭坐下，直直看著門打開後的樓梯間。

他以絕大的毅力強忍著，不讓任何一點點一點點的情緒從心深處滋生出來。

直到。

大嬸走上樓，從門外，表情古怪地看著炮頭。

「辛苦了，大嬸。」

「不……不是的，炮頭，你得上樓看一眼。」

「怎麼了嗎？」

「他沒有……他沒有那東西。」

「什麼叫他沒有那東西！」

炮頭又驚又怒，奪門而出。

他們不但殺了大懶叫，還割掉了他的懶叫嗎！

是嗎！

炮頭衝到樓上，看著充滿茶葉蛋香的屋內。

沒有人找茶葉蛋的麻煩，兩百顆，全都放在大鐵盆裡熬煮，只是湯汁已燒乾。

大懶叫安安靜靜躺在地上。

西裝衣褲妥妥地摺好，擦亮的鞋子擺正，領結就置在衣鞋中間。

骨瘦如柴的大懶叫全身赤裸。

全身上下都被亂七八糟敲入鐵釘。

肩胛，胸口，關節，頸椎，腹股溝，腋下，臉孔，腳底，手掌，甚至眼珠。

唯獨喉嚨沒有釘子沒入的痕跡。

而胯下之間，並非血肉模糊。

只是沒有陰莖，也沒有睪丸。

有的，僅僅是一道陳年已久的可怕火燒傷疤，怵目驚心地臥在兩腿之間。

沒有。

大懶叫他，根本就沒有懶叫。

大懶叫的生殖器，早在許多年之前就已被割除，留下火燒的強制止血疤痕。

被誰割除的？什麼原因下被割除的？

就如同到底是哪個絕世高手、又在什麼地方給了大懶叫一身驚人內力，守口如瓶的大懶叫，也從來沒提過他被如此傷害的老秘密。

他絕口不提。

今後，也不會有人知道。

炮頭看著大懶叫胯下間的屈辱傷痕。

他想到兩人在三溫暖前面的僵持。

他想到人來人往的馬路上，自己是如何咒罵大懶叫。

他總算明白了，爲什麼大懶叫煎熬了許多年，就是沒有勇氣向大嬸告白。

他老是……自以爲是……

最後大懶叫總算鼓起勇氣下樓，拿了蔥油餅給大嬸，還是爲了自己。

他竟然還謝謝自己。

他爲什麼不用內力想辦法擊殺強敵，或試圖脫困，卻眼巴巴地留給了自己。

他爲什麼不放手一搏。

他爲什麼，他爲什麼，他爲什麼……

大嬸不知道什麼時候來到炮頭的身後。

她一言不發，彎腰，坐下。

拿著老虎鉗，將敲進大懶叫眼珠上的釘子，慢慢地拔起。

一根一根慢慢拔起，整齊地放在一旁。

這是她所能爲他做的，綿薄之力。

一根接著一根。

擺放妥當，莊嚴完滿。

再也無法了，眞的無法了。

炮頭嚎啕大哭。

昨天晚上他到底失去了什麼。

自以爲是的他，永遠也不會知道了。

50

益哥在預計出獄的那一天死了。

據說前一週，一向會客如龍的益哥，沒有一個訪客。

警衛告訴益哥，或許他的親朋好友都以爲他快出獄了，不需要訪客。

沒有人知道益哥離開寂寥的會客室時是什麼心情。

益哥大概也毫不在意吧。

也沒有人在意，益哥在餐廳召開獄中繼承人會議時，是否依舊意氣風發。

畢竟那一天，那一個星期五，益哥的死，只是一個註解。

殺手 Mr. NeverDie 才是傳奇的全部。

單槍匹馬，揹著一大袋手榴彈，從外牆一路炸進了肅德深處。

一路炸，一路打，警衛室，監禁室，澡堂，工場，囚房，電網，所到之處無不被炸，每一個想攔住他的警衛，不管有沒有機會拔槍，全給這瘋子打爛了臉。

每爆開一間囚房，就增加一間囚房的狂熱粉絲。

一路來到餐廳，他當著幾百個角頭的面，硬生生揍死了益哥。

他像神風特攻隊一樣無腦衝進來，如無頭蒼蠅一樣胡亂闖出去。

留下一具屍體，成就一個傳說。

——不死的星期五。

富貴年華，三溫暖。

「阿義！眞有你的！」瑯鐺大仔哈哈大笑，敬了義雄好大一杯。

「老大，我們什麼也沒做。」義雄微笑，慢慢乾了一杯。

稍微有一點感覺了。

總算是，稍微有一點感覺了。

51

龜頭怪在江湖上消失了。

兩個禮拜，沒有人知道龜頭怪去了哪。

一個月後，沒有人在意龜頭怪去了哪。

炮頭無時無刻都在倒立，連睡覺都是頭下腳上。

不倒立的時候，他就吃蛋。

每天吃一百顆大嬸煮的茶葉蛋。

「這蛋煮得還可以嗎？」

「嗯，很好吃。」

「是不是太鹹了一點？」

「鹹一點很好吃。」

「那要不要更鹹一點啊？」

「都可以，鹹一點也很好。」

大嬸煮著茶葉蛋，看著在牆角倒立的炮頭。

「炮頭啊……」

「嗯？」

「你好久，沒有說……哇哩咧了，是不是心情……」

「是嗎，很久沒說了嗎？」

是啊，不知道從什麼時候開始，炮頭再也沒說過哇哩咧這個口頭禪。

當大嬸提醒他這點時，炮頭試著將這三個字黏回他說話的語句裡，但就是沒有成功。久了，他也不怎麼在意了。

他在意的，甚至不是幫大懶叫復仇。

炮頭掛在心上的是什麼？

只要一想到，他平常都大聲嚷嚷著大懶叫大懶叫地，去叫一個早已被切掉懶叫的老好人，他就難過得快發瘋。他沒有辦法不去想自己有多壞。

他根本沒花時間了解過，大懶叫的人生。

大懶叫為他療傷，大懶叫給了他內力，大懶叫幫他煮茶葉蛋，大懶叫幫他找到了成為殺手的本心，大懶叫陪著他度過人生中最奇幻的一場旅程。

他們明明是夥伴。

但他卻沒有讓自己有一點點的機會，成為，大懶叫傾訴畢生冤屈的那一個人。

而他賭氣不回家及時拿取內力，其代價，就是一具插滿鐵釘的屍體。

復仇，意味著挑戰整個鬼道盟，意味著喪命——這是合情合理的代價。

所以有一件事，得在失去性命之前做到。

否則，復仇只是太過難過導致的自我毀滅慾望。

韓吉哥的手機號碼，成了炮頭救贖的窗口。

「有沒有搞錯，想要我幫忙探聽一個不知道在多少年前，被割掉一整條懶叫的老男人的前塵往事？你這個要求太危險了，要一路問問問，問到你要的答案，就會在江湖上暴露出問問題的人。」韓吉哥的聲音背景很吵，像是在一間小鋼珠店。

「暴露也沒關係，我想知道。」

炮頭縮在路燈下，看著停在對街按摩店門口的那一輛警車。

他蹲在這裡，已經快兩個小時了。

「你暴露沒關係，但我被暴露出跟一個想知道答案的人有關，那我不就呵呵呵了嗎？炮頭，你自己想要呵呵呵，也不能強迫別人跟你一樣呵呵呵啊。」

「我幫你殺人，殺十個人，你幫我問到答案。」

炮頭說歸說，其實自己哪可能做到。

大懶叫遺留給他一身的內力，即使一拳都不揮，每天吃蛋，時刻倒立，內力也會在呼吸中滴滴點點流失。除非韓吉哥要他明天就動手殺人，否則只是空談。

韓吉哥在手機那頭重重嘆氣。

「炮頭，我勸你一句，不要想著復仇的事。」

「……」

「殺手，憑的是，把你的雙手當作死神的鐮刀，除此之外你什麼也不是，你不是死神，你是死神的工具而已。照單殺人不用搞罪惡感，但也不要自以為是。你殺了人，人家就沒家人朋友沒養狗嗎？現在人家殺了你爺爺，而且也只殺了你一個爺爺，唉這種問題扯不完的，有問題就去問公民老師，想知道明天會不會中樂透就寫信去問唐立淇，想幫大懶叫報仇呢你就自己下單給別的殺手去幹，我算你便宜一點，但你想殺誰啊？鬼道盟的最大頭瑯鐺大仔嗎？你敢下單我還不敢接咧！」

「如果我知道你娘是誰，我一定去幹你娘。」

炮頭暴怒掛掉手機。

戴著球帽，口罩遮了一半的臉，坐在路燈下。

他的腦袋裡，有一顆炸彈快爆炸了。

對街就是那一間炮頭以前常常顧店的色情按摩館，那些派出所的警察兩個小時前就進去了，遲遲沒有出來，肯定還在裡面爽玩免費的小姐。

五百下開合跳的仇還記著。

他大可以帶著一身的內力衝進去，踢破每一間發出啪啪啪聲的暗房，一伸手就是一支懶，將那些惡整過他的警察胯下的每一條噁心的大瘟肉都拔掉。

通通都拔掉。拔掉！

怎麼以前內力用不完的時候，反而沒想過眞的要這麼做呢？

現在不得不謹愼保留內力的時候，卻讓那些屈辱的往事折騰他的靈魂？

必須復仇。

不能將一滴內力，浪費在只屬於自己的怒火上。

炮頭低頭。

眼睛卻不肯擺低。

那些爛警察終於爽完了，一邊抓著褲帶，大搖大擺走出按摩店。

「呵呵呵呵他們終於弄來烏克蘭的正貨了，都叫一些我聽不懂的話，眞有風情。」

「但就是味道重了點，手毛也粗，不過皮膚像牛奶一樣白，就是特別好！」

「味道重啊？是那裡的味道重嗎？」

「不然還有哪裡？」

「那你下禮拜最好去看一下泌尿科，搞不好她有病故意不跟你說哈哈哈哈！」

「我操你！別亂講！」

那些陰囊又乾又皺的爛警察完全沒注意到，對街帽底那雙快要噴出火的眼睛。

嘻嘻哈哈上了警車，發動車頂的巡邏燈。

只留下傲慢的廢氣黏在炮頭的鼻孔裡。

52

三天後，炮頭接到韓吉哥的來電。

「還是想知道你朋友的往事？」韓吉哥窩在租書店的破舊沙發上翻書。

「是。」

「好吧，其實有一個奇人，消息靈通，據說腦子的構造天生就跟別人不一樣，你可以問他任何問題，大家都傳言，不管什麼問題他都能夠馬上回答你，很安全的，絕對不會跟任何人洩露誰問過他什麼問題。但一個人，不管你是誰，一輩子就只能問他一個問題，這點沒得討價還價。」

說得那麼神，是一尊活土地公的意思嗎？

「……我該去哪裡找他？」

「我還沒說完。」韓吉哥的聲音聽起來很嚴肅：「你得有心理準備，他會拿走等同於你一個問題重量的，東西。」

「沒問題，我所有的東西都可以給他。我要怎麼找到那個人？」

「還沒說完，那男子……那個男的，長得很普通，原本沒有一點特殊，但就是這一點奇怪，那男的樣子完全沒有任何一個微弱的特色讓人能夠好好記住，如果他每天跟你搭同一班捷運、又與你天天併桌吃飯、又與你天天單獨在電梯裡搭一百層樓，下次你看到他了，你還是會把他當作百分之百的陌生人。」

「然後呢？」

「更怪的是，如果你仔細盯著他的臉一分鐘，你也許會猜他大概才二十來歲；如果你用力盯著他的臉三分鐘，你或許會推翻剛剛所說的，猜他約莫四十出頭；若你能夠耐著性子端詳他的臉五分鐘，你會錯亂得不知道應該猜他五十歲了，還是三十出頭。」

「……你的語氣很怪。」

「因爲這個人就是那麼怪，他的臉完全無法被記憶，沒有人知道是怎麼回事，沒有人可以跟你說他長什麼樣子，所以你想見他，就算到了他待的地方你也不知道他是誰，只能好好坐在那，讓他自己來找你。」

「那個地方到底在哪？」

「我以前跟你提過死神餐廳吧，就在那間餐廳的後巷，有一間日本料理店，一進去你就坐在有活龍蝦的那個大水缸旁邊，點半杯台啤加半杯海尼根，記得啊，要加在一起喝成一杯，然後點一大盤海瓜子，那盤海瓜子不能起筷，是要請他吃的，酒呢，是給你自己喝的，一定要喝。對了那裡的海瓜子炒得很好吃，建議你多點一盤自己吃。你邊吃邊等，眼睛不要到處亂看，看龍蝦好了。」

「他會自己找我嗎？」

「有那盤海瓜子跟那杯怪啤酒當暗號，他自然就會坐下來跟你說話。」

「……知道了，我今晚就去。」

「沒禮貌的傢伙，謝謝一句都不會說嗎？」

「謝謝。」

「不客氣。你知道我媽媽在哪裡了嗎？」

「不知道。」

「我媽媽在長春療養院306號房，長是長命的長，不是常常的常，306啊，你去幹她的話記得買一束花，大束一點，她肯定很高興。」韓吉哥闔上了手中的小說。

「我會記得的。」

「你最好說到做到啊！」

53

幻之絕技日本料理店。

生意非常糟糕。

海瓜子非常鹹，鹹到炮頭的舌頭都給直接滷好，跟好吃相距太遠。

大水缸很髒，青苔佔據了玻璃三分之一。

炮頭喝著非常糗的怪調啤酒，看著大水缸裡那隻不知道活了多久的龍蝦。

那隻龍蝦非常巨大，殼色卻很黯淡，肯定是因爲客人實在太少，多活了好幾個禮拜，牠跟炮頭大眼瞪小眼，看起來跟炮頭一樣無奈。

坐了一個半小時，炮頭手中的啤酒早已見底又見底，喝了第三輪。

巨大龍蝦的眼睛，幾乎快貼到了玻璃。

「你再瞪我，我就吃你。」炮頭不由自主，看穿了龍蝦全身冷冷的筋脈運行。

他很不爽。

心情都已經這麼差了，還在這裡被當白痴耍，那個超肥的老闆一直用斜眼往這裡看，好像在懷疑他爲什麼這麼難吃還不走，還刻意點了那麼畸形的啤酒，到底是有什麼毛病。

炮頭在心中發誓，明天就要去那個長春療養院306幹韓吉哥的媽媽。

已經十一點半了，這間幾乎沒有客人的爛料理店，一點也沒有打烊的跡象。

炮頭忍不住盤算起來，其實，如果什麼問題都能得到答案的話，是不是該問大懶叫每個禮拜是在哪裡，跟誰取得內力，又將內力送去哪裡？

一旦得到答案，自己就有機會跟給予大懶叫內力的人聊聊，那個神祕高手搞不好也會知道大懶叫沒有懶叫的前塵往事，更重要的是一旦接手成功，從此以後依然內力充盈，不必擔心能否報仇的問題。

越想越煩躁。

不行，不能再那麼自我了，現在是唯一可以了解大懶叫故事的機會，不能再貪心多想內力的問題。

肥老闆走了過來，一邊走，一邊在褲子上抹手。

「你那盤海瓜子爲什麼都不吃？」肥老闆一頭濕濕的捲髮，鼻毛都噴出鼻孔了。

「太鹹了。」炮頭直說。

「要不要我拿回去加一點水。」

拿回去加水是什麼概念，他媽的是不會重炒嗎！

炮頭在心中發誓，明天就要去那個長春療養院306幹韓吉哥的媽媽。

「不用，放著就好了。」

「我可以加一點水啊。」

「很鹹加水就更難吃。」

「不然你點白飯去配，白飯一碗十塊。」

炮頭在心中發誓，明天就要去那個長春療養院306幹韓吉哥的媽媽。

而且要幹兩次。

「不用。」炮頭不想再回話了。

「不吃很浪費耶。」

「等一下要是眞的沒人吃，你就拿回去自己吃。」

「太鹹了我才不吃。」肥老闆露出一臉嫌惡的表情。

炮頭在心中發誓，明天就要去那個長春療養院306幹韓吉哥的媽媽。

而且要連幹三次不帶花。

「……配白飯啊。」

「飯是冷的，我才不要。」肥老闆看起來一副你想害我啊的表情。

「你可以熱啊。」炮頭冷笑。

「飯硬硬的，熱了更不好吃。」

炮頭在心中發誓，明天就要去那個長春療養院306幹韓吉哥的媽媽。

如果她有室友的話也一併幹。

「還是你要吃龍蝦？」

「不要。」

「不敢吃龍蝦嗎？」

「哪來的敢不敢？」

「沒錢吃就是不敢啊，你敢吃龍蝦嗎？」

炮頭在心中發誓，等一下！等一下就夜衝！

夜衝去那個長春療養院306幹韓吉哥的媽媽！跟她的室友！跟她的看護！

「借過一下。」

一個中年胖男，拉過椅子坐在炮頭前面。

一伸手就拿起筷子，夾了一顆海瓜子送入嘴裡。

肥老闆見狀，只得若無其事地回到收銀機後面玩手機。

炮頭心中一震。

那個正在吃海瓜子的中年胖男竟然穿著一身慎重的燕尾服，長得……長得的確很普通，但好像也沒有到無法辨認出來的那種普通。或許是，就在自己離開這間店之後，才會忽然忘記？

「你想問什麼？」中年胖男瞪著炮頭，海瓜子的湯汁從嘴角緩緩滴下。

「不覺得很鹹嗎？」炮頭脫口而出。

「你一輩子只能問我一個問題，結果你問我這盤海瓜子是不是太鹹了。」

「不是！」炮頭宛若雷轟：「我收回！我想問你！」

我想問你，關於，一個我甚至不知道本名的老男人，難堪的往事。

那個老男人沒有工作，很長時間都處於赤貧，卻不會完全沒錢。

不知道在他人生哪個階段，生殖器整個被切掉，胯下只剩下火燒的疤痕。

我朋友還有其他的特徵嗎？

他最近死了，被鬼道盟處以釘刑，全身上下都是釘子，這算是他的最新特徵吧。

喔對了，這包蘑菇是他生前忘了吃掉的東西，有幫助嗎？

我沒開玩笑，是真的。

我想知道，關於他爲什麼會失去他生殖器的往事，誰下的手。

請你，務必告訴我。

「你願意花多少代價，去知道一個死人的過去？」

中年胖男滿不在乎地吃著很鹹的海瓜子。

「我帶了這個。」

炮頭拿出一個鞋盒。

鞋盒裡，都是蟬堡。

中年胖男瞥了鞋盒一眼，似乎有些嗤之以鼻。

「誰跟你說要拿這？」中年胖男用力吸吮著貝殼裡超鹹的醬汁。

「這是我自認爲，身上最特別的東西。」炮頭感到緊張。

難道，只有殺手才會拿到的限定品，不構成交換答案的理由嗎？

「我要的東西，不是你可以決定的，時候到了我自然會拿走。」

中年胖男一顆接一顆，慢條斯理地吃著海瓜子。

好像那一大盤鹹得要命的海瓜子裡面，可以慢慢吃出所有的秘密。

中年胖男忽然笑了出來，肩頭顫動。

「那個老男人，是一個很倒楣的男子漢啊。」

54

那個老男人，年輕時是個傳奇。

他白天在華西街賣蛇，晚上則是一個非常受歡迎的男妓。性能力過強，強到完全無法用理性壓抑，不管妳給他多少錢，不管妳高矮胖瘦美醜，甚至不管妳是不是一個女的，他都願意把褲子脫下，用力塞滿妳，堪稱完美的鄰家男妓。

當時整個萬華，沒有一個女人沒被他餵飽過。

只要你在西門町看到一個女人扶著牆壁，雙腿發軟，步履艱難，不是腳踏車的座墊剛剛壞掉，就是被鄰家男妓搞了整晚，口碑爆棚。

這位鄰家男妓，與一個角頭老大是結拜兄弟。

你去老一輩的江湖弟兄那裡打聽就知道了，曾經有一個很猛的堂口，連警察都敢打，不屬於任何幫派，自成一格，叫火燒堂，那個角頭老大就是火燒堂的堂主，他很喜歡鄰家男妓，不是朋友之間的那種喜歡，也不是男女朋友之間的那種喜歡——因爲他是一個gay，所以這是一種男男之間的愛。

火燒堂堂主知道鄰家男妓是一個直男，縱使鄰家男妓善良到連男的也願意搞，他也不願意叫鄰家男妓搞他，因爲他有尊嚴的嘛！他要的不只是性，他奢求的是愛！

火燒堂堂主因此很壓抑，喜歡的人整天跟他稱兄道弟，一起喝酒，一起洗澡，一起種玉蘭花，他卻不能搞他，驕傲的火燒堂堂主只能日夜祈禱，祈禱某一天鄰家男妓突然變成一個gay，那個時候兩個人就能夠在一起。

那一天到了嗎？

在那一天來臨之前，某一天先到了。

起因是毫無新鮮感的地盤紛爭，火燒堂跟黑湖幫起了衝突，雙方一連打了好幾個禮拜，火燒堂小歸小，打起來卻很瘋，即使黑湖幫的勢力超級強大，也給打到不得不派人談判。

和事佬叫老根，你去問就知道了，大家都知道老根。

老根盤了盤，事情就有解。爲了不想戰事擴大，在老根的調解下，雙方約定好用賭錢的方式決一勝負，所有一切紛爭在賭桌上解決，不殃及小弟，無論輸贏都不能追討連日砍殺的因果。

賭約日，火燒堂堂主跟黑湖幫第十七堂堂主金牌，在賭桌上狂賭詭陣，連賭二十七個小時都沒睡覺，雙方互有勝負，籌碼越押越無節制，但金牌褲襠裡的銀兩充足，賭到第二十八個小時檯面上的籌碼漸漸壓過了火燒堂堂主，在一旁觀戰的鄰家男妓越看越緊張，恨不得自己能幫上什麼忙。

幾乎是最後一把牌，火燒堂堂主已經沒有現金跟注，但他手上是難得的好牌，爲求逆轉，竟然大叫願意用自己的雙手雙眼雙腳代替缺少的一百萬籌碼！

結果金牌只是冷笑，一點也不打算火燒堂堂主用那些手手腳腳跟注。他說，你的手腳不值錢，眞要說能抵注的話，也是你的好兄弟鄰家男妓的那條大老二！

是！就跟你想的一樣！鄰家男妓二話不說就把褲子脫下來，將自己的老二重重放在賭桌上，據說當時賭桌震了好大一下，桌腳差點沒給崩斷！

鄰家男妓大叫來吧！就當我的老二值了那一百萬！開牌！

也跟你想的一樣，鄰家男妓的老二就給切了，在場的每一個黑湖幫份子，都將手中的菸蒂按在那可怕的傷口上，幫忙止個血，也算是男子漢之間的一種致敬吧。

至於火燒堂堂主的下場？

他的事不關你的事，但鄰家男妓沒老二的故事就到這裡了。

行，送你一點故事的零頭。

鄰家男妓從此退出華西街。

有人說他賣過麵，有人說他在中山北路發過色情名片，有人說他假裝自己是瞎子加盟了一間連鎖視障按摩店。

但他眞正做過的，是在中和交流道下連城路賣玉蘭花，一賣好幾十年。

55

「……」炮頭瞪著那個中年胖男。

「故事說完。」中年胖男用手背抹了抹嘴。

「……」炮頭看了看他面前那一大盤空空如也的海瓜子。

「當年那個賭贏了鄰家男妓的黑湖幫第十一堂堂主，金牌，後來慢慢當上了黑湖幫的總舵主，屌到不可一世。」中年胖男打了一個氣味可怕的嗝：「嗯……不過你也不必擔心報不了仇，那個金牌，早前一陣子被一個女人在麻將桌上殺了。」

炮頭冷冷地看著中年胖男。

「大懶叫把自己的懶叫豪氣萬千地押在賭桌上，下一秒就給輸掉？」炮頭握緊拳頭：「這種故事，到底你要說給誰聽，誰才有那種低智商去相信？」

「誰說他輸掉了？」

「難道是贏了！」

「我剛剛說，鄰家男妓馬上就給割掉了老二，意思是當他一把自己的老二當作籌碼下注，他的老二就不屬於自己的了，而是屬於賭桌。之後他要賭贏了，自然可以把切掉的老二拿走，看是拿去餵狗還是要拿去醫院縫都隨便，但！在那之前，如果要把老二當作籌碼，就要好好的，妥妥的，放在賭桌上，開牌以前誰也不許動——至少那天金牌是這麼鬼扯的。」

「這種故事到底有誰會相信！哪可能有這種規則！」炮頭悲憤不已，忽然轉頭對著緊貼在玻璃上的龍蝦大吼：「你到底在看三小！」

「那天晚上金牌就這麼硬幹，完全不顧火燒堂堂主在那邊大吼大叫，也不管鄰家男妓在那邊說他是開開玩笑的別當眞，總之呢，在最後一把牌開牌前，黑湖幫就硬是讓旁邊一大群小弟把鄰家男妓壓在桌上，把他的陰莖連同陰囊睪丸通通都切掉。」中年胖男用筷子作勢空切，切切切切：「搞得現場湯湯水水，賭局完全毀了，火燒堂堂主整個人失心瘋，不顧約定在現場大鬧，開槍啊，動刀啊，能來都來了，殺到底的後果我不會跟你說的，那無關你的問題。」

「到底開牌了沒！」炮頭大吼，轉頭對龍蝦作勢一拳：「不要看我！」

「殺到底了，開牌也沒用了，那把牌誰贏誰輸從此沒人知道。」中年胖男瞪眼。

「但大懶叫從此沒了懶叫！」

「沒懶叫，但留下了一條命。」中年胖男冷笑：「記住了，金牌死在一個女人手上也是夠丟臉的，他掛點在麻將桌上也算是冥冥之中一種報應，你也不必找死人報仇了。這就是你要的答案。」

「答案是！我會去長春療養院306！我馬上就去！」

炮頭抓起那一箱鞋盒，衝出幻之絕技日本料理店。

不管老闆追不追出來，總之那種爛海瓜子爛啤酒自己是絕對不會付錢的！

那種瞎到不行的爛故事！自己也是絕對不會買單的！

絕對！

不會！

56

幻之絕技，後巷。

地上橫放的空酒瓶，牆上的口香糖渣渣，早已滿溢的垃圾桶。

一點火光。

韓吉哥幫穿著燕尾服的中年胖男點菸。

「多謝。」韓吉哥自己也點了一根菸。

「不用謝，小仙的事就當扯平了，別再煩G了。」中年胖男靠在牆上。

「G最近好嗎？」

「他有病，前幾天明明有一個可以賺很多錢的大單，在紐約宰一個轉污點證人的哥倫比亞大毒梟，壞人耶，殺起來特別有成就感，很多經紀人都很想要，給我爭取到了，結果他竟然不去，說他想接我上次隨口跟他提過的，去三重殺一個晚上會偷偷跑去釣蝦場池子裡大便的老太太。靠，殺老太太，是不是太無聊啦？我不是不知道他個性隨便，但這會不會太隨便了，殺老太太那個單子我眞是隨口跟他提的，沒想到他一直掛在心上，眼巴巴就想去三重開那一槍，我操眞是好笑，問他爲什麼不去紐約殺大毒梟，要去三重殺一個管不住自己屁眼的老太太？沒想到G很嚴肅地跟我說，他好像有去過那間釣蝦場釣蝦！好像！我操！好像！」

「老太太好殺嘛。」

「……你到底爲什麼要我編故事幫他？」中年胖男用手指摳摳牆上乾掉的口香糖渣。

「唉，一個人要是跟自己的內疚相處太久，會壞掉的，特別是你永遠都贖不起的那種內疚。」韓吉哥用手指敲敲自己的腦袋，再敲敲自己的胸口：「從這裡，到這裡，通通都會壞掉。」

「他需要一個故事，就給他一個故事是吧。」

「一點心意。」

「我隨便胡說的故事，他會信嗎？」

韓吉哥聳聳肩，視線落在指尖上的一滴菸光。

「是人，都需要相信一點東西。」

57

從位在山腰的長春療養院衝出來的時候，心情一點也沒有變好。

好心情全留給了306裡的八個老太太。

寒流過境，山風濕寒，但炮頭一身精純的內力，絲毫不覺得冷。

路前無車，路後無人，連路燈的光都顯得慘綠。

炮頭坐在公車站的石椅上發呆，唯一陪伴他的，是膝上那盒蟬堡。

那個燕尾服男人說的故事，與其說很離奇，不如說很離譜。

但另一個故事，只有更荒唐。

有一個從小被爸爸虐待的小男孩，以爲他永遠吹不到十歲生日蛋糕的蠟燭，忽然有一天，一個女殺手走進他家，像殺豬一樣宰了他爸，還跟他訂下一張古怪契約。過了好幾年，隔天就要滿十八歲的那個男孩，被自己的老大出賣，要頂罪入獄，好幫小派出所的警察衝業績。忽然有另一個女殺手出現，把他的老大殺了，卻也害他被整個幫派追殺。這男孩逃到他之前討債的一戶人家，誤打誤撞被一個沒有老二的老人收留。那個老人每個禮拜都不知道從哪裡得到一股強大的內力，一半給男孩，一半給不知道是誰。男孩從此以後行俠仗義，到處獵殺討債流氓，也在一本滯銷的怪書中發現，只要一邊吃茶葉蛋一邊倒立，就可以將內力保持在體內久一點。

某一天男孩跟沒陰莖的老人吵架，遲了回家，害沒陰莖的老人被幫派盯上，全身上下被釘了一百零三根釘子。

這個故事爛多了。

糟糕多了。

炮頭無法克制地流淚。

不是吧，怎麼可能啊？

那個幹翻整條華西街的鄰家男妓忽然變得很立體，不只是活在日本料理店的那張臭嘴裡，栩栩如生起來。

彷彿看見了，大懶叫帥氣地脫下褲子，將整條陰莖啪一聲甩打在賭桌上的畫面。

站在人生最高峰的大懶叫，一定很得意吧。

很得意，自己有一條價值一百萬的好陰莖。

很得意，他有一個如此值得相挺的朋友，而自己也如此義氣。

對不起大懶叫，你交朋友的運氣眞差。

一個害你失去老二，一個害你失去性命。

「對不起……對不起大懶叫……我從來沒有花時間好好跟你說話……」

霧色瀰漫，一台老舊計程車慢慢駛了過來。

計程車停在炮頭前面，輪胎上散發出淡淡煞車的焦味。

車窗拉下。

司機微笑嚷嚷：「我這個客人正好要下山，你要不要一起？車資算你便宜點。」

「……」陷於自責的情緒，炮頭根本還未思考。

「這麼晚，這山裡沒公車了。」司機善意提醒。

炮頭看了後座一眼。

後車窗玻璃有點霧，隱約坐了一個人。

不知道是男是女，好像專注在做自己的事，沒有特別關注司機的提議。

炮頭開了前座的門，上車。

「去哪？」司機輕踩油門。

車子老了。

縫線裂開，破損露出棉花的假皮椅上，有一股難以擺脫的陳年菸味。

「下山就可以了。」炮頭看著後照鏡裡的乘客。

沒有絲毫異樣。

穿著普通衣服，面容普通，神色普通，沒有任何一點不普通的小動作。

霧氣濃厚，視線不佳，計程車在山道上行駛的速度很慢。

「這麼晚了，還去探望長輩啊？是家裡什麼人啊？」

「不是我家人。」

「那去探望老朋友？」

「那裡沒有我認識的人。」

「……去工作的嗎？」

「不是。」

司機看出了炮頭簡要回答後面的不想交談，知趣地不再多問。

濃霧越來越重，視線範圍只有不到十公尺。

計程車在彎道上的速度越來越慢。

不知道過了多久，炮頭的腦袋漸漸放空，抓緊鞋盒的雙手也鬆了指節。

炮頭的背不知不覺完全貼上了座椅，將全身的重量交給了地心引力。

沒有一點雜念，他的眼中只剩下映射在濃霧上的車燈光。

窩在車後座的乘客，身體好像微微向前，開口說話。

他的音量沒有特別大，感覺不像在跟炮頭或司機說話，但更不像在自言自語。

他的眼睛像是看著後照鏡裡的炮頭，卻也像是沒有在看任何人。

他說了一個故事。

一個有名字，有歲月，有失去的故事。

他緩緩地描述細節，細數長在深海巨魚身上的每一片鱗甲。

他使用的每一個字，都比精準犀利，遠遠要細膩柔和。

他親臨現場的語調，猶如一條條縫合時空的細線，在小小的計程車裡紡織著那些故事人物的表情，以及當年他們說話時觸動的，空氣中的每一粒微塵。

乘客說著。

炮頭聽著。

計程車默默停在山腳下，一間拉下鐵門打烊的雜貨店前。

霧還沒開。

故事卻盡了。

後座乘客伸手給了車資，開門下車。

炮頭持續呆坐。

一整車的悲傷牢牢地將炮頭制伏在座位上，壓得他無法動彈。

故事最後的名字……

猶如一道巨大無比的錨，直接纏綁住這個十八歲的男孩。

沉。

沉。

沉。

炮頭得用盡全身每一顆細胞的力量，才能確保自己不會被故事的最後名字，給錨沉至海底的最深深深深處，從此得不到一滴光。

計程車司機不急著重新發動引擎，只是打開了廣播。

很熱鬧，很誇張，很吵，是賣保健食品的台語廣告，主持人跟假裝打電話進來一口氣訂購三箱的觀眾，一搭一唱，按照陳舊的劇本推銷整腸健胃的減肥妙丹，充滿了捽角感的黑色幽默。

發抖。

沮喪。

懊悔。

滿身冷汗的炮頭，感覺自己像是有生以來第一次睜開了眼睛。

他忽然想不起來剛剛那個說故事的乘客，長什麼樣子。

他的聲音粗細，不記得。

是男，還是女。

也忘了。

或者根本就沒能注意到。

他只感覺到，手上的鞋盒失去了重量。

打開，空了。

一個故事也沒能留下。

廣播裡的銷售鬧劇持續，永無止境。

計程車司機重新發動了引擎。

「……多少錢？」炮頭呆呆地掏口袋。

「你已經付了。」

司機有條不紊地更換檔位，看著後照鏡。

後照鏡裡的炮頭輕震了起來。

開門。

下車的時候，炮頭打了一個哆嗦。

……他打了一個哆嗦。

炮頭呆呆地看著雙手，手指冰冷。

「我沒有內力了。」

霧開了。

計程車遠去。

一個人應該跟自己的內疚相處多久？

一輩子。

58

這個世界，對任何人的內疚，都毫無興趣。

綠盒子裡持續著無法溝通的敲打。

貓胎人持續追求萬眾矚目的變態獵胎。

吉思美持續低調的消失。

月持續對爲富不仁者發射窮人的子彈。

一個經常趁半夜偷偷跑去釣蝦場大便的老太太死了。

完全沒有能力復仇的炮頭，腦子忽然清澈無比。

——他沒有能力復仇，也就沒有理由自毀。

這段腦袋冷卻的期間，炮頭聽大嬸說了很多她跟她老公的事。

他們如何戀愛，如何決定不生小孩，如何一起開工廠打拚事業，如何一起低聲下氣地去地下錢莊借錢……這次炮頭不會再錯過了，身邊重要的人的故事，也明白了爲什麼大嬸非得死守著這裡，等她丈夫回來。

是時候了。

鬼道盟即使忘了追殺，見到炮頭一樣是宰。

警方的通緝令有效期限至少一十八年。

他在台灣是待不下去了。

沒有了復仇的力量，也就不必去思考該怎麼復仇的問題，只需要思考如何活下去。

炮頭打開抽屜，在一本農民曆的夾頁中，找到大懶叫當初幫他問到的住址。

住在中永和四號公園附近的神奇妓女，內行的人都稱呼她「聖女」。

江湖傳說，在聖女月經來潮的時候與她交合，射精在她陰道裡的下一瞬間，就會被傳送到某一個地方。

所謂的某一個地方是哪裡，沒有權威的說法。

有旅客笑著說，會傳送到旅客心靈深處最想去的地方。

有旅客嘆氣說，會傳送到你命運最終的歸屬。

有旅客摸著殘缺的肢體說，所謂的命運就是隨機漂浮，沒有一定會到達哪裡。可能是巴黎的花神咖啡店，紐約的百老匯大道，也可能是祕魯的雨林，撒哈拉沙漠上的高空一萬里。以上都是千眞萬確，都有旅客從那裡千辛萬苦回到台灣過，說起那一個遙遠他鄉的冒險趣聞。

炮頭曾聽去按摩店爽一下的客人大言不慚，說那個神奇妓女的月經量越大，傳送的能力越強，說不定連月球都有人被傳送過。想要最速環遊世界，可以趁妓女月經來的第一天就衝去排隊。

不管被傳送到哪裡，都不需要護照，也不需要透過黑幫份子安排偷渡。

只需要一顆不想留在原地打轉的心，以及一條能夠勃起乃至射精的陰莖。

「炮頭啊，廁所裡的蘑菇這個禮拜五就可以收成了。」大嬸盯著陽台上的那一粒米：「我們好好吃一盤蘑菇，你再走吧。」

「好啊，我再慢慢打包行李。」炮頭幫忙採收馬鈴薯。

精打細算從鬼道盟搶來的僅剩鈔票，炮頭一半給了大嬸當緊急生活費，一半自己用來準備出發的行囊。

爲了避免突然掉落在大海上，不會游泳的他帶了一個救生圈。一把無法殺掉鯊魚但可以用來自盡的萬用水果刀。一雙可以在雨林中漫步的厚底膠鞋。一件有點發臭的雨衣。一件可以在雪地裡支撐一小時的厚羽絨外套。一個裝滿水的鋼瓶。一個防水睡袋。一支廉價手電筒。十六顆乾電池。一把指甲刀。一支瑯鐺大仔勝選紀念原子筆。一小袋嚴重發霉的蘑菇。

那天晚上，大嬸不只炒了一盤蘑菇，還從水桶撈了一條魚。

連吃腳皮都可以吃成一條肥魚，讓大嬸跟炮頭啃得津津有味。

任何上了餐桌的東西都給吃得乾乾淨淨。

「出門要小心，希望你可以跑到森林，森林很好，有很多鳥可以抓來吃，而且樹幹下面常常有好多蘑菇的，你要記得啊，彩色的蘑菇是不能吃的，像廁所那種咖啡色的才可以吃。」

「好，我不會吃彩色的蘑菇。」

「如果你敢吃蛇的話，蛇很滋補的，可以吃蛇的話就別吃鳥了。」

「我敢吃蛇，但蛇也很敢咬我啊。」

「抓鳥的訣竅你記住了嗎？」

「記住是記住了，一擊必殺嘛。」

「要用心。」

「好，用心。」

「如果在旅行中遇到我老公，冬天了，記得叫他穿暖一點，不急著回來，也不一定要回來，只要他平平安安就好。」

「說不定我會在澳洲碰到他，那裡好像沒有冬天。」

「在澳洲也挺好的，澳洲有袋鼠嘛。」

澳洲有袋鼠爲什麼很好，不知道，不過炮頭記住了。

給了大嬸一個永不回頭的擁抱。

炮頭拿著寫了神奇妓女地址的廣告單，走到了門口。

「如果我老公非得回來不可，也挺好的。」大嬸低聲說。

「我會告訴他的。」炮頭點頭。

離開了，這棟改變他一生的破公寓。

59

風著魔了。

雨也中邪了。

每一顆囂張的雨珠都橫著下，像是要打穿，膽敢在這種狂風下走動的一切生物。

颱風天的便利商店，被洗劫成六大皆空。

關東煮空，便當御飯糰空，熱狗包子空，泡麵冷凍水餃空，水果空，牛奶豆漿空。

無視外面的風吹雨打，一隻大狗躺在櫃檯旁呼呼大睡，嘴角還黏著飯粒。

便利商店的男店員正站在空空如也的關東煮旁邊，一隻手拿書，一隻手放在另外一個女店員的頭頂，好像正在研究什麼。

自動門打開。

闖進了一陣帶雨的狂風，以及渾身濕透的炮頭。

那個舉止奇怪的男店員，看了一身裝備的他一眼。

「啊，你穿這樣是要去哪？」

「去一個我比較不容易死掉的地方。」炮頭實話實說。

炮頭逕自走到冷冷清清的貨架前。

「日本嗎？」

「希望可以更遠。」

「敘利亞嗎？」

「敘利亞大家都很容易死吧。」

「呵呵，也是。關東煮跟便當都賣完了，所有的泡麵都沒了，你要吃餅乾的話可以去後面找找看。」男店員的手掌按在女店員的腦袋上不停震動：「有感覺了吧。」

女店員正坐著看漫畫，敷衍地說：「就熱熱的。」

炮頭十分無奈地拿起蒟蒻零卡果凍，看了看，又放了回去。

「只剩這種東西，零熱量自殺比較方便是吧。」炮頭嘆氣。

跑路前忽然遇到這種十年難得一見的超級大颱風，眞不是普通倒楣，現在只能隨便拿一些餅乾泡芙之類的東西當作緊急存糧嗎？

不，沒有泡芙。不管是巧克力、牛奶還是最奇怪的草莓口味的泡芙，通通都賣完了。蛋捲也不剩，原味、芝麻跟香蔥的都沒了。洋芋片只剩下翹鬍子的，不過是最辣的品項，雖不滿意也只好拿了。還拿了四包人參口味的能量果凍，兩條羊羹，八條黑嘉麗軟糖，十盒森永牛奶糖。

這樣應該暫時不用煩惱忽然跑到沙漠之類的荒地，找不到東西吃熱量不夠吧。

「連牛奶都沒了。」炮頭嘆氣：「不知道下次要喝到牛奶，要等到什麼時候。」

「好吧，我偷偷把林鳳營的收起來沒賣，你要嗎？」男店員直接承認。

「……那算了。」炮頭拿了一大堆東西去櫃檯準備結帳。

男店員好像沒打算馬上去幫炮頭結帳，他的手還按著女店員的腦袋。

「最近練得怎樣，內力？」男店員沒有轉頭。

「都沒了。」炮頭拿起櫃檯上的打火機，這東西好像也應該買一個。

「用掉啦？爲什麼不繼續練啊？你上次不是很臭屁？」男店員困惑。

女店員忍不住用手肘推了男店員一下，提醒他講話不要那麼愛裝熟。

「不是不練，是都沒了。」炮頭倒覺得這種怪對話很輕鬆。

「被北冥神功之類的吸走了嗎？」男店員竟然很震驚。

「不是，是我用來聽一個故事，當作……當作鈔票花掉的。」

「還可以這樣喔？」男店員皺眉，語氣完全不帶譏諷：「不過，沒了就繼續練啊，繼續練就有啦。」

「一言難盡啦，反正，我不像你。」炮頭看著透明自動門外的猖狂風雨：「沒了內力，我什麼都不是。」

這眞的是颱風嗎？

這種彷彿要把一切都摧毀的猛烈風勁，確定不是龍捲風假扮的嗎？

「等等。」

男店員慎重地將手掌慢慢抬起，小心翼翼離開女店員的腦袋。

男店員走到炮頭面前，伸出雙手。

「那我的先給你好了。」男店員一臉下定決心。

「內力？」炮頭失笑。

「不然是初戀嗎？」

「內力的話，好啊。」

男店員的雙手用力握住炮頭的手腕，大叫：「注意了！」

炮頭嚇了一大跳，手腕被掐得有點痛。

男店員整張臉瞬間變得很猙獰，還很近距離地凝視著炮頭，持續用力。

一點也沒感受到什麼內力衝進來，只是手腕越來越痛。

男店員堅定不移地瞪著炮頭，臉越來越紅，手也因越來越用力而發抖。

炮頭的手腕實在是太痛了，但男店員拚了命地想灌輸內力的表情，就好像傾一生的緣分在用力一樣，炮頭難以拒絕這種變態的盛情難卻。

女店員看著男店員，又看了看炮頭，表情像是看著兩個大白痴。

「我早就知道你就是龜頭怪。」男店員整個力量大爆發：「有感覺了嗎？」

「……我叫炮頭！有感覺！有感覺啊啊啊啊啊啊！」炮頭的臉超扭曲。

感覺很痛啊！

「龜頭怪，我最近半年練出來的內力就通通交給你了。」男店員好像用力過頭，快要拉出屎了。

「不是還有她嗎？」炮頭痛苦地看著女店員。

「對，還有她。」男店員的臉已經完全變色：「我的內力，請你好好的使用，懲奸除惡，維護世界和平，也讓我盡一份力量。」

「就交給我！」炮頭的眼淚情不自禁流出來。

那隻狗不知道何時醒來，同情地看著炮頭，搖搖頭，又躺下繼續睡覺。

男店員終於鬆開手，炮頭閃電般將手抽回。

手腕處整個發紅，下一秒瞬間瘀青。

「茶葉蛋要嗎？」

說話的，是女店員。

她夾了最後的兩顆茶葉蛋，放在塑膠袋裡。

男店員一邊喘氣，一邊欣慰地說：「妳果然還是相信我的。」

「……好啊。」炮頭接過茶葉蛋的時候，手抖到差點拿不穩。

在男店員的監視下，炮頭連著蛋殼一起吃掉那兩顆茶葉蛋，還歪歪斜斜地用快要斷掉的手倒立了三小時，直到恍恍惚惚之間又莫名重新站起後，炮頭才被准許揹回自己的行囊。

叮咚。

炮頭都還沒接近自動門，那門卻忽然自己打開。

外面狂暴的風雨好像稍止，讓出了一條小小的，奇異的雨縫。

炮頭回頭看著兩店員。

兩店員聳聳肩，好像稀鬆平常。

炮頭點點頭，轉身，離開那間小小的便利商店。

60

雖然是驚人的颱風天，但阿國不走不行了。

他黑吃黑了自己的老大好長一段時間，帳目的漏洞終於被發現，老大出了名的小心眼，這下連剁手指都免了，直接死罪一條。

連回家跟自己唯一的老媽說聲再見都不敢，趁著颱風天的掩護，阿國什麼也沒帶就跑來這裡。以前絕對不相信的愚蠢傳說，現在也不得不倚賴這點希望了。

猛烈的雨水，打得這尋常無奇的五樓頂樓加蓋的鐵皮屋頂，發出可怕的震響。

就跟大家說的一樣，赭紅色的老舊鐵門開了一條縫，一身濕透的阿國直接推了就進去。

屋內的擺設很俗豔，牆上的舊漆料有紅有綠，極不協調，一串又一串的燈泡這裡掛，那裡掛，就連大白天也開著讓它閃閃發亮，嚴重缺乏品味。即使關了窗，還是有一陣帶水氣的怪風吹過阿國的臉龐，將窗邊的貝殼風鈴吹得喀喀作響。

窗簾布是俗氣的碎花圖案。一台老舊的收音機放在窗簾下，沒有放音樂，也沒有放新聞，只是發出沙沙啞啞的零碎怪聲，卻恐怕是最合適這個怪房間的頻率了。

不畏風雨也要「出發」的不只阿國一人，屋裡沒有一個人正眼看阿國一眼。

三個裝備精良的背包客坐在地上打屁聊天。一個獨眼老人坐在沙發扶手上專心地看一張破損的世界地圖，一個滿嘴金牙的壯漢穿著潛水衣趴在地上做仰臥起坐。一個穿西裝打領帶的中年男子站在金牙壯漢的上面幫他算次數。一個全身都是刺青的黑人看著自己缺了四根手指的手掌發呆。一個光頭盤坐在地板上，雙掌合十唸唸有詞，感覺非常緊張，連頭頂上的戒疤都在冒汗。一個戴著棒球帽的年輕人拿起放在映像管凸面電視機上的麥當勞Kitty公仔把玩，鼓嘴吹落包住公仔的塑膠套上的灰塵。

氛圍實在是太詭異，阿國感覺自己什麼都不懂，卻也不知從何問起。可這裡就是傳說中的聖女營業所無誤，因爲客廳後的臥房不斷傳來激烈的啪啪啪聲，每一下碰撞，都像是硬生生要把老二撞斷似的。

「第一次來嗎？」穿西裝打領帶的中年男子給了阿國一杯水。

「……要給多少錢？」阿國假裝淡定。

「眞難得，今天兩個新人。」西裝男給了阿國一條紅色橡皮筋：「把鈔票捆好，放在那裡的水果盤上。」

「多少？」

「一捆。」

一捆這單位實在是太模糊了，但當然爲難不了盜用贓款的阿國。

阿國背對著西裝男，掏出懷中的一疊鈔票捆好，轉身放在茶几上的水果盤上。

水果盤上約莫二十幾捆鈔票，看來聖女兩腿之間的生意很興隆。

「把你的手機號碼寫在月曆上。」西裝男指著牆上的月曆。

那本過期已久的月曆上，滿滿的手機號碼。

阿國有點猶豫，想了想，在月曆上胡謅了一串臨時瞎掰的號碼。

臥房裡的啪啪啪聲停了。

沒有人出來。

當然不會有人出來。

客廳裡的旅客都停下手邊的瑣事，你看我，我看你。

獨眼的老人默默舉手，大家於是又回復到先前的各自專注。

獨眼老人將破舊的地圖反覆摺好，塞進口袋，一拐一拐走向聖女炮房，撥開一大片塑膠圓珠珠串成的綠色門簾，開門進去。

不一會兒，房內再度傳出拚了老命的啪啪啪聲。

阿國左顧右盼，心裡惴惴不安。

很後悔。

操他媽的幹嘛要貪那一點錢呢，搞到現在自己非得要跑路不然明天一定被抓去填海，王八蛋，操操操，這一切當然都是大哥不好，平常給弟兄們那一點零頭，上酒店都不夠，叫個傳播妹陪唱歌都只夠叫最醜的，操操操，沒錢哪來的心情去罩場。早知道混黑道混得這麼寒酸，當初就不該一時意氣離開修車廠，繼續當黑手的話今天說不定就是老闆了。

啪啪啪啪啪啪啪啪啪啪啪啪啪啪啪啪啪啪啪啪啪啪。

啪啪啪啪三小啦，啪得阿國心浮氣躁，眼看客廳裡的大家都準備得很周全，一副要去雪地露營還是去太平洋衝浪一樣，而自己只有身上這件爛皮夾克，一瓶水也沒有，是不是該冒險衝下樓找間登山用品店裝備一下？

「隨遇而安吧，我也只穿了這一身西裝。」西裝男看出了阿國的不安。

「……嗯。」阿國不置可否，幹你娘你懂什麼。

「看你這樣子，大概也不想聊自己的事吧。」西裝男自顧自說了起來：「也是啦，每個人來這裡的理由都不一樣，有的是想逃離這個世界，有人是想逃離自己的人生，但也有一些人，想自殺，卻沒有勇氣，乾脆把出發當作另一種讓自己消失的方法，大概是很希望一射出就直接沉進海底吧哈哈哈，不過我聽過有些原本想自殺的人，出發之後跑到北極啦，跑到沙漠啦，很容易就搞丟幾根手指啦腳趾啦甚至是眼睛，卻一點也沒有自殺的念頭了，這是怎樣，想自殺所以特地跑來治療自殺的嗎？其實啊大家都說聖女之所以是聖女……」

西裝男不斷雜唸，開始亂聊起關於聖女的幾個傳說，聖女的陰道是宇宙時空蟲洞的入口，聖女的陰道是外星人秘密改造地球女人生殖系統的最新科技，聖女的陰道是古埃及傳說的跳躍星門，聖女的陰道是受到車諾比核災的輻射影響產生的超級基因突變。

阿國的注意力卻完全被戴著棒球帽的年輕人給吸引。

那個假裝對多年前麥當勞隨餐加購的Kitty公仔有興趣的年輕人，長得很面熟。

「你剛剛……說的那個新人，就是他嗎？」阿國刻意低聲。

「是啊。」西裝男聳肩：「他跟你一樣，也是話不多。」

阿國瞇眼，想靠近看得更清楚。

棒球帽年輕人卻開始大聲咳嗽，一邊咳，一邊低頭往客廳的另一邊走去，進去一間門口貼了鄧麗君照片的小廁所。

剛剛擦肩而過的那一瞬，阿國整個人頭皮發麻。

果然，這個棒球帽男一發現自己正在打量他，就刻意避開自己的視線。

他長得眞的好像，前一陣子幫內懸賞一千萬元格殺令的，炮頭！

「操，沒想到……」阿國喃喃自語。

不是沒想到，應該是早該料到才是。

炮頭發神經把自己的大哥金毛陳剁成碎片，又化名龜頭怪殺了好幾十個幫裡的討債組，黑白兩道都容不下他，他早該跑路了——聖女這裡，當然是他唯一活路。

「有件事想跟你商量一下。」西裝男靠近阿國的耳邊，讓他身上濃厚的香水味飄進阿國的鼻孔：「其實我是同志，所以等一下我跟聖女之間可能會有一點困難，我上次出發是拜託一個外國人在旁邊脫光光刺激我的視覺，讓我可以維持性衝動，他人很好，還一邊打手槍發出聲音來幫我。但我剛剛去問了那個黑人，結果那個黑人好像故意聽不懂我講的英文，氣死我了我英文系畢業耶，你看這樣好不好，等一下輪到我的時候，你跟我一起進去，然後……」

阿國完全沒聽見西裝男在說什麼，他的心臟跳得好快。

只要自己抓了炮頭，獻給幫會，幫會一定原諒自己盜空贓款，還可能升自己擔任一堂堂主！

對！就這麼辦！

在這裡與龜頭怪狹路相逢，就是自己人生最精采的轉折點！

阿國瞪著廁所的門，醞釀著等一下該怎麼出手。

「我看你考慮得那麼認眞，心裡很溫暖其實，唉，既然大家有緣在這裡相遇，互相幫忙也是一種特殊的緣分，你放心，我只是需要一點視覺上的刺激，不會眞正爲難你的，看你瘦瘦的，應該有腹肌吧？如果你……」西裝男持續活在自己的雜念。

阿國瞪著廁所門口上的那張鄧麗君照片，心底有一些害怕。

龜頭怪眞的很狠，把自己大哥剁碎在天台，殺害幫內弟兄的手法更恐怖，屍體往往肚破腸流，自己手邊沒刀沒槍，恐怕是對付不了他的，還是該打個電話給幫會報訊，讓他們處理？

不，行不通，只是給了消息而已，絕對不可能因此將功折罪。

一定得自己幹掉龜頭怪才行。

怎麼辦？該怎麼做？這裡的廚房應該有菜刀可以借一下吧？

冷靜，冷靜啊阿國，龜頭怪搞不好沒有傳說中那麼強悍，嗯，肯定沒有的，不然龜頭怪幹嘛要逃？是啊，如果龜頭怪那麼厲害，他就不需要來這裡，他就不需要逃……阿國努力說服自己。

啪啪啪聲停了。

客廳裡的大家又是一陣古怪的靜默。

廁所的門忽然打開，棒球帽年輕人抓著一條飛舞的牛仔褲，光著屁股衝出。

所有旅客都嚇了一大跳。

不只光著屁股，棒球帽年輕人還挺著一條硬邦邦的陰莖！他直接甩開一大片綠圓珠珠門簾，闖進聖女的炮房，砰一聲用力反手關門。

「照順序，應該輪到我的。」西裝男看起來很不高興。

阿國終於反應過來，衝去開門，門卻被反鎖。

炮房裡傳來超激烈的啪啪啪啪聲，阿國捶門大吼：「龜頭怪！出來！」

啪啪啪啪啪啪啪啪啪啪啪啪啪！

「幹你娘我知道是你！炮頭！龜頭怪！出來！」

啪啪啪啪啪啪啪啪啪啪啪啪啪啪啪啪啪啪啪啪！

「別想逃！給我出來！」阿國驚怒不已，傾全力撞門：「出來！」

啪啪啪啪啪啪啪啪啪啪啪啪啪啪啪啪啪啪啪啪啪啪啪啪啪啪啪啪啪啪！

門撞開。

阿國看見一個濃妝豔抹的裸女，眼神迷濛地看著阿國。

剛剛那個棒球帽年輕人已經消失。

只留下裸女兩腿間，那道粉紅色的縫隙裡，淡淡的一股腥味。

61

無星無月，黑色大雨。

能比滂沱大雨更激烈的，只有公海上的豪華遊輪的賭局。

賭局的盡頭，便是命的勝負。

無名賭客手上的一張方塊六，擊敗了賭神。

卻沒有戰勝命運。

賭局最精采的部分，從結束的那一秒才開始。

「賭神，這輩子你可曾愛過一個女人？」無名賭客看著賭神的眼睛。

「是。」賭神的眼睛蒼老，卻閃閃發光。

無名賭客微笑，竟舉起賭神剛剛放下的手槍。

「請你，代替我殺了冷面佛。」

雷雨交加，熱血飛濺在賭神的臉上。

死亡的賭局再度復活。

上百名目睹一切的賓客，沉默地看向海的另一端。

冷面佛是嗎？

不約而同，眾賓客將手機丟入大海裡。

今天晚上，不會有人爲冷面佛報訊。

唯有賭神拿起了衛星電話。

「冷面佛，今夜你不算死在我手裡。」

62

每個行業都有一些數字。

蠅縫的數字，是四十四。

此刻，蠅縫坐在蒸氣間裡，看著掌心。

今天晚上，他不知道要爲了讓第四十五個數字倒下，多殺多少人。

掌心上有一個炙熱的烙痕，寫著「富貴年華」。

這四個字，在三個小時前就已出現。

在任何人打電話進來前，蠅縫好整以暇洗了個澡，刷了牙，還用了牙線，加上四根棉花棒把耳朵掏得乾乾淨淨，頭髮倒沒吹乾，這樣比較有眞實的洗浴感。

富貴年華三溫暖，政商名流都喜歡來這裡談生意，除了赤裸相見，自有一種不言而喻的坦誠之外，安全性更是重要考量。

只要有任何一個最高階的會員提出要求，富貴年華俱樂部就會開啓最嚴密的盤查，即使是地下水道的管線間也有保全跟監視器，忍者也難以從暗處偷偷摸進。

蠅縫不需潛入任何地方。

早在所有監視與管控開始之前，他就能大大方方先出現在任何地方，毫無令人起疑之處。

蠅縫只需要等待。

——等到掌心出現新的烙痕，這是他的洗鍊。

如果說，Mr. NeverDie是最被死神遺忘的男人。

那麼，蠅縫就是死神最親密的信差。

蒸氣瀰漫。

掌心上的「富貴年華」烙痕好像有了自己的生命，激烈抽搐起來，痛得蠅縫幾乎要將牙齒咬崩。

前所未有的痛，這次的單子一定極度危險。

慢慢的，烙痕扭曲旋轉，在皮膚上燒化成了新的字樣——

「冷」。

「面」。

「佛」。

蠅縫怔住。

原來自己今晚要獻祭的數字四十五，就是這個令人發瘋的名字嗎？

冷面佛，情義門的門主，是一個非常可怕，極度陰沉的人。

江湖四大幫，洪門講義氣，黑湖幫講錢，鬼道盟串聯黑白兩道用和平做生意。

唯有情義門，不講情也不講義，沒有人知道門主冷面佛皮笑肉不笑的那張臉下，盤算著什麼主意，只知道他號稱七日一殺，方能平息他的殺意。

冷面佛能夠走在陰沉冷血的屍路上，除了理所當然的幫派實力，更因爲他有殺手無法接近的硬甲。即便有人想要他死，殺手經紀人也不會接下這種單子。一旦第一時間殺不了冷面佛，他活著，就意味著有上百人要因爲這種狗膽魂飛魄散。

冷面佛的硬甲——兩堵，殺意四射的高牆。

「……」蠅縫對著掌心上，無法拒絕的命運嘆息。

手機終於在蒸氣中響起。

「蠅縫。」久違的，賭神的聲音。

「在。」

「很抱歉，你的掌心，應該出現那個人的名字了吧。」

「大大嚇了我一跳。」

「……能嗎？」

「這不是能不能，而是必須。」

「明白，那就拜託了。金額我會照規矩加十倍。」

「有幸把命留下來的話，我想聽一聽這張單背後的故事。」

蠅縫結束與賭神對話。

雖然無法將死神的提示握碎，蠅縫的手掌卻因瞬間暴漲的恐懼而拚命握緊。

冷面佛身旁的兩堵高牆，越是高手，就越是知道要躲。

而今晚，自己別無選擇。

除非，除非一個一邊踢毽子一邊用粵語唱生日快樂歌的大嬸突然出現……早知道自己也有這麼害怕的一天，當初就該立下比較正常的制約。

蠅縫在蒸氣室裡合掌，讓自己的祈禱在煙霧瀰漫中更爲虔誠。

十五分鐘後。

二十幾台黑色豪華轎車分別從兩個方向，在滂沱大雨中抵達富貴年華。

兩個大人物，在狂風暴雨中下車。

「怎麼不見義雄？」冷面佛瞥了一眼。

「我決定的事，他幹就是了。」瑯鐺大仔搓手，吐出寒冷的煙氣。

「霸氣。」冷面佛微笑，笑得逼你奶頭冰冷。

「變態。」瑯鐺大仔呵呵，用力搓搓自己的奶頭。

一邊踢毽子，一邊用粵語唱生日快樂歌的大嬸，遲遲沒有出現。

蒸氣開眼。

全身發抖的蠅縫打開手掌。

手掌上的烙痕再度扭曲完畢。

「西」。

「山」。

63

西山包廂，是富貴年華三溫暖最尊爵不凡的泡湯會場。

大人物還沒到之前，雙方的保鑣就已進入清場。

雙方派人檢查彼此的老闆即將談生意的場地，安全只是其中之一的考量，比拚排場的面子問題，更是大重點，有種先亮一手籌碼給你瞧瞧的意味。

冷面佛的手下都沒有戴墨鏡，因爲冷面佛認爲一個人的眼睛能透露的事情太多了，要當他的保鏢，就不能遮掩眼神，方便他隨時一眼看穿有沒有人對他懷有二心，方便他隨時買下自己手下的腦袋。

矛盾的是，冷面佛不喜歡身邊有多餘的資訊，妨礙他在日常生活裡挑剔路人對他的不禮貌，所以身邊的貼身保鏢都只能穿著黑色西裝，不能有多餘雜色，簡直就是現代忍者。

冷面佛的手下長期活在巨大的壓力底下，面無表情是必須的生存之道，檢查場地時，個個散發出一絲不苟的殺氣。

瑯鐺大仔的手下沒一個穿西裝，盡可能穿著一些能露出龍鳳刺青的短衫，脖子上掛著粗重的金項鍊，不知道是自豪著老大對他們很大方，還是瑯鐺大仔喜歡炫耀他對手下的豪氣。

他們每個人都有一副自己認爲最潮的墨鏡，以及閃閃發亮的厚重金錶，再加上絕對不低調的手槍就插在腰間，十分氣派，還有人直接把開山刀用鍊子綁在慣用的手上，生怕別人不知道他傢伙絕不離身似的。

檢查包廂時瑯鐺大仔的手下刻意粗手粗腳，嚷著你們這些賤民快滾出去啊眞正的老大要來泡湯啦！表現出自己這一方絕對不怕有人想暗算老大，有刺客更好，就是大家練槍練拳頭的大好時光。

雙方一間間小包廂都依序檢查完畢，冷面佛與瑯鐺大仔才進入西山大包廂。

不在危險的更衣室脫衣，他們在大池子邊直接脫光光。

雙方人馬就站在包廂大池子的兩側，看似勢均力敵，但冷面佛的保鏢全都肅然站好。反觀瑯鐺大仔的手下們全都站三七步，還拚命抖腳。

「大仔啊，這麼大陣仗，是不是前一陣子你差點被爆頭，嚇壞啦？」冷面佛微笑。

「上次那個殺手眞的太狂啦！沒看過那種用拳頭就直接把一個人的肚子打爆的！」瑯鐺大仔呵呵：「要不是義雄事先得到消息，買了一個高手暗中保護我，鬼道盟啊！現在早就被你吃光光啦哈哈哈！」

儘管被義雄提醒過，但瑯鐺大仔還是忍不住看了一眼冷面佛的老二。

冷面佛的雞雞果然如義雄打聽的一樣，很小，非常小，陰莖的入珠都快要比龜頭大了。據說只要對著冷面佛的雞雞微笑，你的家人就要準備幫你過頭七。

「我先直說了，那個殺手不是我買的。」冷面佛慢慢坐在暖呼呼的池子裡：「我們之間，沒有一定要在這個時候幹掉對方的理由。」

他很喜歡三溫暖。

如果沒有殺人的靈感，又心癢難搔，冷面佛就會來三溫暖泡一泡。只要在池子裡待得夠久，總會遇上一個忍不住對著他老二笑出來的人，那時候就可以愉快地拿起電話下單了。

「是啊，義雄也是這麼跟我說。」瑯鐺大仔先用毛巾沾池水，用力甩打在自己身上：「小冷啊，我們當朋友比較好，今天不就是要聊聊怎麼當朋友的事嗎哈哈！」

「……」冷面佛微笑。

小冷是什麼？

是你剛剛發明的綽號嗎？我有允許你發明關於我的綽號嗎？爲什麼不是大冷？是小冷？小什麼？你年紀比我大嗎？你地位比我大嗎？你錢比我大嗎？你老二比我大嗎？小什麼？到底是小什麼？

「是，我們要一起解決掉，沒打算跟我們當朋友的人。」冷面佛微笑：「就跟你對付老益那樣，我很欣賞。」

「小冷啊，我不像你，有兩個鬼差整天罩著你，現在我靠的就是人多！我人眞的很多！一人擋一顆子彈就好，死都死不完啊！」瑯鐺大仔左顧右盼，毛巾越甩越用力：「他們兩個在哪啊？既然要合作，那兩個鬼差先介紹一下吧！」

瑯鐺大仔這幾下沒水準的毛巾甩打，幾顆沾了汗臭的水珠，就直接飛進了冷面佛的眼睛裡。

「……」冷面佛輕輕用手指摳了摳眼睛。

這幾滴水眞是夠髒的，合作一結束，就殺了你。

就殺了你

「他們該出現的時候，就會出現的。」冷面佛微笑：「我們開始談談，怎麼好好欺負一下，金牌那個滑頭的獨生子吧。」

黑湖幫的老大金牌一死，獨子陳慶之就上了位。

這上位非比尋常。

黑湖幫有許多大老，金牌底下也有很多老臣，黑幫不管是幹什麼的，通通不是吃素的，哪裡有位子空出來，牛鬼蛇神就往哪裡打。

一幫之主掛點，誰不想往上爭位？這個時候哪有什麼父位子繼這種事，更何況金牌老大一向很疼愛自己的獨生子，供他念書念到建中，完全不讓他接觸任何跟黑幫有關的事業，大家一向是知道的。

沒想到，老爸一閉眼，這個陳慶之在極短時間內就搞定了幾個老臣爲他賣命，才十七歲就吃下了整個黑湖幫，他的城府之深，手段之殘，令人驚懼。非常可能，黑湖幫還有許多人對陳慶之並不服氣，只是現階段看不清風向，僅能按兵不動。一旦有第一個人拍響了桌子，整個黑湖幫就會四分五裂，打到昏天暗地。

問題是。

無人知曉陳慶之下一步要做啥，這是手握強兵猛將的陳慶之，最神祕的恐怖。

「很簡單嘛，你叫那兩個鬼差提陳慶之的人頭回來，不就得了。」瑯鐺大仔的毛巾甩夠了，終於入了池：「到時候黑湖幫一散，你六，我四，這樣划算了吧！」

「我的左右門神，沒有比保護我還要重要的了。」冷面佛微笑：「聽說義雄認識很多殺手經紀人，請他幫個忙，叫一下那個那個……衝進肅德大鬧一場的……」

「那個號稱死不了的神經病是吧！哈哈哈哈哈他眞是夠瘋的啦！」瑯鐺大仔哈哈大笑，一邊鼓掌，一邊激起水花：「雖然義雄多多少少間接認識他的經紀人啦，但老益那件事我很遺憾，老益跟我在進鬼道盟之前還混過一個小幫派，交情很深，要是我知道是誰買下那個神經病殺他，我一定會替老益報仇的嘛！現在怎麼好意思叫殺老益的殺手，去殺金牌那個可愛的小朋友呢哈哈哈哈哈！你說是不是啊小冷！」

水花一顆顆噴進了冷面佛的眼睛裡。

冷面佛的表情沒有任何變化，但心念開始浮躁起來。

明天就殺了你算了，反正陳慶之也只是一個小鬼，我賣力一點打仗就是了，爲什麼要忍受這個肥佬在我面前耍低級呢？

「不過我這個人是很好交朋友的，如果阿佛你有什麼顧忌……哈哈哈，是人都會有顧忌的嘛！那我願意挺身而出！我底下的弟兄太久沒打仗了，之前區區一個什麼龜頭怪的就搞得我們幫裡烏煙瘴氣，爲什麼？那個龜頭怪打的是游擊戰嘛！現在金牌他兒子就擺在那，跑不掉，正好讓我來打一個正規戰示範給大家看！提振一下我這邊的士氣！但阿佛！打仗要花錢啊！我打仗，你出錢！把黑湖幫打散，打下來的我六，你四，怎麼樣！」

「……」冷面佛微笑。

阿佛？

等等，不是小冷嗎？

一個人可以這樣隨便亂改別人的……不！不是綽號！小冷也不是綽號！沒人這樣叫過自己！阿佛是誰！我不認識阿佛！你少亂叫！我絕對要殺了你！

「好啊，我出錢，讓你練兵，你還佔大股，眞是一把好算盤。」冷面佛悠悠地說。

「那就這麼說定啦阿佛！」瑯鐺大仔倒是很高興。

「……」冷面佛微笑，聽不出來剛剛那句話是反諷嗎白痴。

「既然大家相談甚歡，那我們這邊是這樣的，我們這邊習慣包案，不搞實報實銷那一套，買槍買子彈哪有發票咧是不是！你出個價，我一定在這個價裡搞定，萬一搞不定，多花的錢算我的！一定幹掉陳小慶！」

陳小慶是誰。

誰來告訴我！陳小慶是誰！

「你的提議實在是太公道了，既然那麼公道，阿噹，不如我們反一反……你出錢，我搞定陳慶之如何？」冷面佛說著說著，突然覺得自己爲什麼會想找瑯鐺大仔出來聊生意，實在是，污辱自己的智商，有點無言。

「反一反什麼啊？阿噹又是誰？大家都叫我大仔嘛！」瑯鐺大仔皺眉。

「……」冷面佛冷冷地看著瑯鐺大仔。

此時，站在瑯鐺大仔後方，一個站沒站樣，正在歪脖子抖腳的金項鍊手下，忽然拔出站在他右方的夥伴，腰上插著的那把槍。

槍口對準了冷面佛。

扣下扳機的瞬間，子彈噴出，穿過了血肉——

「刺激！」

一個光頭高漢不知道打哪出來的，用自己的手掌抓住了那一枚子彈。

子彈！

抓住？

子彈當然抓不著，高速金屬碰裂了光頭高漢的掌背，血水連骨噴飛。

但光頭高漢完全不以為意，直接一拳揉血朝刺客的臉上轟去。

拳頭落空。

刺客以難以置信的角度閃開了這一拳，還凌厲地朝光頭高漢的胸口踢出了一腳。

這一腳果斷擊中胸口上的太陽刺青，足以裂開肋骨的猛勁！

光頭高漢直直摔入池子裡，恰巧摔在冷面佛與瑯鐺大仔的中間。

水花四濺。

「蠅縫！好久不見啦！」光頭高漢彷彿一點也不痛，躺在池子裡哈哈大笑。

雙方保鏢所有的槍，剛剛再怎麼反應遲鈍，現在也全指著蠅縫。

蠅縫瞪著光頭高漢，吃力地吐出艱難的字句。

「滾出，我朋友的身體……」蠅縫憤怒地咬字，嘴角冒出血泡。

儘管瞬間虛脫無力，蠅縫的身體還是無法好好垂倒。

一把刀，不知何時從背後刺穿了蠅縫的胸口。

從正面穿出，將蠅縫的身體掛在刀上。

「多虧你朋友把身體練得好強壯，我才沒被你那一腳給踢死哈哈哈！」光頭高漢一邊笑，一邊咳嗽，肋骨果然還是裂了幾根：「哈哈哈……咳！咳！」

瑯鐺大仔難以置信地看著這一切。

冷面佛臉色發青。

「沒想到像你這種膽小鬼，還敢來刺冷面佛。」像鬼魅一樣背刺蠅縫的那把刀，在蠅縫的身體裡頑皮地攪了攪，迫使蠅縫踮起了腳尖，發出不像男子漢的古怪呻吟。

那把刀的主人，全身都是黑色。

黑色運動外套，黑色運動長褲，黑色耐吉運動鞋。

還有一張陰森森的臉孔。

「他不是我的人！誰派你來的！」瑯鐺大仔大叫。

蠅縫沒有說話。

這個刺客把最後的力氣，花在怒視光頭高漢上。

眾所皆知他朋友最討厭刺青，偏偏這個擅長竊取別人身體的王八蛋，如此糟蹋他朋友！

危機好像解除了，瑯鐺大仔與冷面佛的保鏢們卻還在震驚當中。

沒有人知道，這張陌生臉孔是怎麼混進瑯鐺大仔的保鏢群裡的。

太古怪了，是剛剛雙方那一陣嚴密清場時混進來的嗎？

匪夷所思！

「他是不可能說的啦！」黑衣男手中的刀子繼續攪啊攪，陰森森地說：「難道他會以爲，說了就能保命嗎？他的心臟已經碎了。」

蠅縫的視線突然萬分清晰，卻又不斷分裂，眼前的一切都掛上萬花筒的濾鏡。

蠅縫的雙手迅速感到冰冷。

馬上就可以知道，一直在他掌心偷偷跟他當筆友的，是不是真的死神。

雙手垂落。

手指的依賴，只剩下恍恍惚惚的地心引力。

掌心不再扭曲了，那一直令他痛苦萬分的烙痕。

「你出手太絕了，要不，我實在很想體驗一下關於他的傳說。」胸口刺著太陽的光頭高漢抱怨。

「死神的先機是嗎？那種鬼話你也信。」黑衣男用腳踩開蠅縫僵硬的手指。

掌心，並沒有任何烙痕，或字跡。

帶著輕蔑的上揚嘴角，黑衣男將蠅縫的屍體隨手扔進了池子。

瑯鐺大仔瞪著漂在眼前的殺手屍體，無法相信好好一個池子就這麼毀了。

「這麼好的一個颱風夜。」冷面佛慢慢走出染血的池子，坐在石階上。

瑯鐺大仔無奈地離開溫暖的池子，嘆氣：「好心情都沒了，操，這裡的冰鎮蓮子湯很好喝，大家都來上一碗吧。」

原本就落水的太陽男，倒是笑嘻嘻地玩弄起漂在池子裡的屍體，將屍體翻來翻去，好像在做精密的驗屍，想像著如果，如果自己能夠擁有這個身體，會發生多少有趣的事。

全身被深黑色緊緊包覆的男人倒默默消失了。

蓮子湯還沒來，所有在場的人都心浮氣躁。

「叫人，把所有人都叫來。」冷面佛皮笑肉不笑：「我要來的人，比殺手的子彈還多。」

「是，老大。」身後一名手下趕緊去角落打電話。

冷面佛的話就是閻王的唇語，情義門很快就來了好幾車的弟兄支援。

冰鎮蓮子湯也迅速送達。

說好一人一碗，包廂裡當然只有兩個人敢眞的端起來喝。

名不虛傳的富貴年華特製冰鎮蓮子湯一入口，冷面佛的心情就好了一點。

「送毛巾。」

一個服務生若無其事推車進來。

「我說大仔，你乾脆就承認了吧，約我在這裡談事情，就是想親眼看我死。」冷面佛舀著湯匙，吃著冰鎮蓮子湯。

「你少疑神疑鬼，我爲什麼要你死？」瑯鐺大仔手裡也是一碗冰鎮蓮子湯，大聲罵道：「賺大錢的生意都快談成了，我幹嘛要白白把財神往外送！倒是我，剛剛差點給你一起害死了，到底是惹誰了你？」

「哈哈，我只是開個玩笑。」冷面佛皮笑肉不笑，看著池子上載沉載浮的屍體，說：「只是很久都沒人敢殺我了，到底是誰那麼……」

不自量力四個字，從冷面佛的口中說出來，比任何人都更有力量。

不說出來，又比說出來更有力量十倍。

「我要打電話給義雄，叫他帶更多兄弟過來接我。這池子髒成這樣，一年半年裡是休想叫我回來……」瑯鐺大仔伸手，後面一個小弟立刻雙手奉上手機。

「別打。」冷面佛瞇起眼睛。

瑯鐺大仔拿著手機，有點猶疑。

服務生不疾不徐地將乾燙好的毛巾一疊一疊地放在架子上，再將隨手亂扔的毛巾收拾好，每一寸的專業動作都不讓人有懷疑的空間。

「嘻嘻，暫時待在這裡，反而是最安全。」染紅的池子裡，浸著一顆光頭。

光頭的漢子只露出一個頭，下巴以下泡在充滿血腥味的池裡，拿著毛巾擦澡。

冷面佛冷笑：「要殺我，就要一次成功，否則就是對方人頭落地。」

瑯鐺大仔有點懂，又有點不明白：「什麼意思？」

「對方下單，不會只有這一個殺手，一定是傾巢而來啊，你現在走到外面，沒有一支兩支狙擊槍在上面等你，算我冷面佛被人瞧扁！」冷面佛看著池子裡的浮屍，冷冷笑說：「殺手一個一個進來，他們就一個一個做掉。等到天亮，我們數一數池子裡會有幾具屍體。」

「好啊，哈哈，等到天亮來數屍體，看看你冷面佛的面子有多大！」瑯鐺大仔哈哈大笑，還用腳將漂到腳邊的無名屍體給踢走。

服務生收好地上散亂的毛巾，便即要推車離開。

「送毛巾的。」

一個，像是從牆壁裡發出的硬冷聲音。

「還有什麼吩咐嗎？」服務生恭恭敬敬地鞠躬。

「從剛剛到現在，你一點害怕的表情都沒有露出來。」

一個聲音緩緩從突兀的深邃陰影處走了出來。

正是剛剛那一個全身被黑色緊緊包圍，散發出不祥氣息的恐怖男子。

「這是一個平常的服務生，看到屍體的正常反應嗎？」黑衣男眼神凝視。

「……」服務生不置可否。

「你，太冷靜了。」血池裡的光頭男臉轉了過來，微笑，看著推著毛巾車的服務生說：「太會演戲的結果，反而露出馬腳。嘻嘻，還要繼續裝下去嗎？」

服務生面無表情。

「明白。」

服務生雙手鬆開毛巾推車，兩把黑色短刺溜出袖口，握在手上。

冷面佛看著前來行刺自己的第二個殺手，微微點頭。

「怎不問問他，到底是誰下的單？」瑯鐺大仔吃完最後一口蓮子湯。

現在的情況，可沒剛剛緊急。

正好也能在冷面佛前，還給自己一個清白。

「就算用最殘酷的方法逼問，你也不會說出下單的人是誰吧？」冷面佛皮笑。

所有保鏢都站在冷面佛與瑯鐺大仔前，用十幾台肉身坦克當作最低程度的防禦，個個手裡都拿著槍，卻沒有人有向男人扣下扳機的意思。

專家就交給專家處理。

「只怪我自己，估計錯誤。」服務生一腳踢開毛巾車。

眾保鏢神經緊繃之際，服務生竟第一時間往後飛竄。

「好！」

血池裡的光頭高漢動也不動，任憑一身漆黑的不祥男子追了出去。

就在兩人一逃一追出澡堂的瞬間，遠處響起了一陣震耳欲聾的轟炸聲。

所有人一楞。

隔了幾秒，又是一陣難以理解的爆破聲。

「該不會……」瑯鐺大仔皺眉，還是該叫義雄派弟兄過來支援的。

血池裡的光頭高漢露出一口慘白的牙齒，嘴角肌肉牽動。

「第三個刺客，嘻嘻。」

在冷面佛反應過來以前，戰意高亢的光頭高漢竟直接拔身出水。

一躍落地，大笑衝出包廂。

瑯鐺大仔看看冷面佛，看看這漂了一具屍體的爛水池，聳聳肩。

「要我叫義雄準備後援嗎？」瑯鐺大仔直說了。

「……他們去去就回。」冷面佛說歸說，心裡倒是頗爲不快。

當初這兩個鬼差般的殺人魔願意待在冷面佛身邊做事，除了一個令他們難以抗拒的提議之外，就是待在冷面佛旁邊，永遠不愁有好玩的架可打。當然了，這也是反過來令冷面佛不得不答應的條件。

外面很吵，感覺是一場誇張的戰爭。

「大仔，二當家說，很快就會派弟兄支援，請您待在這裡不要隨便移動。」一個脖子上掛著最粗金項鍊的保鏢說。

「當然動也不動。」瑯鐺大仔笑呵呵，舀著蓮子湯：「湯都沒喝完嘛。」

冷面佛含著蓮子，舌上卻沒有味道。

這個一代殺人魔君看著包廂入口，心裡悄悄地浮上一股異樣。

……到底是，誰要買自己的頭？

這個世界上，肯定有一萬個人希望自己馬上死於被亂槍打死，死於被手下背叛，死於被車撞死，死於喝水噎死，死於被重物砸死，死於不明疾病，死於心臟忽停。

動機絕對不是問題，他一向給足所有人殺死自己的動機。

但，有誰握有這種「說服力」，叫得動一堆殺手在同一個晚上來殺自己？

不是錢，甚至也不是權。而是說服力。

一夜殺不死自己，隔天醒來，再有錢的買家都得死。

連帶收他單子的經紀人，乃至底下所有殺手，都得死。

一夜殺不死自己，隔天醒來，再有權的買家都得死。

連帶收他單子的經紀人，乃至底下所有殺手，都得死。

所以。

下單者，必定擁有強大的說服力，那是一種令人無法拒絕的魅力。

那會是誰？

冷面佛微微皺眉，並不覺得有誰眞有如此強大的說服力。

如果眞有那種人，也應該通通被自己早一步下單殺死了才是。

……陳慶之？

難道那個臭小子，知道我跟這個低能兒在這裡討論要怎麼吃掉他的黑湖幫？

沒有軌跡可循的陳慶之，難道就是今晚最大的買家？

正當口中的蓮子就要被厚重的舌頭壓碎時，冷面佛本能地抬起頭。

順著冷面佛的視線，瑯鐺大仔也跟著仰起了頸子。

上面。

64

彷彿只有一瞬。

本應只有一瞬。

炮頭的意識以時速一千公里的超高速，在長達一萬公里的隧道裡溜滑梯。

時間與空間被激化到最高峰的慾望擠壓，碎裂，復又重新組合的傳射過程。

炮頭像是被無限分解，純化成自己的精子，在剛剛射出的精液裡奔馳著。

感到溫暖。感到甜美。

雖然周圍是無法觸摸的黑暗，卻有一種在濕潤的陰道裡，被母體從四面八方保護的安全感。

即將抵達的是子宮嗎？

抵達誰的子宮之前，這溫暖的黑暗裡，只有黏著在童年深處的第四台電影重播，陪伴著炮頭。

傳輸。

先生，你額有朝天骨，眼裡有靈光，仙人轉世，神仙下凡，我終於等到你了，不要走，雖然我洩露天機，災怯難免，但是我命中註定，就算我要冒天大的危險，我也要給你看個全像。

傳輸。

你想要啊？悟空，你要是想要的話你就說話嘛，你不說我怎麼知道你想要呢，雖然你很有誠意地看著我，可是你還是要跟我說你想要的。你眞的想要嗎？那你就拿去吧！你不是眞的想要吧？難道你眞的想要嗎？

傳輸。

你應該這麼做，我也應該死。曾經有一份眞誠的愛情放在我面前，我沒有珍惜，等我失去的時候我才後悔莫及，人世間最痛苦的事莫過於此。你的劍在我的咽喉上割下去吧！不用再猶豫了！如果上天能夠給我一個再來一次的機會，我會對那個女孩子說三個字：我愛妳。如果非要在這份愛上加上一個期限，我希望是……一萬年！

傳輸。

黑暗裡，炮頭肯定在微笑。

被周星馳的電影養大，然後經歷起比那些荒唐的電影更匪夷所思的劇情。

這些劇情，偏偏就是人生。

電影可以重播，人生無法重來。

這樣的念頭，將炮頭丟回了計程車裡的迷霧。

那個人，看著後照鏡裡的自己，說了一個故事。

我愛大嫂。

我是眞心愛大嫂。

大嫂帶大家一起去廟裡拜拜的時候，她總是細心地唸著所有人的名字，一個接一個，向菩薩祈禱我們每次出門砍人，都可以高高興興把對方手腳砍斷，自己卻毫髮無傷回家吃飯。她的慈悲眷顧了每一個弟兄，我雖然只是在旁邊看著，幫忙點香，幫忙幫大家插香，一樣很感動。

說起來很不好意思，當時我已經有點年紀，但別說我砍過人了，我香沒拿，酒也沒喝，我根本不算加入過這個小幫派，只因爲被鄉裡一些土流氓使喚慣了，便經常幫賭場的人跑跑腿，送口信，餵養在巷口把風的兩隻土狗。在這裡遇到每一個人，不管是圍事的黑道還是來賭錢的閒家，我都管叫大哥。

久而久之，我也就跟他們混在一塊了。

大哥人很好，曾經花了整整五分鐘，跟我，就跟我一個人，在賭場門口那張左邊比右邊高的長板凳上，講了他手中噴槍的故事。那把噴槍很老舊了，噴頭有點生鏽，是他的大哥死前留下來的，平常大家都拿來烤肉，但大哥說他曾經用它燒掉一個死對頭的臉，還故意不把他燒死，讓他活下去丟臉。

我很崇拜大哥，但大哥不是聖人。

當我發現大哥在外面有好幾個女人，還因此染上奇怪的性病後，大嫂暗中勾搭上了那個人，我只有全心支持大嫂的願力。

當他們趁天剛亮，跑到倉庫裡偷情的時候，我會躡手躡腳爬上屋頂，將眼睛塞進一個美妙的龜裂裡，捕捉大嫂全身被折來折去的媚態。

我只是看，我眞的只是看。

我很怕多餘的任何一點點動作，都會被發現。

龜裂的縫隙底下，大嫂看起來很快樂，很狂野，我也跟著得到幸福。

等到中午大家都睡死的時候，我才會跑進大嫂與那個人剛剛偷情的地方，握住我那條從沒進入過任何女人陰道的陰莖，直達最滿足。

每一個秘密，都有它的保存期限。

那天晚上，喝醉回家的大哥忽然把大嫂認作酒店的女人，一把抓來就吻。

一吻，就吻到了滿嘴的精液味。

大哥一邊胡亂開槍，一邊把所有弟兄都找來，開香堂。

我看見大嫂不只遍體鱗傷跪在地上，還全身赤裸，兩個奶頭都給燒焦。

大嫂沒有哭，甚至沒有表情，她灰白的眼神透露她剛剛已死過一次。

大哥拿著那把烤肉用的噴槍鬼吼鬼叫，到底誰上了大嫂。

誰人敢答。

我偷偷看著那個人，那個人正眼都沒瞧大嫂一眼。

我心想，那個人，表面上跟著大哥一起吆喝咒罵，其實心底一定很著急吧，那個人一定很想救大嫂，可是在大哥的盛怒底下，無計可施，看著自己心愛的女人被打成這樣，那個人一定比自己更加，心急如焚吧！

我像小學生一樣舉手。

所有人都看向我。

是我，是我上了大嫂。

大嫂好像楞住了，用一種奇怪的眼神看著我。

我當然也看著大嫂。

大嫂從來沒有正眼看過我，連斜眼也沒有。

而現在，我們四目相接。

她的眼睛，雖然被打到嚴重瘀血了，卻還是前所未有地看著我。

這就是愛情嗎？

我的心跳得好快。

大嫂凌厲的沉默不語，像是認可了我跟她的姦情。

在那一刻，我擺脫了對大哥的崇拜，擁有了我最喜歡的女人。

大嫂是我的。

我大叫。

大嫂是我的女人。

我吶喊。

大嫂只愛我一個人。

我嘶吼。

大嫂妳站起來，我們走，我們一起離開這裡，遠走高飛。

我忙著感動。

忙著感激。

我忙著信誓旦旦地胡言亂語。

大家都嚇到目瞪口呆的時候，我信心滿滿地望向大嫂。

大嫂的眼睛充滿了怒火。

一種被踐踏到底的，無地自容的，比奶頭被燒掉還要生氣的暴怒。

我呆住了。

原來跟我在一起，比奶頭被燒掉了還要讓大嫂無法容忍嗎？

大哥發瘋了，鬼叫著誰也聽不懂的命令。

那個人鐵青著臉，拿刀走過來。

「你這個，上大嫂的無恥小人！」

大家將我壓在地上，把我的褲子脫下來。

但我一點也不在意，只是看著大嫂。

大嫂咬牙切齒地瞪著我，令我羞愧不已。

失控的大哥對著大嫂大吼，吼說雖然誰都不可以，但爲什麼偏偏是我。

那個人，拿著刀，蹲在我兩腿之間。

我看著那個人，不明白爲什麼他不承認大嫂是他的女人。

大嫂爲了保護他，什麼也不說，就連被大哥燒掉了奶頭也不吭聲。

那不就是大嫂愛他的鐵證嗎？

我胡亂承認上了大嫂，讓大嫂深感恥辱，卻還是死不肯說是誰跟她好。

那不就是大嫂深深愛他的鐵證嗎？

爲什麼你寧願花時間在切我的生殖器，也不願意花一個眼神去看看你的女人？給她一個眼神，不管是感謝，還是抱歉，還是愛，還是什麼都好，就給大嫂吧，給她吧，給你的女人吧。

很近距離我看著他的眼睛。

他不敢看我，只是假裝專心在他手上的刀。

他很慢很慢地切掉了我的陰莖，再用最慢的速度鋸開了我的陰囊。

我當然很痛，不意外也哭天搶地叫了。

但我一邊在地上打滾，一邊在心裡祈禱，拜託你快點承認吧，讓大嫂知道你在乎她，知道你即使知道死路一條，也願意在大家面前認了她。拜託你，你行行好，別這麼孬，別讓你心愛的女人看不起你。

大哥拿起那管噴槍，將我的兩腿踢開，哭著對大嫂吼，吼說，妳看看妳的男人，他沒老二啦！他再也上不了妳啦！然後一邊笑一邊哭一邊拿噴槍，朝我血淋淋的那裡亂噴一通。

我昏倒之前，看見大嫂正看著那個人。

那個人心虛地吹著口哨，連眼角餘光都不敢瞄一下他的女人。

大嫂看起來很傷心。

濃厚的腥味中，炮頭持續在射出自己的奇異意識裡。

在故事的包圍，在悔恨的包圍。

我醒來時，只有益哥在旁邊。

他年紀比我小很多很多，但他拿過香，喝過盟頭酒，我一樣叫他益哥。

我躺在一間看起來像是牙醫診所的地方，據說醫生給吊銷了執照。

益哥說，趁著混亂，他騙老大說要把我揹去山裡餵狗，所以我活了下去。

我活著要幹嘛，我不明白，只想知道大嫂怎麼了。

益哥說，幫裡誰都知道那個人跟大嫂好上了，不懂我爲什麼搶著承認。

我說別跟我說這些，快說大嫂怎麼了。

大嫂死啦，當然是死啦，而且是大哥拿著噴槍把她的臉燒花，然後大嫂痛到把頭砸在地板上，砸到腦漿都流出來了。益哥跟我說抱歉。

大嫂死了也好，她是那麼的愛漂亮。

我早知道大嫂活不成，只想知道那個人有沒有來得及給大嫂一個眼神。

益哥說，省省吧。

大哥在燒大嫂的臉，就是那個人從後面架著大嫂的雙手。

大嫂的臉在燒。

那個人把頭別過去。

後來大嫂用力把頭砸在地板上的時候，雙手是根本脫臼的。

根本是脫臼的。

溫暖的黑暗裡。
炮頭握住那一小包嚴重發霉的蘑菇。
他的手在發抖。
故事的漩渦流感，已超過了精子噴射的速度。

我大概有一年沒說話。
益哥偶爾會來看我，確定我沒死。
又過了半年，大哥喝酒脫光光走在高速公路上唱歌，被車撞了。
據說靈堂上根本沒人。
我一直想著大嫂。
一直忍不住去想，她那樣看我，是眞的恨我嗎？
還是因爲無法正眼看著那個人，才把應該對他失望的眼神，用來恨我。
益哥叫我別再想了，反正大嫂又不愛我。
幫散了，大家都散了，這件事什麼也沒了。
如果想做什麼，就先活下去吧。
如果有一天他想清楚了，願意幫我報仇的話，使用得到我。

暫時他還不知道我能爲他做什麼。
但益哥知道，我願意爲了這個念頭苟活下去。
我打零工，我省吃儉用，我一個人，日子不特別痛苦。
我是一個習慣了不需要自尊，也能好好活下去的人。
直到我在樓梯間遇上了她。
她是一個很好的女人，比她知道的，比她老公知道的，都還要好。
當我想要保護她，愛護她，靠她更近，想送她一只蔥油餅的時候。
我就會聞到燒焦的味道。
才知道，我永遠失去了什麼。

炮頭在小小的計程車裡無法動彈。
霧沒開，耳後傳來的聲音依稀。
炮頭在不斷飛梭的黑暗裡，無力地流淚。
終點到了嗎。
故事的終點好像擱淺了。

恩人。

你在聽我的故事嗎？

其實比起大嫂，我更喜歡樓下的女孩呢。

我很喜歡的女孩很善良，我衷心覺得自己眼光很好。

那一天我躺在地上，感覺到她細心拔釘的那份溫柔，我恨不得敲在我身體裡的釘子，能多幾百根，幾千根，幾萬根。

那樣的話，她便能在我身邊待久一點。

謝謝你，恩人。

謝謝你教我一邊鞠躬一邊脫帽子那一招，她好像覺得我很有風度。

謝謝你叫我大懶叫。

沒想到有一天，這三個字，還會用這種方式回到我的身邊呢。

65

一個黑影從池子上空墜落。

直撞落水，激打起巨大的水花。

雙巨頭身後的保鏢全衝到自己的大哥面前，掏槍對準池子裡的黑影。

這黑影到底打哪落下來的？

天花板上除了隱藏式的通風孔，什麼都沒有，哪可能這樣憑空出現！

「……」冷面佛微笑，雙手手指摳掉噴進眼睛裡的好多水珠。

這一驚嚇，差點被嘴巴裡的蓮子給噎到。

這個從天而降的黑影，不管是人是鬼還是猴子，通通都要殺掉！

「……」瑯鐺大仔倒是滿淡定的。

畢竟自己身後好長一排槍，即使掉下來的是一頭恐龍，也可以打成蜂窩。

池子裡拚命掙扎的黑影明顯是個人，打扮得像一個三流的登山客。

池水不深，那黑影很快就確認了這一點，擺脫驚慌在水裡站起。

這一鎮定，那黑影馬上看見一具浮屍從他眼前漂過，嚇得大叫。

「有死人！」狼狽的黑影大叫。

這驚恐的三個字，反而讓二十幾把幾乎要扣下扳機的槍，瞬間鬆懈。

黑影好像根本沒發現自己來到一個三溫暖的池子裡，眼神凌亂，肢體怪異。

還沒有穿褲子！

「炮頭！」一個金項鍊保鏢忽然大叫：「他就是龜頭怪！」

這一喊，反而讓池子裡的黑影瞬間鎮定下來。

正是炮頭。

光屁股的炮頭。

腦子裡的天旋地轉到了此時才眞正結束，炮頭匆忙將拎在手中的褲子穿上。

千里傳輸個屁！我現在還在台灣！還在台北！還在該死的台北！

還在！

還在我最想逃離的！鬼道盟的泡湯池！

「第四個刺客？咳！咳！」冷面佛惱怒不已，剛剛那個蓮子好像卡在喉嚨裡。

「你就是……窩裡反的龜頭怪？」瑯鐺大仔一臉恍然大悟。

站在池子裡的炮頭，怒火中燒地看著瑯鐺大仔。

有超完美陣仗保護的瑯鐺大仔皺眉，眞正不理解：「我在問你，你就是龜頭怪？」

炮頭完全聽不見瑯鐺大仔在說什麼。

此時此刻，自己現在站立的位置，其衝擊性，已超越了五感所能接受的一切資訊。

「你來幹嘛？來殺……他？」瑯鐺大仔用手中的湯匙指了指冷面佛：「他跟你有什麼仇？不對……我跟你又有什麼仇？你要這樣搞我們鬼道盟？喂喂喂！你在看哪裡？沒看到我也要看到槍啊！在跟你說話！還是你其實是要來殺我？」

炮頭瞪著瑯鐺大仔。

在他的眼中，不是不可一世的龍頭立委，黑道霸王。

而是……

自己會被聖女的陰道傳射到這裡，絕對不是巧合。

這是命運。

也是意志。

唯一沒有的，是……內力。

「你這個，幹了大嫂又不認的小人！」炮頭大吼。

瑯鐺大仔楞住。

現場每一個人都傻眼了。

冷面佛馬上就知道，眼前這個憑空出現的怪人與自己無關。

「你……你說什麼啊？」瑯鐺大仔的肥臉瞬間漲紅。

「你幹大嫂！幹了還不認！」炮頭咆哮到脖子上都爆出青筋：「卑鄙無恥！她可是你的女人！」

「什麼大嫂？大嫂……大嫂不就是我老婆嗎！我幹了我老婆幹嘛不認！」瑯鐺大仔支支吾吾，舌頭都打結了：「我只是不知道你在說哪個老婆！操！龜頭怪！你到底是誰！」

炮頭還來不及回嘴，就聽到非常細微的腳步聲。

腳步聲很輕。

卻因爲很輕，輕到連一根羽毛落在地上都顯得笨拙沉重，所以無法忽視。

炮頭豎起耳朵。

失控的瑯鐺大仔還在氣急敗壞地胡罵，好像就快要下令開槍。

冷面佛還在用詭異的眼神打量自己，肚子裡不知道在醞釀什麼。

接近三十幾把槍都在瞪著自己，等待最後的行刑令。

都沒有人注意到這一連串綿綿密密的腳步聲嗎？

腳步聲停了。

「等等等等等等……借問一下！」

眾人轉頭。

一個穿著皺皺的黑色西裝，不是很亮的黑色皮鞋，造型平庸的黑框墨鏡，手上拿著一張A4影印紙的捲髮怪人，正站在包廂門口東張西望。

「那個那個，我在找上面這個胖子。」捲髮怪人一臉抱歉，搖晃著手上的影印紙：「不是影印機的問題啦，是剛剛被雨淋到了呵呵呵呵，所以照片有一點糊掉，大家有看到這個胖子的話，麻煩舉個手。」

捲髮怪人說話時嚼著口香糖，顯得有些口齒不清。

這種低俗打扮……這種沒水準的談吐……連站都站不好的擺爛姿態……

捲髮怪人大剌剌走過來的時候，大家也看清楚了他手中揮舞的那張紙。

的確淋濕了，果然糊掉了，但上面的人千眞萬確，不就是？

「那不是我嗎？」冷面佛脫口而出。

捲髮怪人看了看手中的紙，又看了看冷面佛。

「你本人雞雞好小。」捲髮怪人好像很吃驚。

冷面佛呆住。

整個三溫暖包廂裡的人，心臟全都暫停了那麼一秒。

那張爛紙給隨意扔出。

所有人都看見捲髮怪人是如何拔槍的，清清楚楚。

所有人都來不及阻止捲髮怪人扣下扳機，的的確確。

一顆子彈刺進了冷面佛肥大的肚子，鑽進了肝臟深處。

所有人的槍都呆立在原來的位置，竟不敢有所移動。

因爲他們全看清楚了。

捲髮怪人的手中，有兩把槍。

黑色江湖上，只有一個雙槍手，強到沒水準，厲害到很低級。

G。

殺手G。

最強，最雞巴！

冷面佛難以置信地看著肚子上的彈孔，濃稠肝液的黑血暈開。

冷面佛呆呆伸出顫抖的手指，插進彈孔，攪啊攪的，好像想把子彈挖出來。

「通常是八分鐘，等一下你想打手槍的話還有機會，如果給我八分鐘我肯定連射四次！」

G的眼睛一直盯著冷面佛的奈米雞雞看，嘖嘖稱奇：「總而言之，死前你可以許一個願望，我會盡量幫你達成的。盡量啦。」

炮頭看著G。

死前這種冷面佛駕崩的奇景也給他看到了，還是搖滾區第一排。

眼看現場這麼多把槍，卻沒有一槍對著自己，對G來說也是難得一見的奇景。

G索性將雙槍插回褲頭，事不關己地坐在冷面佛旁邊。

「你幹了什麼，槍竟然是開你不是開我。」G自己端了一碗冰鎮蓮子湯喝了起來。

「我要殺他。」炮頭瞪著瑯鐺大仔。

鄉鐺大仔裝出氣定神閒：「他要殺我，我要殺他，這都不關你的事吧。」

「對啊，干我屁事。」G點頭，大口吃著蓮子湯：「哇好多碗放旁邊，你們都不喝啊？浪費浪費喔……那我就不客氣啦！」

現場的氣氛實在是太古怪了。

鄉鐺大仔跟冷面佛的保鏢加起來，至少三十把槍，一起對準G扣下扳機，沒理由三十顆子彈都會錯過這個低級無賴的心臟。

偏偏，就是沒有人想當第一個這麼做的人。

大家都把槍指著炮頭，那角度，只要稍微一偏，就算是指著G。

偏偏，就是沒有人願意當第一個挪動槍管的勇者。

要知道，這個沒水準的G不僅隨意朝冷面佛開槍，之後還膽敢把槍插回，這種沒在怕你的膽色，不就是活生生的，禁止任何人製造插曲的強烈暗示嗎。

——眞可怕的從容不迫！

鄉鐺大仔試圖裝鎭定，但身上的滾滾大汗早已出賣了他。

表情呆滯的冷面佛還在用手指挖子彈，但他的肉太油，挖了半天只挖出了一堆脂肪。

每七天都要殺一個人的冷面佛，絕對不會想到，自己的人生最後的畫面，會是手上的一堆爛脂肪。

G看了冷面佛的奈米雞雞一眼，覺得很好笑，這麼肥的人，雞雞卻超級小。

炮頭心想，這個G遲遲不走，大概是在等冷面佛想好死前的願望吧。

「你好像很強耶，竟然敢一個人單挑那麼多人，我就不敢。」G很快又吃了一碗。

「你不敢……你剛剛不是才當著那麼多人的面，對冷面佛開槍嗎？」

「那是我跟小雞雞胖子的一對一啊，不敢在哪裡？現在你一個對那麼多把槍，呵呵我子彈都沒那麼多，你比較勇敢，好棒棒，錢一定拿很多喔，拿到腦袋都傻了呵呵。」

三十多個槍手咬牙。

眞的嗎？

那個低級的傢伙，說的是眞的嗎？

不，不能上當。

G一定是在說反話嘲弄我們，這個可惡又低級的自大狂！

「我本來很強，現在……就是要拚一下。」炮頭苦笑，眼睛沒敢離開瑯鐺大仔。

「喔，那我馬上吃完就走，你們再開始，免得倒楣被打到呵呵。」G放下碗。

三十多個槍手不禁有些惱怒。

一直講反話酸來酸去的人最低級了，高手又怎樣，就不能靜靜離開嗎？

也好，等冷面佛那兩個鬼差一回來，馬上就有得你受！

G站起來的時候還差點被階梯上的池水滑倒，轉頭看向冷面佛。

令人惱火！

這傢伙，竟然假裝不經意地背對三十多把裝滿子彈的槍！

「想好了嗎？需要我幫你打手槍嗎？」G苦澀地問，手都發抖了。

「……」冷面佛慢吞吞地，從肚子深處拿出一顆，沾滿黏液的子彈。

G作勢想吐。

「幫我，殺了兩個辦事不力的混蛋……」冷面佛拿著子彈的手指，好像快沒感覺。

「哪兩個？」G轉身，看著三十幾個槍手。

「在外面，一個叫兵毒，一個叫烏鴉男。」冷面佛看著手中的那顆子彈，子彈的重量越來越沉手：「動手前……記得跟他們說，是我要你這麼做的。」

「……煩耶！這種中二的取名，聽起來個性就有問題！」G看起來大受打擊。

冷面佛又白又胖雞雞又小的身體，坐在池水邊的階梯上。

無法動彈，卻也還沒闔眼。

瑯鐺大仔忍不住在心裡喝采，江湖爭霸，很快又少了一個敵人。

一臉沮喪的G看起來要走了。

「等等。」

炮頭舉手。

「……幹嘛？」G已經在不爽了，還忽然被叫住，整個人非常惱火。

瑯鐺大仔整個人警戒起來。

三十多把槍，雖然舉了半天舉得很辛苦，此時還是打起了精神。

「所以說，你殺一個人，就會爲他做最後一件事，傳說果然是眞的嗎？」

炮頭一邊說，一邊把背包解開。

沉重的背包落在水裡。

瑯鐺大仔的臉瞬間扭曲，嚴重變形。

「你要我幫你殺那個胖子是嗎？每個人來這招我都不用睡覺啦！」

G覺得非常煩，超級賭爛，不懂爲什麼每個人都跟胖子有仇，氣得大叫：「好啊！給我一百五十八億我就開槍啊！現金！」

瑯鐺大仔驚怒不已，大吼：「我給你一億！你殺了他！」

炮頭笑了。

要殺了自己，一億，會不會太多了？

自己千方百計想逃。

命運卻把自己踹來這裡，逼自己面對人生所有因果劫難的總結論。

可以，很可以。

這裡有三十把上膛了的槍，通通對準了自己的腦袋。

可以。

命運要自己逃無法逃，必須橫死在今晚。

絕對可以。

但命運要自己認輸。

要大懶叫這一生最大的殘忍凶劫，蹺著腿，在自己面前喝冰鎮蓮子湯？

不，可，以。

炮頭轉頭，看著一臉煩躁的G。

從口袋裡掏掏摸摸，拿出一枚一元銅板。

「我，賤命一條，超級好殺。」

炮頭手指一彈，將一元銅板射向G。

「我出一塊錢。」

炮頭堅定的眼神：「殺了我，現在。」

一元銅板在半空中旋轉著。

瑯鐺大仔呆了。

一元銅板在半空中旋轉著。
瀕死的冷面佛笑了。

一元銅板在半空中旋轉著。

三十個保鏢傻了。

一元銅板落在G的墨鏡邊緣，敲出清脆的一聲響。

鏘鋃！

西山包廂裡所有人都看得清清楚楚，G拔槍的所有動作。

卻只有炮頭看仔細了，子彈從槍口射出的奇妙軌跡。

子彈穿入自己，又穿出自己。

炮頭低頭，看著自己下腹部的一個黑色破洞。

黑色破洞迅速湧出大量的血水。

炮頭笑了。

不是死在無良的器官拔除。

不是死在變態殺手分屍。

不是死在行俠仗義。

不是死在老二被踢到爆炸。

不是死在叢林極地沙漠。

不是死在池邊黑幫的槍林彈雨。

能應自己要求，死在殺手最強傳說的低級子彈上，還算是帥氣的結尾吧。

「……」炮頭的手用力壓著傷口，血水從指縫中不斷滲出：「那麼，我要許願了。」

G無奈地閉上眼睛，今天眞是被無限勒索的壞日子。

三十幾個保鏢屏息以待，手上的槍瞬間重如千斤。

瑯鐺大仔整個人像是五雷轟頂，提前風化成屍體。

炮頭看著眼神絕望的瑯鐺大仔，冷笑。

你是一個什麼樣的人，在別人的身上，就會看到什麼樣的自己。

你以爲，每個人都跟你一樣愛佔人便宜嗎？

「請幫我殺掉，每一個，阻止我跟那個胖子決鬥的，人。」

炮頭一個字一個字，慢慢說完最後的願望。

瞳孔漸漸放大的冷面佛大笑了。

這一笑，瞳孔靠著愛看好戲的意志力，竟然往回縮了一滴。

還不能死！

必須看到結果！

瑯鐺大仔霍然站起，大吼：「說什麼啊！大家殺了G！殺了龜頭怪！」

沒有人對任何人開槍。

每一個在現場的保鏢，全身都跟手中的槍一樣僵硬。

「……麻煩死了。」G皺眉，直接了當地問：「有誰想要阻止這個這個……」

G轉頭看著炮頭，直問：「你叫啥？眞的叫龜頭怪？」

「炮頭。」炮頭壓住彈孔的手，握成了拳頭：「也叫龜頭怪。」

G有氣無力地問：「有誰想要阻止龜頭怪跟這個胖子打架打到死啊？」

不管是瑯鐺大仔的保鏢，還是冷面佛的保鏢，你看我，我看你。

冷面佛在旁邊笑到一個不行。

好久了，眞的是太久了，自己總是陰陰冷冷的笑，笑到連自己心裡都發寒。

此時此刻，就在氣絕身亡的前幾秒鐘，卻碰上了眞正好笑的事。

「操！大哥是叫假的嗎！快殺了他！兩個都給我殺了！」瑯鐺大仔駭極生怒。

冷面佛哈哈大笑，笑到快岔氣。

眞的太好笑了眞的眞的太好笑了，自己一點也不想知道是誰買了自己的頭，但眞想把瑯鐺大仔人生最後的糗樣給看完。

笑過頭了，冷面佛突然無法呼吸，臉色發青，瞳孔迅速放大。

冷面佛驚慌失措，伸手不見五指。

「啊……啊啊啊啊……呼……哈……呃！」冷面佛連往前一倒都無法。

不知道是誰，將手中舉了很久很久的槍，扣下了扳機。

子彈射進冷面佛肥膩的肉塊上，噴出美麗的油花。

下一秒，三十多把槍一起開火，在冷面佛的身上劃出了上百條精美的油花線。

「搞屁啊！」瑯鐺大仔怒吼：「打哪裡啊！」

G雙手手指插入耳朵，肩膀拚命內縮，感覺快要被噪音殺死。

等到子彈盡數打光，三十多把槍化成拋物線，默契地一齊扔入水池。

水花四濺中，炮頭堅定地走出血紅池子。

這個生命只剩最後幾次呼吸的年輕小子，筆直地朝黑社會魔王的肥臉前進。

G嫌惡地拔出手指，伸手進懷。

拿出的不是槍，是兩顆口香糖。

「太油了。」

口香糖扔進口中，G消失在這個已不需要他的舞台。

炮頭持續前進，踩在台階上的不是水，就是從下腹流出的黑血。

步履艱難。

每踏一步，都不知道能不能再踏出一步。

或許是約定。

也許是一種悲壯的感染。

三十張臉。

面無表情。

戴墨鏡的，沒戴墨鏡的，掛金項鍊的，穿黑西裝的，全都默默轉過身。

黑幫讓道，死神開路。

瑯鐺大仔作勢站起，卻一時腿軟。

想揮拳，卻發現手上還拿著一碗喝不完的蓮子湯。

三十張臉低下，看著鞋尖。

炮頭已全身濕透地站在瑯鐺大仔的面前，臉色蒼白，氣息如蠅。

這是何等荒謬的怪景。

何等……放肆！

「操你媽的龜頭怪！」

瑯鐺大仔用力把蓮子湯摔碎，五官猙獰，惡向膽邊生。

「老子縱橫江湖幾十年，上過的大嫂不計其數！拜過就丟的老大比山還高！踩過的結拜兄弟屍體可以填一片海！操！還怕了你一個快沒氣的小屁孩？」

瑯鐺大仔拿著一只破碗的銳利碎片，慢慢站起。

「你到底爲誰報仇！老子根本不在乎！」

只曉得整天享樂的遲暮老大不見了。

取而代之，當年那一個不顧一切犧牲別人，成全自己的大惡棍重新復活。

年輕屁孩看著大惡棍。

一個身受致命，一個惡貫滿盈。

炮頭拿起口袋裡的那包腐爛蘑菇，打開夾鏈，灑在地上。

一陣噁爛的臭氣撲鼻而來，怒不可當的瑯鐺大仔給臭得更加猙獰。

血大概快流光光了，身影薄弱的炮頭，一推即倒。

人生跑馬燈？

沒時間浪費在看那種東西，眼睛卻在一瞬迴光裡大大亮了。

燦爛的視線裡，手抓銳利破片的大惡棍慢慢變小，變小，變小……

縮小成，一粒白米。

在陽光閃閃發亮下，全身經脈血行一目了然的，一粒白米。

「大懶叫跟你問好。」

炮頭一踏步，瞬間便來到了瑯鐺大仔的背後。

豈有此理的快。

莫名其妙的狠。

瑯鐺大仔難以置信地看著眼前的一團虛無的白氣。

白氣尚未退散，痛苦卻已椎心。

好像有什麼東西，插在胸膛？

手上的瓷碗破片落地，瑯鐺大仔握住了貫破胸膛的那件物事。

低頭。

一支筆？

「陳郎當立法委員勝選紀念筆」這一串字，就插在他的心臟上。

瑯鐺大仔瞪大眼睛，使出最大的勁力，也拔不出那一支筆。

欠債，還錢。

欠揍，開揍。

「你踩過很多屍體往上爬。其中一具，要你永遠跌下去。」

失血過多的炮頭，唸完了醞釀已久的台詞。

臉朝地，倒下。

全身無力的炮頭看著地上散落的爛蘑菇。

捨不得，閉上眼睛。

66

千瘡百孔的富貴年華三溫暖，成了黑幫的靈堂，殺手的聖殿。

前廊躺著無數被砍得肚破腸流的屍體，一顆怵目驚心的無名死人頭尤其嚇人。

一具全身刺了成千上萬隻烏鴉刺青的男屍，據說他的刺青離奇地只剩下羽毛。

一具胸口刺了一顆火紅太陽的男屍，雙手手掌完全給轟爛，屍首還在笑。

一具漂在西山包廂水池裡的無名刺客，以及沉在熱水池底的三十多把槍。

池邊的冷面佛身中百槍，肢離破碎而亡。

沒有人知道除了G的第一槍，其餘亂七八糟簡直洩恨來著的彈孔是怎麼來的。

同樣暴斃的瑯鐺大仔，心口明明只插了一支原子筆，卻胸骨碎裂，內臟重損。

有人說，將筆插入的，是神出鬼沒的龜頭怪。

有人說，將筆插入的龜頭怪馬上就死了。

卻沒有人說得出將筆插入的龜頭怪的屍體去了哪，七日後也無人關心。

江湖規矩，此怪視作魂飛魄散。

那血豔繽紛的一夜成了殺手傳說。

後繼上演的，則是全台黑幫的戰國時期。

「有我，就沒有戰爭。」已故啷噹大仔的二當家，義雄依舊冷酷。

「我只是想求和平。」已逝金牌老大之獨子，年輕的陳慶之處變不驚。

「大家是不是該，以和爲貴？」洪門神祕的幕後老大下了帖子。

「你要戰，便作戰。」黑湖幫七大長老眾口一致要打。

這些怪物白熱化的戰鬥，開啓了江湖上最殘暴的一頁。

無法十日。

67

不管是傳說、傳奇、狂人、殺神還是梟雄，都與這一盤鹹得要死的海瓜子無關。

巨大的龍蝦依然長命，水缸還是一樣的污濁，青苔爬滿玻璃。

啤酒始終一半台啤，一半海尼根。一口氣來了一手。

「開心是開心，但還是想問……為什麼？」

「主要就是前列腺的適當保養，加上充足的睡眠，開心的事就多做，不開心的事就少做。這樣反覆鍛鍊個十幾年，差不多就可以有我一半瀟灑了。」

「我不是問為什麼你帥過頭。我是想知道，為什麼……子彈只是削掉了膽囊？」

「不然要射陰囊嗎？」

「不是。」

「你很不爽膽囊被爆是嗎？」

「也不是。」

「沒膽囊，吃太油就會拉肚子，很好笑喔！」

「……為什麼不打我的肝？」

「子彈都比一塊錢還貴了，當我白痴啊？」

「……偶像偶像，機八機八。」

68

高壓電線上的一排麻雀嬉鬧。

窗下的那粒米依舊閃閃發光，腳下水桶裡的魚喜孜孜地啃著粗厚的腳皮。

一隻麻雀脫了隊，飛落在陽台。

大嬸全神貫注，手中的超級電蚊拍越來越緊。

麻雀蹦蹦跳跳，毫無防備地來到米粒邊。

忽然，大嬸轉頭望向門口。

麻雀迅速吃掉了米粒，喜孜孜振翅飛走。

門口。

門內。

「正好！廁所裡全長滿蘑菇啦！」

「哇哩咧……」

（劇終）

【幕後訪談】善良是強者共同的語言

問：刀大好久不見，終於又寫完了一本新書，請跟大家問好！

答：大家好，喔耶！

問：最近都在忙什麼呢？距離上次出書好像快一年了！

答：就寫了兩個電影劇本，一邊在後製我去年拍完的電影《報告老師！怪怪怪怪物！》，特效做好久，剪接也是一直都在調整，這兩天聽了一些意見還做了一點段落對調的更動，唉反正電影就是很奇妙，一進入研究狀態都覺得好多東西需要學習，眞好玩。除此之外，幾乎每個週末都去露營。嗯，這本書有三分之一都是在荒山野嶺中寫完的吧。阿魯也很喜歡跟我去露營，因爲她隨時想要尿尿都無所謂。

問：談談這本最新的殺手故事吧，其實這一本從預告書名起，好像拖很久了？

答：對啊，眞是煩，依稀記得是二〇〇五年的時候是吧？眞相簡單得很離譜啦，就是有時候我興致一來，便會在書後預告我即將寫出哪一個故事，順便嘴炮說了書名，但是卻都跑去寫了別本，漸漸在讀者圈裡累積了一些怨念。大概還欠了《罪神》跟《飛行》的樣子。我的臉皮很厚，儘管繼續催吧哈哈哈哈哈我會盡快寫罪神的啦！

問：刀大出書的時候，常常順便教大家一些成語，這次想請問「殺手，勢如破竹的勇氣」這個書名，很明顯殺手就是殺手，勇氣就是勇氣，但爲什麼要用「勢如破竹」這四個字呢？

答：……你認眞的嗎？

問：爲什麼是勢如破竹，而不是勢如破筆，或勢如破刀，勢如破雲之類的呢？是什麼原因選擇了要破竹，去破這一種特定的植物呢？

答：那爲什麼我不用勢如破婊呢？爲什麼我又不用勢如破蛋呢？爲什麼我又偏偏不用勢如破擊砲呢？勢如破冰也很好但我爲什麼偏偏要破竹呢幹！因爲我就是！想！要！破！竹！幹！

問：好的好的，破竹也是很好的一種破。那麼繼續請問刀大，當初說出「殺手，勢如破竹的勇氣」的時候，除了產生自己很帥的幻覺以外，到底有沒有想好故事的梗呢？

答：有啊，只是當初預定的主角，其實是便利商店的男店員乳八筒，畢竟他自稱是乳七索的後代嘛，研究一下武功也是很合理的。當時埋下的梗啊，就是乳八筒有一次在便利商店裡的店員日誌裡，畫上很多個黑色圈圈，心情低落，大概就是他第一次殺人心情不好之類的。關於他跟女店員之間的故事我也還有一些想法，店員日誌也很有發展性。

問：後來爲什麼把八筒從主角變成配角呢？

答：因爲我有確實試寫過兩萬多字啊，寫著寫著，就覺得故事從大家都認識的角色寫起，有一點點悶，連我自己都受不了。而且男女店員之間的戲，都有《殺手，流離尋岸的花》中的小恩穿插，雖然有驚喜，但也會有時間軸上的被束縛，畢竟殺手系列的世界觀都是一致的，彩蛋有彩蛋的妙處，但也會因爲既有的已發生橋段，彼此箝制。所以後來我就刪掉原來的試寫版本重來，創造了炮頭這一個新角色。

問：殺手系列的時間軸，這一點很有意思，能多聊聊嗎？

答：許多殺手的故事都可以看見幾個重大事件，不管不同故事裡的角色有沒有直接參與到那些重大事件，都可以用來當作一種時間背景，畢竟故事架構得越綿密，角色就不可能不被那些事件給影響。

比如說，「泰利颱風侵台」（白天是月刺殺葉素芬後與豺狼對決，以及貓胎人被藍調爵士催眠到跳樓砸死王董，晚上是賭神與歐陽盆栽在公海上的對決，更晚則是富貴年華三溫暖裡的冷面佛與瑯鐺大仔雙雙殞命），接下來是無法十日（還沒寫發生了什麼事），再來是無法十日的最後幾個小時，在警察總署上演的奪刺老茶大作戰（阿樂、火魚、不夜橙、燕子等殺手的交鋒，最後亂入了徹底迷失自我的Mr. NeverDie）。

其他散落的事件，則可以當作是主要時間軸裡的餅乾屑，比如說是「吉思美刺殺金牌老大」，「鐵塊襲擊瑯鐺大仔」，「Mr. NeverDie攻擊肅德監獄」，「貓胎人一直亂殺孕婦」這類的。

問：你確定讀者都還記得那些事件？

答：他們都不厭其煩在我耳邊大吼：「啊罪神咧！勢如破竹的勇氣咧！打噴嚏到底還上不上！」我想他們應該是記得清清楚楚啦。

問：其實你也串聯了其他故事進來。

答：嗯啊，比如說《殺手，千金難買運氣好》裡的九十九，就常常到等一個人咖啡裡談事情，所以連帶的經紀人九十九底下的殺手不夜橙，也會去等一個人咖啡坐坐，那間名店的地址甚至是阿樂與燕子命中註定的號碼。這次登場的則是「幻之絕技」日本料理店，它除了是《愛情，兩好三壞》的場景，以及不夜橙與目標A的夢裡約會地，幻之絕技這種爛店很明顯就是《哈棒傳奇》裡面的肚蟲開的，爛死了，我才不要去吃。

問：對了，還有那個聖女，明顯是《精準的失控》裡的那個？

答：對啊。

問：那問題來了，如果精準的失控故事結尾成眞，聖女其實會消失，你好像提到過，精準的失控的時空設定沒有平行世界，時間的跳躍都是完全重來一次的單一世界，所以聖女一消失，炮頭就無法被傳輸到富貴年華三溫暖，那怎麼辦？

答：命運是一種強大的解釋。如果沒有通過聖女的陰道，炮頭始終還是會來到富貴年華的，只是方式不會是聖女，會有其他。炮頭沒有了內力，所以自認必須離開，當炮頭準備往聖女基地報到時，卻又不是心灰意冷的心境，而是一種選擇歸零的狀態。如果沒有聖女這個絕對可以逃避的選項，炮頭會用另一種方式審視自己身上的可能性，他終究，會來到富貴年華的。

問：既然如此，爲什麼不直接省下聖女的部分，讓炮頭完全以自己的意志走到富貴年華，那樣不是會更熱血嗎？

答：你有逃避過人生嗎？

問：……爲什麼要逃避人生？

答：那就對了，你沒有逃避過人生，所以不明白曾經這麼思考過的人，會是處於哪一種極端的心情。你眞的無法體會的。那幾乎是一個想像力抵達不了的情緒邊界。

炮頭有強烈的自責與內疚，那種深感抱歉的罪惡感，大大超越了自我毀滅的慾望，他會很希望擁有一段全新的空白，而非飛蛾撲火式的自毀。我滿喜歡他選擇了一種很人性的逃避，可命運卻發掘了他意識裡眞正想去的地方，而非隨機將他扔在地球的某一個邊陲。

所以啦，炮頭需要的是忽然的頓悟，而不是一直照著自己表面上的意志走。

問：韓吉哥好心告訴炮頭，有一個臉孔超級普通，普通到難以記憶的人，會回答你任何問題，那個人……

答：當時韓吉哥坐在租書店裡，手裡拿著一本小說對吧？那本小說是什麼，就讓老讀者自行聯想吧呵呵。

問：炮頭到底有沒有去幹韓吉哥的媽媽？甚至是他媽媽的室友？

答：這個問題，就要問韓吉哥他媽了。

問：那……那……韓吉哥他媽在哪？

答：在長春療養院306號房，她有七個室友，大家都是成熟的大人了。

問：那個給大懶叫原始內力的人，到底是誰啊？以前有出場過嗎？

答：慢慢寫啦，下一個問題！

問：那個男店員到底練出內力沒有？

答：換一個方式回答你。炮頭在最後面對瑯鐺大仔時，他的確進入了一種擁有內力的狀態。但即使炮頭當時沒有內力，光憑著吹雞雞大嬸的教導，他也是很有機會把那一支勝選紀念筆插進瑯鐺大仔的心臟。

問：霧裡的計程車是一個新的設定嗎？

答：計程車一直是殺手世界裡的一個潛設定，彷彿知曉一切的神祕司機，以及每一次這台計程車出現所代表的象徵意義，都是讀者可以發揮想像力的地方。

問：坐在計程車後座的乘客，他是一個什麼樣的角色？是韓吉哥隨口亂說的一個有神奇說故事能力的人，還是他根本就是大懶叫的……幽魂？

答：我心裡是有一個明確答案的。但無論如何，從那個計程車司機所說的那一句對白：「你已經付了」，表示他的的確確收取了炮頭身上重要的某一個東西，作為車資，是千眞萬確的。

問：等等，所謂的車資是什麼？是炮頭手上的那一盒蟑堡，還是他身上的內力啊？還是兩者都算是車資？

答：答案，就要看看那個後座乘客是誰了，他只是說故事然後就下車，還是他說故事也是有拿取報酬的？他是誰，是新角色，還是大懶叫的幽魂？如果他是大懶叫，他應該不會收取報酬，如果他不是大懶叫，他就不會無端端免費說一個故事。我不想干擾讀者的想像力。下一個問題！

問：蠅縫這個殺手，掌心會在接到訂單前，就事先出現一些關於目標的資訊？

答：嗯啊，叫做「死神的先機」，可以當作是死神跟蠅縫之間是一種特殊筆友的感覺。但維持一點神祕感滿好的，所以也就不寫太多。

問：這個角色好像很有故事，未來還會有關於他的本傳嗎？

答：不會吧，但還是會有他當作配角出現的故事吧我猜，畢竟大家不會特別想看一個事先就知道會死掉的角色的本傳故事。奪走蠅縫朋友身體的兵毒，他的故事才是我想寫的，畢竟烏鴉男算是另一個Mr. NeverDie，沒有多寫的必要性，但兵毒呢，呵呵呵呵，他的前傳似乎可以很有趣，可以寫一個短篇。

問：G的設定會不會太強了呢？

答：不會太強吧。

問：可是他就這樣隨隨便便就在三十多把槍面前，輕鬆開了冷面佛一槍？

答：對啊，敢不敢的問題吧。

問：這難道不代表他有自信可以一口氣幹掉三十多把槍嗎？

答：這只代表他很雞掰。

問：好像也有道理，畢竟在G的本傳《殺手，登峰造極的畫》裡面，他跟狙擊手西門，還有前女友霜之間，也是你來我往開了好幾槍，G也長時間躲在柱子後面算對方的子彈。

答：他就很雞掰。

問：所以說，只要那三十把槍一起轟G，G其實會輸囉？

答：我只能說，傳說的威力很強大吧。但沒發生過的對決，又有誰知道眞正的結果呢？唯一肯定的是，G就是超級雞掰。

問：好吧，其實我很喜歡那三十個保鏢，同時低頭讓道那個畫面。

答：是的，在那之前，大家一起開槍把冷面佛射到無法看完結局，也是很欣慰。

問：最後想問的是，爲什麼炮頭在故事裡的俠名要叫「龜頭怪」這麼難聽，難道你不怕教壞小孩嗎？

答：你有龜頭嗎？

問：有……有啊。

答：那你有手指頭嗎？

問：有啊！

答：如果炮頭的俠名叫「手指頭怪」，會教壞小孩嗎？

問：當然不會啊！

答：你有手指頭，你也有龜頭，叫手指頭怪可以，爲什麼叫龜頭怪就會教壞小孩，你歧視龜頭嗎？歧視就割掉啊！

問：……好吧，叫龜頭怪也滿好的。但爲什麼那個怪老人的綽號要叫大懶叫呢？他非得叫大懶叫不可嗎？是！我知道我也有懶叫，而且眞的是一根大懶叫，但你一直叫一個老人大懶叫，不覺得很譁眾取寵嗎？

答：到底有沒有看故事啊，就是因爲怪老人有特殊的過去，所以他的綽號叫大懶叫，才會特別心酸啊。可以問一點有水準的問題嗎謝謝。

問：這次的故事裡，你最喜歡哪一個新角色呢？

答：我滿喜歡「都教授」的。其實我沒看過《來自星星的你》，但那韓劇太紅了，我也很喜歡金秀賢（我看過電影《偉大的隱藏者》），就拿了都教授這個帥名出來亂用。都教授在教育堂口底下那群不愛念書的國中生，那一套謬論我寫得很帶勁，某種程度……一點點的程度，也是我的肺腑之言啦，當然大部分都是都教授人生不順遂下的鬼扯，他肯定在學校被很會讀書的人用分數霸凌過啦，但是喔，眞的啦，如果你試過努力用功讀書還是得不到好成績，或許應該嘗試別的戰場，煮菜啦，修車啦，木工啦，賽車啦，打棒球啦，鐵籠格鬥啦，畫漫畫啦，不一定要在很會讀書的人精心設計的考試比賽裡勝出，人生才有希望啦！

問：但都教授是一個壞人？

答：對啊，他很壞，但也很可憐。

問：這一次的殺手故事，希望給讀者帶來什麼樣的啓發？

答：啓發不敢，只是很想藉著一些底層角色，去闡述一些人生困境，希望有讀者呼吸到一些角色身上的卑屈臭氣，以及撫摸爬滿他們身體的不堪挫折，藉此感同身受，對其他人的艱難人生多一點同情。

吹雞雞大嬸的老公跑了，但她依舊相信愛情，也堅信欠債還錢的價值，她無所不用其極地生存下去，是爲了等待，也是爲了負責。

大懶叫表面上習慣了毫無尊嚴的生活方式，胯下的難言之隱卻是他唯一的，眞正的，傷痛的弱點。爲什麼呢？因爲那個傷疤會招來同情，而這份同情是他認爲自己絕對匹配不起的，在大懶叫的心中，那傷疤是他的咎由自取，是他活該，他理應得到的是唾棄，而非關心。其實大懶叫並不知道，讓他心理如此扭曲的，並非他自認爲的自我貶抑，而是他的善良與體貼。

那份善良，就是這些角色之間的共同語言。

大嬸又窮又傻，卻是一個堅持要用自我之道活下去的強者。

大懶叫是一個任憑上百根釘子貫穿全身，也絕不肯說出秘密的強者。

炮頭是一個當他擁有了絕強內力，卻完全忘了向爛警察復仇，只知道維護弱者尊嚴的強者。我眞喜歡他。

問：那個便利商店的男店員也很善良呢。

答：我倒覺得那個女店員比較善良，她男友感覺起來像一個低能兒，弱智，白痴，她卻很配合他一直硬灌內力給她，說一些好像有一點感覺喔，我眞的快到了喔，眞的是有如天使。

問：好像有哪裡……怪怪的？

答：人生就是不停的戰鬥啦！

問：下次打算寫哪一個殺手故事？

答：大概會先寫「上課不要」系列吧，然後是寫《罪神》，我猜的啦！殺手系列的話，我想寫本比較薄一點的故事，不然越寫越厚我也是射了。

問：那就祝刀大寫作順利！電影順利！

答：謝謝大家看完這一次的殺手故事，電影《報告老師！怪怪怪怪物！》今年夏天就會上映啦，希望到時候大家好好給我一番指教，我會繼續努力寫作的！感謝大家喔耶！

kill’ er

殺手

殺手，勢如破竹的**勇氣**

國家圖書館出版品預行編目資料

殺手,勢如破竹的勇氣 / 九把刀著. -- 初版. -- 臺北市 : 春天出版國際, 2017.01

面； 公分. -- (九把刀電影院 ; 20)

ISBN 978-986-94288-2-8(平裝)

857.7　　　106000455

九把刀電影院 20

殺手，勢如破竹的勇氣

作　　者 ◎ 九把刀

作家經紀／活動洽詢 ◎ 群星瑞智藝能有限公司（02-55565818）

總編輯 ◎ 莊宜勳

主編 ◎ 鍾靈

封面設計 ◎ 克里斯

發 行 人 ◎ 蘇彥誠

出 版 者 ◎ 春天出版國際文化有限公司

地　　址 ◎ 台北市信義路四段458號3樓

電　　話 ◎ 02-7718-0898

傳　　真 ◎ 02-7718-2388

E－mail ◎ frank.spring@msa.hinet.net

網　　址 ◎ http://www.bookspring.com.tw

部 落 格 ◎ http://blog.pixnet.net/bookspring

郵政帳號 ◎ 19705538

戶　　名 ◎ 春天出版國際文化有限公司

法律顧問 ◎ 蕭顯忠律師事務所

出版日期 ◎ 二〇一七年一月初版四十五刷

二〇一七年二月初版五十六刷

定　　價 ◎ 399元

總 經 銷 ◎ 楨德圖書事業有限公司

地　　址 ◎ 新北市新店區寶興路45巷6弄6號5樓

電　　話 ◎ 02-8919-3186

傳　　真 ◎ 02-8914-5524

ISBN 978-986-94288-2-8

Printed in Taiwan